Henning Scheffler
ALLein oder nur allein gelassen

Ich, der Autor des Buches, bin Jahrgang 1964. Alt genug, dass ich damals, im Jahr 1969, die erste Mondlandung bewusst wahrgenommen habe.

Später, in der Zeit zwischen Kindheit und Pubertät, eine prägende Zeit für Lebenserfahrungen jeder Art, kam das Ufo-Thema richtig auf, das mich fortan nicht mehr losließ und auch in meinem damaligen sozialen Umfeld breit diskutiert wurde. Während meiner Schulzeit beteiligte ich mich an verschiedenen Schulprojekten für Theater und Film. Dort schrieb ich kleine Texte für Rollenspiele. Nach Beendigung meiner Schulzeit belegte ich einen Fernkurs der Axel-Anderson-Akademie, um kreatives Schreiben in vollem Umfang zu erlernen. Von da an schrieb ich – vorerst zum Zeitvertreib – Kurzgeschichten. Bis heute fasziniert es mich, ungewöhnliche Ideen zu einem Ergebnis zu bringen.

Manchmal liebe ich es, gedankenverloren spazieren zu gehen, doch nur, um mich später mit Kuli und Block auf eine Parkbank zu setzen – wäre doch schade, wenn spontane Einfälle für immer verloren gehen würden! Im Laufe der Zeit kam mir eine Idee – ein großer Plan für meine Zukunft. Wenn ich zahlreiche Kurzgeschichten ein und desselben Lieblingsthemas aneinanderreihe, könnte daraus ein ganzes Buch entstehen …

HENNING SCHEFFLER

ALLein
oder nur allein gelassen

© 2016 Henning Scheffler
Satz und Layout: Buch&media GmbH, München
Druck und Verlag: BoD – Books on Demand
Umschlagmotiv © den-belitzky/iStockphoto
Printed in Germany
ISBN 978-3-7412-4652-4

Vorwort des Verfassers

Die meisten von uns stehen allem, was in irgendeinem Zusammenhang mit Ufo-Sichtungen zu tun hat, äußerst skeptisch gegenüber.
Zumindest in der Öffentlichkeit. Wer will schon eine Außenseitermeinung vertreten, für die es bis heute keine Beweise gibt?
Wer will schon, etwa in sozialen Netzwerken, in denen sämtliche Meinungen ad hoc endgültig bewertet werden, behaupten, er habe am Nachthimmel kugelrote, eigentümliche Flugobjekte schweben sehen?
Das klingt alles so unlogisch. So abgehoben! Dinge, die logisch sein sollen, müssen für jedermann klar nachvollziehbar sein, sollten mehrheitsfähig sein, um zu vereinen.
Doch an dieser Stelle gibt es auch einen Punkt, in dem sich die meisten – trotz unterschiedlicher Meinungen über Lebensformen im Weltall – einig sind. Besucher aus dem Weltall müssten eines Tages direkt vor uns stehen. Uns anschauen!
Nicht so schnell! Es gibt Argumente, die darlegen, Außerirdische beobachten uns lediglich aus der Ferne. Viele Argumente ...
Um zu verdeutlichen, auf welche Art und Weise uns außerirdische Astronauten sehen und bewerten (könnten), habe ich eine Abenteuergeschichte geschrieben, in der sich meine Romanfigur Thomas auf einem außerirdischen Planeten einleben und zurechtfinden muss.
Dabei werden zugleich Fragen geklärt, die für manch einen unlösbare Geheimnisse sind.
Sie werden Antworten finden. Sie werden die nackte, ungeschminkte Wahrheit erfahren, wie Außerirdische uns wirklich einschätzen.
Schon aus diesem Grund ist dieses Buch leicht zu lesen, denn es soll nicht überfordern, dafür aber zu eigenen, freien Gedanken anregen. Unfreie Gedanken sind die, die am Anfang des Denkens, hervorgerufen durch falsche Scham oder geprägt durch Erziehung, im Keim erstickt werden, bevor sie richtig ausreifen können. Außerirdische denken anders! Sie sind nicht so wie wir selbst sind!
Dieses Buch ist aber nur ein Roman – kein Manifest.
Es reicht völlig aus, wenn Sie, je nach Belieben, den unterschiedlichen Themen mal mehr, mal weniger Glauben schenken. Ebenso ist es kei-

neswegs schlimm, wenn Sie den Unglauben an Außerirdische weiterhin aufrechterhalten wollen.

Das Wichtigste beim Lesen ist:

Viel Spaß beim Lesen!

Henning Scheffler

Kapitel 1

Sehnsucht nach sinnvollem Leben

Die Geschichte von Thomas beginnt im Juni, Ende der achtziger Jahre. An jenem Tag war ein sehr warmer Sommermorgen. Im Klassenzimmer warf die Sonne ihr Licht durch das Fenster der Realschule, in der Thomas das zehnte Schuljahr absolvierte. Es blieben noch wenige Tage bis zur Zeugnisausgabe. Thomas konnte in den Unterrichtsfächern Biologie, Erdkunde und Chemie mit besonders guten Schulnoten punkten. Kein Wunder, zu seinen Hobbys zählten Erdkunde, Baumkunde sowie organische Chemie.

Die Notenbesprechung war für die Schüler schon längst abgeschlossen und da es nichts mehr zu unterrichten gab, durften sie ihr Lieblingsthema nennen, über das gefachsimpelt werden sollte. Ein Vorschlag, der selbst bei den Lehrern gut ankam. Es war reizvoll für sie, Neuland zu betreten.

Die Wahl fiel auf Weltraum- und Sternenkunde. Auch dies war kein Wunder! Vor einigen Wochen hatte sich auf einem der Aussiedlerhöfe, einige Kilometer hinter der Stadt, eine undurchsichtige Geschichte ereignet. Vor geraumer Zeit hatte dort ein junges Pärchen einen solchen Hof gekauft, um Ökolandwirtschaft zu betreiben. Die Geschäfte liefen aber nur sehr schleppend und um über die Runden zu kommen, mussten die beiden Jungbauern länger und härter arbeiten, als sie dachten.

Wie dem auch sei, eines Abends kehrte deren Nachbar von seinen Besorgungen aus der Stadt zurück. Da beide Höfe auf einem Berg liegen, muss jeder, der dorthin will, eine steile, lange Schotterpiste hinauffahren. Nachdem der Nachbar das erste Drittel des Weges zurückgelegt hatte, sah er, wie ein hellblauer Lichtblitz aus der nahegelegenen Waldrichtung gen Himmel schoss. Zu der Zeit war aber ruhiges Wetter, ein Unwetter konnte eindeutig ausgeschlossen werden.

Oben angekommen, fand er das Nachbarhaus mit geöffneten Türen vor. Von den beiden Jungbauern, er heißt Adamo, sie heißt Eva, fehlt bis heute jede Spur. Und was besonders merkwürdig ist: Obwohl sonst nichts im Haus angerührt wurde, so stellte später die Polizei fest, fand man dort kein einziges Buch! Die beiden waren trotz oder gerade wegen ihrer harten Arbeit als Leseratten bekannt und kauften viele Bücher, darunter auch Fach- und Sachbücher.

Schon bald kamen Gerüchte von einer Ufo-Entführung auf, erst recht, als selbsternannte Ufologen an einigen Stellen auf der Lichtung des nahegelegenen Wäldchens erhöhte Radioaktivität nachweisen konnten. Dennoch konnte die Geschichte noch nicht einmal ansatzweise aufgeklärt werden, sodass sie durch zahlreiche Verschwörungstheorien noch zusätzlich aufgebläht wurde.

Kein Wunder also, dass allein schon der Vortrag über die Raumsonden der siebziger Jahre in Thomas Schulklasse auf reges Interesse stieß. Anfang der siebziger Jahre ist eine der Pioneersonden der NASA in den Weltraum geschossen worden. Nach geplanten Erkundungstouren der Gasriesen Jupiter und Saturn sollte sie ihre Reise bis über den Rand unseres Sonnensystems fortsetzen. Hinaus ins Weltall bis, ja bis sie irgendwann einmal auf außerirdisches Leben trifft! Zu diesem Zweck ist extra eine Aluminiumplakette an der Sonde angebracht worden, mit Symbolzeichnungen als Information für Außerirdische. Nebenbei geben sie Auskunft, wie jemand uns finden kann.

Herr Meier, unserer Klassenlehrer, malte diese Symbole mit Kreide an die Schultafel. Nun drehte er sich zu seinen Schülern um: »Wer kann aus dieser Darstellung etwas herausdeuten?«

Da aber keiner der gesamten Klasse verstand, was diese Zeichen ausdrücken sollten, sah Herr Meier außer Achselzucken und großen, fragenden Augen nichts weiter.

»Dann werde ich mal erklären, was es mit dieser Art Zeichnung auf sich hat«, sagte er und erläuterte Stück für Stück deren Bedeutung.

Thomas aber schien das wohl nicht zu interessieren. Während alle anderen gespannt nach vorn schauten, starrte er auf Konstanze, die ihm schräg gegenüber saß. Er durchbohrte sie förmlich mit seinen Augen, achtete auf jede ihrer einzelnen Bewegungen, sah zu, als sie sich mit ihren Fingern durchs Haar fuhr und träumte derart vor sich hin, dass es jedem in der Klasse auffiel, außer ihm selbst.

Herr Meier unterbrach seine Erörterungen, schaute zu Thomas: »Darf ich unseren angehenden Biologen bitten, das von mir Vorgetragene zu wiederholen?«, fragte er spöttisch.

»Ich ... ich habe nicht zugehört, war mit meinen Gedanken ganz woanders«, stammelte er, was mit schallendem Lachen der ganzen Klasse kommentiert wurde.

»So«, sagte Herr Meier grienend, nachdem sich die Klasse wieder beruhigt hatte, »nun werde ich diesen Teil noch mal erklären, damit es auch Thomas versteht.«

Am Ende der Unterrichtsstunde konnte nun wirklich jeder perfekt die Botschaften des Schildes erklären, selbst Thomas!

Auf dem Weg zum Pausenhof bummelte Thomas durch die Gänge des Schulgebäudes. Er träumte wieder mal ein bisschen. Vielleicht von Konstanze? Wenn dem so gewesen ist, dann sollte er nun seine Chance bekommen. Konstanze saß bereits auf einer Parkbank des Pausenhofs, sah Thomas, lächelte ihn verschmitzt an und winkte ihn zu sich. Thomas indes, nahm auf der Parkbank Platz und schaute sie wortlos an. Man konnte an seiner unsicheren Art sich zu setzen erkennen, wie das Lampenfieber förmlich in ihm aufstieg.

»Thomas«, fragte Konstanze, sie genoss es so umschmeichelt zu werden, »ich wusste gar nicht, dass du ein Auge auf mich geworfen hast?«

»Zwei Augen«, konterte er, »weil du es mir wert bist!«

Konstanze lachte. Thomas gefiel's. Nicht, dass sie lachte, sondern wie sie es tat. Thomas sah nun seine Chance, genau jetzt war der richtige Zeitpunkt für weitere Treffen mit ihr. Viel zu lange war er wieder solo. Lag es an seiner Art, sich vom Leben erst überraschen zu lassen, die schon längst zu seiner Lebensmaxime geworden ist?

Auch Konstanze war zu dieser Zeit wieder allein, nicht zuletzt, da sie sehr selbstbewusst und bestimmend wird, sobald sich eine Freundschaft ein wenig gefestigt hatte. Konstanze rückte ein wenig näher an Thomas heran, blickte ihm tief in die Augen: »Gefall ich dir?«

»Du gefällst mir schon seit langer Zeit, Konstanze. Ich will mehr von dir haben!«

»Mehr von mir haben? Thoomaaas!«, rief Konstanze entrüstet.

»Hm, ich meine ein Plauderstündchen mit dir, bei Kaffee und Kuchen. Ich lad dich auch ein!«
»Wo und wann soll das sein?«
»Morgen schon, zu Hause bei deinen Eltern, da gibt's Kaffee und Kuchen umsonst.«
Konstanze lachte so laut, dass die beiden von ihren Mitschülern affig beäugt wurden. Das ist Thomas, so wie er ihr gefällt! Die beiden blieben noch bis zum Pausengong sitzen und vereinbarten währenddessen ein Treffen im Citycafé, am Tag der Zeugnisausgabe.

Wieder im Klassenzimmer zurück gab es neben Konstanze auch noch unbekannte, interessante Themen. Unser Lehrer, diesmal Herr Peters, führte dasselbe Thema, aber aus einer anderen Perspektive, fort. Für Herrn Peters war dieses gewählte Schülerthema eher die Begegnung der ironischen Art. Deswegen ließ er es sich nicht nehmen, seine Schüler ein wenig zu necken. Er schaute in die Klasse und pickte sich Georg, einen besonders kritischen Schüler, heraus!
»Georg«, fragte er, »gibt es intelligentes Leben im All?«
Wie fast schon zu erwarten war, antwortete Georg mit einem leisen, etwas zögerlichen »Nein«.
»Aber natürlich gibt es Leben im All«, stichelte Herr Peters abermals, »uns selbst gibt es doch!«

Nun folgte ein aufschlussreiches Einleitungsgespräch über die Grundvoraussetzungen, die es zwingend geben muss, damit überhaupt eine zweite Erde entstehen kann.
Eine davon ist die habitable Zone. Das ist jener Abstand zur Sonne, der innerhalb einer gewissen Spannbreite auf einem Planeten angenehme Temperaturen entstehen lässt. Nur in so einem günstigen Klima ist Menschwerdung überhaupt möglich.

Aber auch ein Mond ist wichtig! So ein Mond muss groß genug sein und den richtigen Abstand haben um einen Planeten wie die Erde vom Trudeln abzuhalten. Eine wichtige Voraussetzung zur Entstehung von Jahreszeiten, wie wir sie kennen. Wie sollte, ohne diesen geordneten Ablauf klimatischer Schwankungen, eine Fauna und Flora entstehen können, die eine Grundlage für menschliches Leben ist?

Dazu passend – Thomas würde heute sagen: passend gemacht – kamen mathematische Theorien auf Grundlage anerkannten Expertenwissens ins Spiel. Herr Peters schloss sich damals der Meinung vieler Kollegen an, die ein Denkmodell für wahrscheinlich hielten, dass nur ein gewachsener Mond groß genug sein würde, die Erde gleichlaufend kreisen zu lassen. Ein eingefangener Mond dagegen sei zu klein, um bei einem Planeten von der Größe unserer Erde für solch einen Gleichlauf zu sorgen.

Unser Mond, wie wir ihn heute kennen, entstand durch einen gewaltigen Zusammenprall eines mächtigen Asteroiden mit der Erde, vor Milliarden Jahren. Die damals noch junge Erde schleuderte dabei ungefähr ein Viertel ihrer Erdmasse wieder ins All hinaus. Daraus formte sich später der Mond.

Im Gegensatz dazu besitzt unser Mars zwei kleine Monde, von denen einer für kosmische Verhältnisse ein Winzling ist. Vor Milliarden Jahren sind diese zwei Himmelskörper dem Mars ziemlich nahe gekommen. Aber anstatt dort einzuschlagen bildeten sie Kreisbahnen, in denen sie bis heute um den Mars herumziehen. Gefangene Monde also!

Aber auch die schiere Größe einer solchen zweiten Erde ist wichtig. Je größer ein Planet ist, umso mehr Anziehungskraft besitzt er. Wäre die Erde zu klein, würde sie dauerhaft keine Atmosphäre festhalten können. Wäre sie zu groß, dann müssten, um nur zwei Beispiele zu nennen, dort wohnende Menschen Elefantenbeine haben, um diese gigantischen Anziehungskräfte aushalten zu können. Ebenso müssten sie »Eisenlungen« haben, die einem dichten, atmosphärischen Luftdruck standhalten könnten.

Für erste Schritte zur Entstehung einer Menschheit ist der afrikanische Kontinent, bekannt als die Wiege der Menschheit, von zentraler Bedeutung. Über Teile Afrikas verteilt entstanden unter anderem durch Verschiebung der Erdmassen, durch Dürreperioden sowie durch Klimaveränderungen, Wanderbewegungen der dort lebenden Affen. Somit entstanden auch neue Gebiete, in denen sich diese Affen in kleinen isolierten Gruppen getrennt voneinander weiterentwickelten. Die Gruppen mit den schlechteren Lebensbedingungen mussten sich nun an diese anpassen. Auf die Art sind, über einen langen Zeitraum, der Homo habilis und der Homo erectus entstanden. Millionen Jahre später ist in der Grassavanne Ostafrikas, in der Nähe des großen afrikanischen Grabenbruchs, der Homo sapiens entstanden, den die Wissenschaft als ersten modernen Menschen anerkennt und aus dem wir uns herausentwickelt haben.

Herr Peters schaute belehrend in die Klasse:
»Dass diese vielen Zufälle draußen im Weltall ein zweites Mal entstehen können, das ist unmöglich! Eine zweite Erde wird nie zu finden sein, da bin ich mir sicher. Ich frage euch« – man merkte, wie sich Herr Peters warm redete – »wieso ist bis heute kein einziges Ufo zum Beispiel auf dem Parkplatz einer Großstadt gelandet? Von dort könnten diese Wesen aussteigen und auf uns zukommen.«

»Uah«, Anette ekelte sich, »es ist besser, wenn die uns nie finden, sollte es doch welche geben!«

»Diese Monsterwesen haben es nur auf unsere Bodenschätze abgesehen, aber nicht auf uns«, ergänzte Markus.

»Mit deren fortschrittlicher Technologie würden die im Nu unsere Erde erobern«, warf Michaela ein, »vielleicht könnten wir uns noch als Sklaven nützlich machen. Einzig, um am Leben zu bleiben!«

Jetzt schritt Konstanze ein. Sie konnte diese panischen Auswüchse ihrer Klassenkameraden nicht mehr mit anhören:

»Einen Moment mal, wieso hat die NASA Raumsonden mit Botschaften an Außerirdische ins All geschickt? Und wieso hat SETI Parabolantennen in den Weltraum gerichtet, um nach von Außerirdischen bewohnten Planeten zu suchen? Es wurde doch eben klargestellt, wir Erdenbürger sind die einzigen Bewohner des Weltraums!«

Herr Peters überlegte kurz, fand dann aber eine Antwort:
»Die Eintönigkeit wäre nicht auszuhalten, wenn nahezu alle dasselbe denken und anstreben würden.«

Thomas meldete sich zu Wort:
»Aber dann kann ich auch mögliche Besucher des Weltalls für friedfertig halten.«

Doch dies wurde mehrheitlich, bekräftigt durch ein Raunen, von der ganzen Schulklasse abgelehnt. Nicht nur die Gier, auch Ängste fressen die Hirne von uns Menschen!

In den noch verbliebenen Tagen vor der Zeugnisausgabe erzählte Herr Meier, dass es noch andere Meinungen über Außerirdische gäbe. So haben sich weltweit ganze Organisationen gebildet, die sich um »Ufo-Phänomene« kümmern. Verteilt über zahlreiche Nationalstaaten. Im Zuge dessen erklärte Herr Meier den Begriff »X-Akten«: »Unter uns Erdenbürgern gibt es genug Leute, die Ufo-Sichtungen melden. An die Polizei oder an wen auch immer. Viele dieser Sichtungen stellen sich als optische Täuschungen, als Schwindel oder irgendwie sonst als Irrtum heraus. Doch einige Fälle bleiben ungeklärt. Und die werden dann zu den ›X-Akten‹ gelegt.«

Ganz nebenbei gab Herr Meier noch eine Erklärung zu den artenreichen Begegnungen. Die Begegnung der ersten Art bedeutet:
»Jemand sieht oben am Himmel ein unbekanntes Flugobjekt. Die Begegnung der zweiten Art wäre, würde dieses Flugobjekt zudem noch landen. Zum Beispiel auf einem Acker, vor meinen Füßen. Die Begegnung der dritten Art wäre, wenn sich dann noch eine Tür dieses Raumschiffes öffnen würde, ein Außerirdischer herauskäme und auf mich zuliefe, um vielleicht dann mit mir ein Gespräch führen zu wollen.«
Meiner Meinung (Ghostwriter) sind aller guten Dinge drei, ist doch so?

In den letzten Unterrichtsstunden wurden noch Denkmodelle aus der »Hoch-Zeit« der bemannten Mondflüge und Marsmissionen diskutiert. Dabei wurden auch die mittlerweile schon in die Jahre gekommenen grünen Männchen aus der Tasche gezaubert. Zumindest hoben diese Männchen die Stimmung, gaben Raum für Denkpausen, sorgten für einige trockene Witze.

Am Tag der Zeugnisausgabe, für einige der Abschluss ihrer Schulzeit, war auch dieses Thema mit folgender Lebensmaxime abgeschlossen: Unsere Erde ist so einzigartig und mit uns Menschen aus so vielen Zufälligkeiten entstanden, dass alles, was über unsere Köpfe am Sternenhimmel hinwegfliegt, unbewohnt sein wird, egal wie viele Sonnen es in unserer Milchstraße auch geben mag!

Bereits zu diesem Zeitpunkt interessierte sich Thomas nicht so sehr für die unendlichen Weiten des Weltraums, sondern für die »unendlich vielen« Mietwohnungen der Stadt, vorzugsweise bezahlbarer Wohnraum.

Thomas hatte schon früh seine Eltern durch einen tragischen Autounfall verloren. Nach diesem Unglück übernahm sein Onkel aus dem Nachbarort dieser Stadt das Sorgerecht für Thomas. Böse Zungen behaupten, dem Onkel wurde Thomas regelrecht aufs Auge gedrückt. Als drittes, neu hinzugestoßenes Kind fühlte sich Thomas immer etwas benachteiligt, konnte sich nicht richtig einleben. Er blieb noch im selben Jahr in der Schule des ihm fremden Nachbarortes sitzen. Daraufhin nahm ihn sein Onkel von der allgemeinbildenden Schule und meldete Thomas im Vollinternat seiner Heimatstadt an, dort, wo er als Kind aufgewachsen ist. Parallel dazu gäbe es das Halbinternat, mit Hausaufgabenhilfe sowie Nachmittagsbetreuung, vorwiegend gedacht für Kinder berufstätiger Eltern.

Thomas konnte sich als Heimkind zwar einordnen, seine schulischen Leistungen wurden besser, doch er sah sich zu sehr in der Mitte einer Gruppe verharrend, als einer unter vielen! Er vermisste es, auf Augenhöhe zu diskutieren, sehnte sich richtig danach. Fand Thomas im Laufe der Zeit einen passenden Betreuer, einen, dem er sein Herz ausschütten konnte, hing er regelrecht wie eine Klette an ihm oder versuchte dies.

Nach seiner Schulzeit könnte Thomas in ein Lehrlingswohnheim im Umkreis der Stadt ziehen oder wieder bei seinem Onkel in der Nachbarstadt wohnen, der für ihn mittlerweile ein ziemlich entfernter Verwandter geworden ist.

Doch Thomas wollte keine der beiden Optionen! Er merkte gar nicht, dass ihn dies regelrecht zu Konstanze hinzog. Unterbewusst sah Thomas in ihr eine Art Ersatzmutter, an der man sich erst anlehnen und wohlfühlen kann, um später an ihr emporzuwachsen. Auch Konstanze hatte schon immer was fürs Wachsen übrig. Sie liebt die Karriereleiter. In der Schule eine der Besten, strebte sie schon immer nach mehr! Geprägt durch ihr Elternhaus wuchs sie in jungen Jahren mit folgendem Lebensmotto auf:
    »Wer Unwichtiges an andere delegiert, gewinnt an Raum, um noch besser als gut zu werden!«

In diesem Zusammenhang wären Konstanze und Thomas das ideale Paar. Kurze Zeit nach der Zeugnisausgabe trafen sich die beiden im Citycafé. Konstanze saß bereits am Tisch, auf dem ein Kännchen Kaffee stand.

»Setz dich Thomas, eine Tasse Kaffee ist für dich! Du meinst es ernst, du möchtest mit mir zusammenziehen?«

Thomas' Augen leuchteten:

»Konstanze, das wäre großartig!«

Konstanze sah auf den Tisch und griff nach der Kaffeetasse.

»Du weißt schon, dass wir noch keine achtzehn sind! Und nun die gute Nachricht: Mein Vater würde einen Mietvertrag unterschreiben, aber …«, Konstanze zögerte etwas.

»Aber?«, fragte Thomas nach.

»Aber dieser Mietvertrag gilt dann nur für mich. Du bist ja nicht der Sohn meines Vaters!«, ergänzte sie.

Thomas schaute sie fragend an:

»Also wäre ich nur dein Untermieter?«

Konstanze setzte ihre Tasse Kaffee ab und schaute zu Thomas:

»Bist du bereit, es zu akzeptieren, nur mein Untermieter zu sein?«

»Bin ich nicht dein Freund?«, fragte Thomas.

Konstanze faltete ihre Hände, während sie Thomas ansah:

»Thomas, sei ehrlich, dafür müssen wir öfter zusammen sein, gemeinsame Spaziergänge machen, uns besser kennenlernen.«

»Willst du mit mir spazieren gehen und wenn ja, wohin?«, fragte er.

Konstanze fuhr sich durchs Haar.

»Von mir aus schon morgen«, schlug sie vor, »ich möchte mit dir einen Stadtbummel machen und anschließend mit dir zusammen in die Eisdiele gehen.«

»In die Eisdiele gehen, gemeinsam mit dir Eis essen, klingt interessant!«, kommentierte Thomas.

»Aber vorher gehen wir auf Wohnungssuche!«, forderte sie entschlossen.

Das ist Konstanze, wie Thomas sie mag. Immer auf der Suche, das Angenehme mit dem Nützlichen zu verbinden. Er war sich sicher, die Frau fürs Leben stünde vor ihm.

Früh am Morgen des nächsten Tages gingen beide auf Wohnungssuche. Mit Erfolg! Am selben Abend trafen sie schon eine Vorauswahl. Konstanze legte in der neuen, potenziellen Wohnung ihre Arme voller Vorfreude um Thomas' Schultern:

»Und nun möchte ich mit dir zusammen ein Eis essen, Thomas!«

Jetzt war der richtige Zeitpunkt, sich zu revanchieren:

»Morgen, Konstanze, möchte ich mit dir zur Burg gehen! Ich habe dort eine Überraschung für dich.«

Am nächsten Tag schien, wie für beide gemacht, die Sonne. Es war den ganzen Tag über schönes Wetter, nicht so, wie in den letzten Tagen, an denen zahlreiche Regenschauer übers Land zogen. Thomas und Konstanze schlenderten auf dem Fußweg in Richtung Wald entlang, der am Stadtrand liegt. Aus großer Entfernung konnte man die herrlich erfrischende Waldluft einatmen, sie stieg aus dem mit Regen getränkten Waldboden empor.

Der Wald, durch den sich ein breiter Schotterweg entlangschlängelt, liegt über der Stadt. Ab und an säumen Parkbänke diesen Wanderweg. Ganz oben, auf dem Hang, liegen mehrere Steine auf- sowie nebeneinander. Die meisten Wanderer, die dort vorbeikommen, sprechen dabei von der Burg ihrer Stadt. Nur wenige Meter hinter der Einmündung zum Wanderweg steht ein Kiosk. Dort pausierten beide. Für einen Becher Kaffee blieb genug Zeit!

Am oberen Drittel des Schotterwegs griff Konstanze unvermittelt nach Thomas' Hand und setzte sich gemeinsam mit ihm, auf eine Parkbank. Von hier oben kann man einen Großteil der Stadt überblicken, ebenso das Krankenhaus am Stadtrand.
Konstanze sah Thomas in die Augen:
»Ich war noch gestern Abend im Krankenhaus und es hat sich gelohnt!«, sagte sie stolz.
Thomas wirkte überrascht:
»Du hast die Ausbildungsstelle zur Bürokauffrau bekommen?«
Sie sah ihn verschmitzt an und nickte:
»Und du kannst dort als Pfleger anfangen, wenn du möchtest, ich hab extra für dich nachgefragt.«
Thomas war völlig aufgelöst:
»Waaas, das gibt's doch gar nicht?«
Er nahm Konstanze in seine Arme und drückte sie.

Zu dieser Zeit wusste Thomas nicht, dass Konstanze einen Verwandten hat, der in der Personalabteilung des Krankenhauses arbeitet. In letzter Zeit kam es immer mehr in Mode, im Pflegebereich Halbjahrespraktikanten zu beschäftigen. Aus diesem Reservoir wurden dann geeignete Leute für eine Ausbildung zum Krankenpfleger rekrutiert. Die während dieser sechs Monate gezahlte Praktikumsvergütung ist nur mäßig, ein Umstand, den sich das Krankenhaus zunutze macht, aber Thomas hätte in solch einem Fall genug Geld zur Verfügung, um sich die Miete, einschließlich der Lebenshaltungskosten, mit Konstanze zu teilen. Und Konstanze brauchte unbedingt einen Untermieter zur Finanzierung ihrer Wohnung. Zudem konnte Thomas in sein Leben eine Form hineinbekommen, an seinen neuen, beruflichen Aufgaben wachsen. Etwas, das Konstanze wichtig ist!

Thomas indes war mit der Welt zufrieden und kramte in seiner Tasche. Er zog ein kupfernes Herz hervor, ziemlich groß und laienhaft mit roter Farbe emailliert. Er hatte es selbst, zu Schulzeiten, im Werkunterricht so angefertigt. Dieses Herz lag in seiner flachen Hand, während er zu Konstanze herüberschaute.
»Ein Herz besteht aus zwei Hälften. Beide stoßen in der Mitte direkt aneinander. Die eine Hälfte des Herzens bist du, die andere Hälfte bin ich. Wir gehören für immer zusammen!«
Nun fasste er nach der Kette des Herzens:
»Für dich, mein Schatz!«, sagte er und legte diesen Anhänger Konstanze behutsam um ihren Hals. Es war das erste Mal, dass Thomas so offenherzig Konstanze »Schatz« nannte. Konstanze zog ihn an sich und küsste ihn.
Später folgte dann das Übliche, was sich nach einem ersten Kuss noch dazugesellt. An diesem Tag hing der Himmel voller Geigen!

Am Morgen des nächsten Tages standen die beiden in der Empfangshalle des Krankenhauses. Nur noch eine Treppe trennte Thomas vom Personalbüro. Thomas zögerte, war nervös. Seine Augen verloren sich in den Notizen eines Schaukastens. Konstanze kam auf ihn zu, strich ihm sanft mit der Hand übers Haar und gab ihm ein Küsschen auf den Mund:
»Du schaffst das schon, nur Mut, geh einfach rein, der Rest ergibt sich dann!«
Genau das war es, was Thomas gefehlt hatte. Mit Schwung nahm er die Treppe, ging fortan ins Personalbüro und legte eines seiner besten Vorstellungsgespräche hin.

Wieder in der Empfangshalle zurück zeigte sich Thomas ein klein wenig enttäuscht, versuchte das aber nach Kräften zu verbergen.
»Ich habe ein Praktikum bekommen«, sagte er mit einem etwas gequälten Lächeln, »später könnte ein Krankenpfleger drin sein!«
Konstanze gab sich gestellt überrascht:
»Das freut mich aber, dann können wir beide im selben Haus arbeiten.«
Es war das erste Mal, dass beide zueinander unehrlich waren und jeder wusste das. Diese falsche Scham, die eine undurchsichtige, eine unüberbrückbare Wand bildete, sollte in der Folgezeit wieder auftauchen.

Nachdem beide ihre Berufung fürs Leben gefunden hatten, stand der Umzug an. Da Thomas Vollwaise ist, gab ihm das Internat ausnahmsweise noch einige Tage Karenzzeit. Aber die wurden immer weniger! Thomas sollte sich nun entscheiden, wo er wohnen will, zumal die vom Heim für den minderjährigen Thomas in Kürze alles Vertragsrechtliche in die Wege leiten wollten. Doch Konstanze stand ihm zur Seite. Damit alles schneller geht, entschied sie allein, welche neuen Möbel in die Wohnung kommen sollten. War auch gerecht! Schließlich hat sie wohlhabende Eltern, von denen man sich Geld leihen kann. So spielte Thomas ein weiteres Mal den Pragmatischen, Verständnisvollen. Eine weitere Lebenslüge, die in der noch jungen Beziehung Raum fand.

Auf der Arbeit dagegen liefs prächtig. Für Konstanze! Sie ist wissbegierig, arbeitet gradlinig und lernt schnell hinzu. Nach kurzer Einarbeitungszeit konnte sie Stück für Stück mehr Verantwortung übernehmen.
Auch Thomas lernte schnell! Vor allem, dass man im Vorbereitungspraktikum Mädchen für alles sein muss. Da sind auch mal Hausmeister- und Gärtnertätigkeiten drin. Zwar konnte er sich seinem Lieblingsthema Biologie widmen, doch dies ging zu Lasten des Interesses an der Schulmedizin, die Vorrang haben sollte. Auch bei der Arbeit hing Thomas zu stark an seinen eigenen Ideen, verzettelte sich dabei. Des Öfteren hatte Thomas so ausführlich die Eigenarten verschiedenster Grünpflanzen aufgezählt, dass sich viele seiner Kollegen fragten, ob Thomas als Gärtner besser aufgehoben wäre.
Auch in seinem neuen Zuhause spürte er, was es bedeuten kann, wenn beide im selben Betrieb arbeiten.
Konstanze stellte ihn daraufhin zur Rede. Er müsse sich mehr reinhän-

gen, intensiver arbeiten, die wichtigen Dinge hinzulernen! Sie, Konstanze, wisse es ja von sich. Sie sei so gut, dass sie jeden Tag Erfolge habe, ihre Arbeit jeden Tag etwas besser bewältigen würde.

Zu dieser Zeit gewöhnte Thomas es sich an, ein ums andere Mal, für sich allein spazieren zu gehen. Angeblich vergaß er die eine oder andere Kleinigkeit zu besorgen. Mal waren es Salzstangen, die er unbedingt noch brauchte, mal hatte er gerade dann Appetit auf Joghurt, wenn er wusste, dass keiner im Kühlschrank stand; an diesen Extratouren wuchs sein Interesse zunehmend. Aber eigentlich wollte Thomas nur Luft schnappen, um seinen Kopf freizukriegen. Schon wieder war nur er einer, der irgendwo in der Mitte angekommen war, so wie damals im Heim. Die Augenhöhe zu Konstanze, die jeden Tag mächtiger wurde, jeden Tag über sich hinauswachsen wollte, konnte Thomas kaum noch wahrnehmen.

Bei seiner Arbeit als Praktikant war es genauso. Man glaubt gar nicht, wie viele »Konstanzes« einem pro Tag über den Weg laufen! Während seiner Spaziergänge suchte Thomas immer öfter Parkbänke für eine kleine Auszeit auf. Thomas bekam erste Zweifel, ob Konstanze die richtige Lebensgefährtin ist. Sollte er diese Frau eines Tages heiraten, gemeinsam mit ihr Kinder zeugen? Wird eines Tages aus ihm ein Familienvater, der als guter Krankenpfleger für alle sorgen kann? Waren die Aussprüche seiner Kollegen, Thomas wäre ein besserer Gärtner geworden, wirklich so abwegig? Manchmal wurden daraus ziemlich lange Spaziergänge, die dann Konstanze auf ihre gewohnt gleichgültige Art ignorierte. Doch keiner von beiden schritt ein, sah dies als erstes Warnsignal!

Es folgte der Tag der Klarheit, ein Tag, der das Leben der zwei noch nachhaltig auf den Kopf stellen sollte.
Der Morgen war so alltäglich wie immer. Es war irgendein Montag im September. Beide gingen wie gewohnt zur Arbeit. Doch noch vor der Mittagspause war für Thomas bereits Feierabend. Unfreiwillig! Thomas wurde ins Personalbüro »eingeladen«. Dort erklärte ihm sein Personalchef, dieses Krankenhaus sehe keine Chancen, aus ihm jemals einen verantwortungsvollen Krankenpfleger zu machen. Seine Zeit als Praktikant sei hiermit beendet! Nett, dass Thomas noch bis zur Mittagspause den ganzen Müll entsorgen durfte, bevor sie ihn hinauswarfen.

Er war ratlos! Anstatt wie gewohnt in der Kantine zu sitzen, irrte er nun wie benommen durch die Fußgängerzone sowie durch die Geschäfte der Innenstadt. Stundenlang! Dennoch kam er, überwiegend mithilfe der Kirchturmuhren, rechtzeitig in der Wohnung an, noch bevor Konstanze selbst Feierabend hatte. Thomas verstaute hektisch einige Lebensmittel in der Küche, die er mitgebracht hatte. Dies lenkte ihn ein wenig ab. Dann steckte er sich sein Portemonnaie ein, griff nach einer Stofftasche und war gerade dabei, sich eine leichte Jacke auszusuchen. Danach wollte er warten, bis Konstanze kommt, nach kurzer Begrüßung unter irgendeinem fadenscheinigen Grund seinen schon zur Gewohnheit gewordenen Marsch ins Grüne machen, neue Kraft tanken und zu einem späteren Zeitpunkt Konstanze alles beichten. In dieser für ihn angespannten Situation tat es Thomas unheimlich gut, sich selbst zu belügen und darauf zu hoffen, Stunden später, fiel es ihm leichter, eine Lebensbeichte abzulegen.

Plötzlich stand Konstanze in der Tür. Nach kurzem »Hallo«, setzte sie sich, der sonst übliche Begrüßungskuss blieb aus. Konstanze hielt sich bedeckt. Sie erwartete wenigstens jetzt von Thomas genug Mut sowie das nötige Vertrauen, sich ihr voll und ganz zu öffnen! Thomas hingegen war nervös, hantierte herum.

»Jetzt setz dich an den Tisch«, rief Konstanze schroff, »du machst mich ganz nervös!«

Thomas kam und setzte sich neben sie.

»Thomas, nun erzähl mir, was du heute den ganzen Tag über gemacht hast!«, forderte sie.

Thomas versuchte sich verkrampft rauszuwinden:

»Ich hatte heute gegen Mittag frei. Von da an bin ich in die Stadt, um einzukaufen. Heute gab's Joghurt im Angebot und schöne ...«

»Thomas, was hast du außer deinem Einkauf noch zu erzählen!«, unterbrach sie ihn.

»Na, ich bin dann hierher gegangen, um alles einzuräumen.«

»Thoomaas«, Konstanze fauchte wütend, »wieso bist du nicht ehrlich zu mir?«

Es war das erste Mal, dass Thomas Konstanze so wütend gesehen hat.

»Man hat dich heute Mittag aus dem Krankenhaus geschmissen, weil du versagt hast, Thomas! Und jetzt muss ich sehen, dass du schon wieder versagst, weil du mutlos bist!«

Jetzt wollte er ansetzen, um zu erwidern.
»Sei still! Jetzt rede ich. Meine Güte, was tu ich alles, um die Miete zu bezahlen. Und jetzt komm mit ins Schlafzimmer!«

Im Schlafzimmer steht der Apothekerschrank. In der obersten Schublade befanden sich zu der Zeit zwei Zertifikate. Beide schon, wegen Zusatzkursen, vom neuen Arbeitgeber für Konstanze ausgestellt. Zornig zeigte sie mit ihrem Finger auf die oberste Schublade:
»Da drin sind meine Leistungen und wo sind deine Leistungen, verdammt noch mal?«
Fast vor Wut schäumend riss sie die Schublade auf. Ganz oben, auf den Zertifikaten, lag das rote Herz, das Thomas ihr geschenkt hatte. Sie ergriff es, drehte sich im gleichen Moment zu ihm und schrie ihn regelrecht an:
»Und dein schäbiges Herz will ich auch nicht mehr haben!«
Dabei warf sie ihm das Herz genau vor seine Füße. Thomas, jetzt endgültig den Tränen nahe, sah nach unten, ergriff sein Herz, hielt es mit beiden Händen fest, sah mit leicht zugekniffenen Augen zu Konstanze hoch, die endlich stumm zusah, schüttelte zweimal seinen Kopf und eilte aus dem Schlafzimmer. Wortlos geworden, stürmte er durch den Hausflur, öffnete rasch die Wohnungstür, von da ins Treppenhaus, um die dort befindlichen drei Stockwerke hinunterzueilen.

Konstanze begriff nun, dass sie zu weit gegangen war. Viel zu weit! Sie wollte Thomas ihren eigenen Stempel aufdrücken. Thomas hat aber das Recht auf seine eigene Persönlichkeit, wie jeder Mensch! Flugs besann sie sich, versuchte zu retten was irgendwie noch zu retten war und eilte ebenfalls hinaus in das Treppenhaus. Konstanze sah Thomas schon auf der letzten Treppe weiter nach unten laufen.
»Thomas, Thomas!«, rief sie in kräftigem Ton nach unten. Doch er sah nicht nach oben, war zu gekränkt und rannte auf den Fußweg der Häuserblöcke.

»Dieses verfluchte Herz!«, dachte sich Thomas, er hielt es immer noch in seiner Hand. Nun schaute er kurz drauf und wollte es in hohem Bogen auf die gegenüberliegende Wiese werfen. Doch im letzten Moment hielt er inne!
»Wenn ich mein eigenes Werk wegschmeiße, dann werte ich mich selbst

ab!«, dachte er sich. Danach ergriff er die Kette des Herzens und hängte sie sich selbst um.

So mit sich im Reinen, konnte er wieder mal einen Marsch machen. Diesmal wurde es ein langer Marsch, mit unbekanntem Ziel. Zuallererst stöberte er wieder durch die Stadt. Dann kam er auf eine neue Idee und wanderte zum Kiosk am Anfang des Waldes, dort, wo alles einst begann. Es gab aber noch einen weiteren Grund zum Kiosk zu gehen. Dort gibt es nicht nur Kaffee im Becher, dort gibt es auch Bier in Dosen!

»Hallo Thomas«, der Kioskbesitzer kannte ihn bereits.

Thomas zog sein Portemonnaie.

»Ich nehme zweimal Currywurst und zwei Bier!«

»Hast du was Größeres vor heute?«, fragte der Kioskbesitzer.

Er wollte mit Thomas ein bisschen reden, da seit Längerem keiner mehr vorbeigekommen ist. Aber Thomas antwortete nur mit einem langgezogenen »Jooh« und aß zügig seine Würste.

Da Thomas erkennbar nicht zum Reden war, sprach ihn der im Kiosk nicht weiter an, hantierte herum, räumte etwas auf.

»Ich hab noch Durst, ich nehm noch zwölf Bier mit!«, sagte Thomas.

»Dem geht's heut aber schlecht«, dachte sich der im Kiosk, doch er nannte nur noch den Preis, den Thomas insgesamt zu zahlen hatte.

Thomas indes stopfte alle Dosen – er wollte sie auf seiner Tour mitnehmen – in seine Stofftasche und stampfte den Schotterweg hinauf zur Burgruine. Oben angekommen, nahm er auf einer der dort stehenden Parkbänke Platz. Von hier oben sah er über die Stadt. Er blickte zu seiner ehemaligen Schule, sah das Krankenhaus, schaute zu seiner – sollte man schon sagen: Exwohnung?

Diese ganz besondere Art in Erinnerungen zu schwelgen machte Thomas durstig. Sehr durstig! Schon bald befanden sich in seiner Stofftasche viele leere Bierdosen neben wenigen vollen. Aber das machte alles erträglicher, ein klein wenig zumindest. Thomas hörte den Vögeln zu, betrachtete das Wechselspiel zwischen Sonne und Wolken und schlief langsam ein. Er muss wohl lange geratzt haben, denn auf einmal wurde er wach, geweckt vom hellen, lauten Zwitschern der Vögel. Die Wolken hatten sich mittlerweile verzogen, sodass die ganze Sonne zu sehen war. Sie stand glutrot am

Himmel, berührte schon den Horizont. Zu diesem Zeitpunkt war Thomas wieder hellwach, streifte seine Sorgen ab.

»In null Komma nix wird's dunkel und hier oben ist kein Weg ausgeleuchtet«, dachte er sich. Thomas überlegte kurz, dann kam ihm die Idee! Von hier oben führt ein kleiner Trampelpfad genau in Richtung Stadtzentrum. Eine erhebliche Abkürzung! Vor Jahren ist er höchstpersönlich diesen Pfad entlanggegangen. Thomas glaubte, diesen Weg noch genau zu kennen. Das einzige Problem war, vorerst den Anfang dieses kleinen Weges zu finden. Aber das lässt sich bestimmt locker schultern, schließlich waren noch zwei Drittel der Sonne zu sehen.

Nach kurzem Suchen lag der Pfad vor ihm. Thomas bog in ihn ein, mittlerweile etwas hastiger geworden. Die Fauna und Flora wurde immer prächtiger je weiter er hinablief, doch das erschwerte auch den Überblick! Irgendwo hier, mitten im Wald, musste dieser verdammte Pfad doch weitergehen? Aber da war kein Pfad mehr zu sehen. Nur noch Bäume und Unkraut. Und dann wurde es noch dunkel. Warum auf einmal so schnell? Thomas wurde panisch, irrte herum. Nur machte dies alles nur noch schlimmer, weil er sich so immer mehr im Dickicht des Waldes verstrickte.

Was für ein Scheißtag! Er hätte schreien können. Keine Chance mehr, hier noch herauszukommen, bevor es aufhellte. Thomas setzte sich nun auf einen Baumstumpf und griff nach der letzten noch vollen Bierdose in seiner Stofftasche. Das löste zwar nicht sein gegenwärtiges Problem, löschte aber wenigstens seinen Nachdurst.

Manche sagen, der Mensch sieht in seiner größten Not immer noch einen kleinen Hoffnungsschimmer. Um noch einmal alles zu geben, bevor man aufgibt! Thomas sah sich genau in dieser Situation. Auf dem Baumstumpf sitzend blickte er um sich. Jetzt sah er zu einem großen Hang circa dreißig Meter entfernt von ihm. Nun ist es nichts Ungewöhnliches, im Wald einen Hang zu entdecken, doch bei genauem Hinsehen schimmerte dahinter blassbläuliches Licht, vermischt mit einer weiteren, schwach orange leuchtenden Lichtquelle. Als dann noch Kratz- und Knackgeräusche unbekannter Art hinzukamen, verdrängte Thomas anwachsende Neugierde alles Schlechte des bisherigen Tages. Er musste zum Hang und dort hinauf. Unbedingt!

Nach den ersten Schritten schob Thomas seine Stofftasche über den Ast eines nebenstehenden Baumes. Er wollte nicht gleich durch Klappergeräusche unangenehm auffallen. Oben angekommen gab es dann für Thomas einen echten Lichtblick. Und was für einen!

In einer Mulde der teilweise wiederaufgeforsteten Waldlichtung stand ein mittelgroßes, scheibenförmiges Raumschiff. Auf dessen Unterseite befinden sich Lampen, die blassbläuliches Licht ausstrahlten. Einige Meter daneben sah er irgendwelche Leute, die sich mit mehreren Spaten daranmachten, einige der eben frisch gepflanzten Kiefern wieder auszubuddeln und deren Wurzelballen in eine Art Plastiktüte zu stopfen. Bei dieser Aktion verwandten diese Leute, Thomas beschreibt es noch heute so, orangeleuchtende Baustrahler.

Die allermeisten hätten bei diesem Anblick wohl Angst bekommen, wären weggerannt, aber Thomas hatte an diesem Tag so viel Schlechtes in eng geballter Form durchlebt, dass er nur noch eines empfand. Bewunderung! Bewunderung für die Leistung einer anderen Zivilisation, alles auf sich zu nehmen, um zu uns zu kommen. Bewunderung für das majestätisch leuchtende Raumschiff ...« Thomas hätte an diesem Abend wohl noch den ganzen Wald bewundert, wäre er nicht ein wenig ins Schwanken gekommen. Um sich abzufangen, setzte er seinen linken Fuß nach vorn. Genau auf einen morschen Ast, der gut hörbar zerknackte.

Die Leute unten in der Mulde schreckten auf, liefen zusammen, schauten dann den Hang absuchend in Thomas' Richtung und sprachen miteinander. Einer aus der Mitte sah Thomas als erster und zeigte mit seinem Finger auf ihn. Das, was da besprochen wurde, konnte Thomas zwar hören, aber nicht verstehen. Wie denn auch? Thomas ist deutscher Erdenbürger! Jetzt griff einer dieser Leute nach einem der orangeleuchtenden Baustrahler und richtete ihn für einen kurzen Moment auf Thomas' Gesicht, drehte den Strahler dann aber leicht zur Seite, sodass Thomas nicht mehr geblendet wurde. Gentlemanlike eben!

Derjenige, der auf Thomas gedeutet hatte, trat aus einem Halbkreis hervor, der sich inzwischen gebildet hatte. Er ging den Hang hinauf, lief genau auf Thomas zu. Aber ganz langsam!

Thomas blieb wie angewurzelt stehen. Seine Neugier, an diesem »Scheißtag« etwas Neues zu erleben, war stärker als jede Angst, die er kannte. In gut zwei Metern Abstand blieb der Unbekannte stehen. Er sah Thomas genau ins Gesicht und lächelte ihn an:

»Sei unbesorgt, wir tun dir nichts!«

Thomas blickte ganz erstaunt auf den Unbekannten:

»Ich kann weder glauben was ich sehe noch glauben was ich höre.«

»Aber so komm doch mit und überzeug dich selbst!«, sagte der Unbekannte vor ihm und zeigte dabei mit seiner Hand in Richtung Mulde, wo die restlichen seiner Leute zuschauten.

So, als würden sie sich schon ewig kennen, gingen beide gemeinsam den Hang hinunter zu den anderen, die immer noch im Halbkreis zusammenstanden. Unten angekommen, trat einer aus dem Halbkreis hervor und streckte seine Hand aus, bereit zum Handschlag:

»Urus«, tönte es von ihm, er sagte aber nur dieses eine Wort, um Thomas nicht zu überfordern.

Dann folgten noch die Wörter »Pulo«, »Mekos«, »Satina«, »Vennia« und als letztes das Wort »Maro«, von dem, der ihn gerade abgeholt hatte.

Thomas hatte keine Zweifel, das sind die Vornamen dieser Außerirdischen, aber dass die ihn gleich mit Handschlag begrüßten, das war alles so oberirdisch, man konnte es kaum glauben! Beeindruckt von dem Ganzen zeigte Thomas mit seinen Fingerspitzen auf sich selbst und rief ziemlich aufgekratzt »Thomas« in die Runde.

Dann wandte er sich von der Gruppe ab und schaute zum Raumschiff dicht neben ihm. Aufgeregt lief er dorthin. Lief einmal im Kreis ums ganze Raumschiff, schaute dabei durch die geöffneten Schiebetüren, bückte sich nach unten, betrachtete die blauen Lampen, stand wieder auf, stellte sich auf Zehenspitzen, verdeckte mit beiden Händen sein Gesicht, ähnlich wie bei einem Pferd mit Scheuklappen, um so durch ein Bullauge schauen zu können und schloss dann ebenso schnell zur Gruppe wieder auf:

»Ihr seid Außerirdische, echte Außerirdische, ganz weit weg, von einem anderen Planeten?«

»Wir kommen von auswärts, vom Planeten Vetos, sind keine Erdlinge!«, antwortete Maro beruhigend.

Thomas war völlig von der Rolle:

»Aber wieso könnt ihr dann meine Sprache sprechen und kennt zudem noch Begriffe und Gesten von uns Erdenbürgern?«

»Um diese lange Geschichte zu erzählen bleibt leider keine Zeit!«, antwortete Urus. »Wir wollen noch im Dunkeln wieder wegfliegen!«
»Wir haben niemals damit gerechnet, hier, so weit draußen im Dunkeln, einen Erdling zu treffen«, warf Satina ein.
Damit waren für den verdutzten Thomas letzte Zweifel ausgeschlossen. Diese Außerirdischen hatten zwei Frauen mit an Bord, Satina und Vennia genannt.
Da Thomas kein unemanzipierter Macho ist, achtete er an diesem Abend besonders auf die beiden jungen Frauen mit ihren Fragen.
Thomas blickte Satina in die Augen:
»Ich hab mich verlaufen.«
»Hier, im Wald verlaufen?«, fragte Satina bewusst nach. Sie wollte damit Thomas animieren, mehr über sich selbst zu erzählen.
»Ich glaube, ich hab mich im ganzen Leben verlaufen«, gab Thomas kleinlaut zurück.
»Kann man das überhaupt, sich im Leben so verirren und schlussendlich in eine Lage kommen, aus der es keinen Ausweg mehr gibt, dem zu entfliehen?«, fragte Maro.
Maro – der Unbesorgte – wurde vor seiner Zeit als Astronaut in Psychologie geschult.
»Oh ja«, sagte Thomas, »davon bin ich persönlich überzeugt. Ab heute!«, fügte er noch hinzu.
Überzeugt hatte Thomas zu diesem Zeitpunkt alle aus dieser außerirdischen Gruppe. Sie standen mittlerweile in einem Halbkreis um ihn herum. Es waren seine neuen Zuhörer, die alle gespannt waren, was Thomas an diesem Tag so Aufregendes erlebt hatte.

Nun durfte er den ganzen Frust, die ganze aufgestaute Wut dieses Tages, hübsch verpackt in einer interessanten Erzählung, ein zweites Mal durchleben. Ging auch so einigermaßen, doch als Thomas erzählerisch an die Stelle gelangt war, wo Konstanze ihm sein selbstemailliertes Herz vor die Füße warf, rang er deutlich erkennbar um Fassung.

Maro lief auf ihn zu, berührte kurz linkshändig seinen Arm und ging dann mit ihm in Richtung Ufo. Allen anderen war schon längst klar, Maro wäre derjenige, zu dem Thomas am schnellsten Vertrauen fassen würde.
»Du hast heute viel erlebt, darunter viel Schlechtes«, urteilte Maro.

»Thomas, versuch bitte aus dem Schlechten den Anteil an Gutem herauszuschöpfen, auch wenn dieser auf den ersten Blick etwas versteckt und somit schwer auszumachen scheint.«

Dieser Rat führte aber dazu, dass Thomas noch frustrierter wurde:

»Die ganze Welt hat sich gegen mich verschworen …«, Thomas stockte im Satz, senkte seinen Kopf nach unten.

Er war völlig am Ende, konnte niemandem mehr in die Augen schauen, hätte laut losheulen können. Doch während er seinen Kopf senkte, rückte, wenn auch nur für einen kurzen Moment, eines der drei Stützbeine des Kurzstreckenraumzubringers – gemeinhin auch Ufo genannt – in sein Blickfeld. Flugs schaute er dorthin und fing sich wieder. Nun, mit mehr Selbstbewusstsein, hob er wieder seinen Kopf und schaute Maro ins Gesicht:

»Nehmt mich mit! Bitte nehmt mich mit!«, rief er lauthals, wobei sich bei dem Wörtchen »Bitte« seine Stimme überschlug.

Völlig überrascht stand Maro wie angewurzelt da, starrte Thomas an und wusste nicht, was er antworten sollte.

Da selbst ein mit Psychologie vertrauter Maro gelegentlich Ratschläge braucht, kam der Rest der Gruppe auf ihn zu. Pulo blieb kurz direkt vor Maro stehen. Dabei bewegte er mit einer ruckartigen Geste seinen Kopf in Richtung Ufo, so, als wollte er einen Fußball dorthin köpfen.

Wenig später standen alle, außer Thomas, gemeinsam am Ufo, fingen an zu diskutieren. Laut und heftig. Ihre Arme flatterten hin und her. Mekos zeigte mit seiner Hand auf Thomas, Vennia quatschte allen dazwischen, Satina wirkte völlig aufgewühlt. Pulo bemühte sich, dass alle den Überblick behalten und Urus versuchte irgendwie zu vermitteln. Aber so schnell und heftig sie stritten, genauso schnell fanden sie eine Einigung. Dann strömten alle wieder auseinander. Maro indessen kam auf Thomas zu, der immer noch an seinem Platz stand und alles ungläubig mit angeschaut hatte.

»Du kannst mit uns mitkommen, Thomas, wenn es so sehr dein Wunsch ist!«

Nun schloss Thomas fest seine Augen und atmete laut schnaufend aus. In diesem Augenblick ist ihm gleich eine ganze Ladung Steine vom Herzen gefallen. Er blieb noch eine Weile so stehen, musste sich erst mal sammeln.

Dieses Wechselbad der Gefühle, das sich innerhalb weniger Stunden vollzogen hatte, löste nun bei ihm ein Schlüsselerlebnis aus. Von jetzt an war alles super durchdacht, hilf- und lehrreich, es musste lediglich außerirdisch sein, von irgendeinem anderen Stern kommen!

Währenddessen zog Rauch von der Seite heran. Nein, kein Feuer! Es roch nach Bratwürsten, die auf einem bereitgestellten Grill lagen.

An der Stelle, zum besseren Verständnis, ein kurzer Hinweis:
Thomas verwendete bei seinen Tagebuchaufzeichnungen ihm bekannte, deutsche Begriffe, Ausdrücke, Maßeinheiten und noch so einiges. Auf Anraten der Außerirdischen tat er dies, um Dinge schneller fassen zu können, um sich noch selbst zurechtzufinden. Die von ihm beschriebenen Bratwürste würden Außerirdische nie unter der Benennung Erdbratwürste einordnen.

Der würzige Rauch des Grillfleischs roch unheimlich gut. Außer den beiden Currywürsten vom Kiosk hatte Thomas seit den Mittagsstunden nichts mehr gegessen. Zudem kam durch die wärmende Holzkohle ein bisschen Lagerfeuerromantik auf. Als Thomas zusammen mit den anderen rund um den Holzkohlegrill saß, blickte er zu den jungen, bereits eingepackten Kiefern rüber.

»Ihr braucht unbedingt unsere Kiefern für euren Heimatplaneten? Ihr fliegt extra wegen einer Handvoll Bäume bis hierher? Dafür gibt's doch Gründe, oder?«

Betretenes Schweigen. Vennia war sichtlich bemüht ihr Grinsen zu unterdrücken. Thomas ahnte schon, warum es so still war.

»Ist das auch wieder so ne lange Geschichte, die man jetzt nicht erzählen kann?«, fragte er nach.

Alle lachten laut auf! Zu diesem Zeitpunkt war Thomas keinesfalls mehr der Meinung, dass sein Leben sinnentleert ist. Zumindest nicht auf einem neuen Planeten! Gedankenvertieft schaute er auf seine Bratwurst, dann wieder in die Runde. Die, von denen er Essen bekam, das sind keine Wesen von einem anderen Stern. Die da am Grill, das sind Menschen, wie Thomas selbst! Sicher, etwas anders als er sehen die schon aus, doch haben Besucher eines anderen Sterns nicht das gleiche Recht auf Menschenwürde wie wir? Diese wunderbaren Leute neben Thomas sind außerirdische Menschen!

Während des Essens erzählte Thomas, als selbsternannter Naturkundeexperte, dass Kiefern besonders robuste, widerstandsfähige Bäume sind.
»Wissen wir schon!«, sagte Mekos.
Jetzt war die Verwirrung komplett. Thomas hatte keinen Schimmer, woher diese Leute all ihr Wissen hatten. Nachdem alle aufgegessen hatten, schaute Urus auf seine Fingerringuhr:
»Leute wir müssen! Lasst uns aufbrechen!«
Urus war Beamter, bevor er zur Raumfahrt ging und der hängt heute noch manchmal bei ihm raus. Thomas zeigte noch schnell, bevor es zu spät sein wird, auf einige Fliegenpilze:
»Von denen nehm ich ein paar mit!«
»Wieso?«, fragte Satina. »Die kann doch kein Mensch essen!«
»Aber eure Pharmaindustrie kann mit dem Gift der Pilze etwas anfangen«, gab Thomas zu verstehen, »da bin ich mir sicher!«
Vennia reichte ihm einen Plastikkorb rüber:
»Guter Vorschlag, Thomas!«
Nachdem Thomas einige Pilze eingesammelt hatte, half er den anderen, indem er zusammen mit Maro und Mekos die restlichen ausgebuddelten Kiefern zum Ufo schleppte, während alle Übrigen die restlichen Dinge heranbrachten.

Nun war es so weit! Alle standen zusammen in einer Gruppe vor diesem scheibenförmigen Raumschiff, in etwa von der Größe eines Fertighauses. Bildlich gesprochen sieht es aus, als hätte jemand zwei große Suppenteller mit ihrer jeweils offenen Wölbung an einen kurzen, dazwischenliegenden, durchgehenden Metallzylinder geheftet. Genau dort befinden sich mehrere Bullaugen. Der obere Teil dieses Raumschiffes ist zudem durchsichtig, wie bei einer Glaskuppel. Aus dem unteren Teil des Raumschiffes ragen drei kräftige Stützbeine, in etwa so, als würde der untere »Suppenteller« auf einem dreibeinigen Hocker stehen. Zwischen diesen Stützbeinen sind drei Hochleistungsstrahler eingearbeitet. Sie sehen ungefähr wie Autoscheinwerfer aus und sind in der Lage, hellbläuliches, »supra-gleißendes« Licht abzustrahlen.

Maro, der erste Kapitän, zog nun seine Fernbedienung und drückte den obersten roten Knopf. Dann surrte es. Dort, wo üblicherweise zwei Schiebetüren zusammenstoßen, fuhr langsam eine kleine Rampe herunter. Für

Thomas ein großer Moment! Das erste Mal in seinem Leben wird er gleich ein echtes Ufo betreten.

Kapitel 2

Thomas' erste Reise in einem Ufo

Im Innern des Raumschiffs ist es klein und beengt, obwohl es von draußen groß und geräumig wirkt. Das liegt vor allem an den Außenwänden, da zwischen denen und der Reisekabine zusätzlich starke Schutzwände eingebaut worden sind – eine Kühlschutzverkleidung –, in der zudem diverse außerirdische Hochtechnologie verbaut worden ist.

Auf der linken sowie auf der rechten Seite stehen Stuhlpaare an der Wand, die ungefähr wie qualitativ hochwertige Bürostühle aussehen. Die Stühle sind von der Sitzposition so angeordnet, dass man sich gegenüber sitzt und in die Augen sehen kann. Hinter den Stuhlpaaren stehen ebenfalls links und rechts, neben dem Durchgang zum Navigationsraum, zwei eingebaute Gitterräume. So wie ein überdimensionierter Laufstall, der aus Gitterstäben gefertigt worden ist. In einem dieser Räume befinden sich als Ersatz neben verschiedenen Kleinteilen einer speziellen Notausrüstung zwei der Kabinenstühle, von denen einer für Thomas geholt und in eine Vorrichtung am Fußboden arretiert wurde.

Die Männer der Mannschaft brachten gemeinsam mit Thomas die noch draußen liegenden Kiefern in den zweiten, gegenüberliegenden leeren Gitterraum. Maro und Pulo wollten sie festgurten. Alle übrigen Sachen, unter anderem die Baustrahler, den Holzkohlegrill und die Spaten wurden gemeinsam von denen, die nichts anzugurten hatten, in einem der soeben genannten Gitterräume verbracht. In dieser Reisekabine gibt es keine Trennwände. Somit ist ein Blick von ganz hinten bis vorn zum Navigationsraum möglich, also auch ein Blick durch das gläserne Dach, gen Himmel.

Nachdem alle auf den Stühlen Platz genommen hatten, schlossen sich die beiden Schiebetüren des Raumschiffs. Während die in der Mitte zusammenstoßen, rastet gut hörbar ein Verschluss ein. Als Maro gemeinsam mit Urus im Navigationsraum Platz genommen hatte, schoben die übrigen vier Leute auf ihren »Bürostühlen« der Reisekabine einen Zylinder in die

Armlehne, während Thomas ihnen dabei zusah. Daraufhin bewegten sich langsam rund gebogene Karbonfaserstangen aus den Außenseiten dieser Stühle zur Mitte, um sich dann ineinanderzuschieben. Sie umschließen Brust und Bauch des Reisenden, ähnlich wie bei einem Korsett.

Der Motor startete nicht. Stattdessen sah man folgende Fehlermeldung auf der Anzeigetafel:
Funktionsstörung in Sektor 5.
Typisch für Thomas, er schaute gedankenverloren auf diese Anzeigetafel. Was Thomas zu der Zeit noch nicht wusste: mit Sektor 5 ist der Stuhl gemeint, auf dem er gerade sitzt.
Maro drehte sich um, schaute Thomas ins Gesicht:
»Thomas, wir möchten gern starten!«
»Ich mach doch gar nichts!«, rief er voreilig. Nervös sah sich Thomas wieder einmal in der Rolle des Schuldigen.
»Ja eben«, antwortete Pulo und schob den Zylinder an seinem Stuhl in die Armlehne.
»Wir müssen alle angeschnallt sein, um starten zu können!«, ergänzte Mekos.
Nun lief der Motor an. Währenddessen war ein hoher Pfeifton zu hören. Erst leise, dann immer lauter werdend. Jedermann merkte, wie der Antriebsmotor unter den Füßen auf Touren kam.
Gleich darauf erhob sich das Raumschiff. Aber nur ein paar Meter über den Waldboden. Nun heulte die Maschine unter ihnen erst richtig auf. Im ganzen Raumschiff vibrierte es. Langsam gingen sie in eine 45-Grad-Neigung. Die Kabinenstühle drehten sich nun zum Navigationsraum, der jetzt bergauf zu liegen schien.

Urus ergriff im Navigationsraum einen langen Hebel der Bordinstrumente und legte ihn um. Auf einmal schossen sie in die Höhe. Wie ein Pfeil, von einem Flitzebogen abgeschossen! Thomas wurde regelrecht in seinen Sitz gepresst und sah gerade noch, wie das Raumschiff durch die Wolken raste, immer steiler werdend, in Richtung Orbit.

An der Grenze zum Eintritt in den Weltraum, dort, wo der Himmel langsam tiefblau wird und die Sterne mehr und mehr zu sehen sind, wurde Thomas mulmig. Da war auf einmal ein Gefühl von Leichtigkeit in Thomas' ganzem Körper, ähnlich wie bei einem Fahrstuhl, der kurz vorm Erreichen eines Stockwerks anhält, dann aber etwas nach unten absackt. Zum Glück nur kurz. Thomas spürte wieder sein Körpergewicht auf dem Stuhl, fühlte sich jedoch um einiges leichter geworden.

»Das ist die künstliche Gravitation unseres Raumschiffs«, erklärte Pulo. »Die ist aber nicht ganz so stark wie bei euch auf der Erde! Kurz nach dem Eintritt in den Weltraum wird sie vom Bordcomputer des Raumschiffs in Betrieb gesetzt.«

»Habe ich gemerkt!«, sagte Thomas.

»Du meinst das mulmige Gefühl?«, fragte Mekos.

Thomas nickte wortlos.

Mekos grinste: »Das haben wir alle gemerkt!«

»Müssen wir in dieser Sardinenbüchse bis zu eurem Heimatplaneten fliegen?«, wollte Thomas wissen.

»Ach was!«, rief Pulo. »Unser Reiseraumschiff liegt weiter draußen.«

»Wir steigen noch um!«, warf Vennia ein. »Dies ist nur der Kurzstreckenraumzubringer. Unser Reiseraumschiff ist so groß und schwer, das könnte gar nicht vom Erdboden abheben.«

»Fliegen wir zum Mond?«, bei dieser Frage wurden Thomas' Augen größer.

»Nein, diesmal nicht!«, antwortete Satina. »Wir fliegen zu Phobos.«

Phobos ist der größere der eingefangenen Marsmonde. Da Thomas in seinen letzten Schultagen, in denen ja ganztägig Erd- und Weltraumkunde unterrichtet wurde, gelegentlich einen Blick auf die Schultafel und nicht ständig auf Konstanze nebst deren Freundinnen richtete, war ihm dies bekannt.

»Warum nicht zum Mond, der ist doch viel näher dran?«, hakte Thomas nach.

»Vor unserer Mission – gemeint ist der augenblickliche Flug – gab's einen neuen Plan«, antwortete Satina.

»Wir sind aber nicht die einzigen Gäste auf Phobos!«, ergänzte Vennia. »Unsere zweite Gruppe wartet bereits dort, mit deren eigenem Reiseraumschiff.«

»Hört sich so an, als wolltet ihr unseren Mars erkunden«, ergänzte Thomas.

Mekos blickte, mit einem Schuss Pathos in seinen Augen, zu Thomas rüber: »Hört sich nicht nur so an, wir tun es wirklich!«

Während Thomas nun gänzlich verwirrt war – er konnte sich keinen

Reim darauf machen, wieso sich außerirdische Menschen auch noch für seinen Mars interessieren –, schaute er, von seiner Seite aus, durchs Bullauge. Jetzt konnte er ein letztes Mal die Erde sehen. Sie wurde immer kleiner. Ein wenig wehmütig blickte er ihr nach. Sie war schon fast auf die Größe einer Zweieuromünze geschrumpft.

»Da geht sie hin, meine Erde«, sagte Thomas, wobei er sie fortwährend ansah.

Vennia bestärkte ihn: »Mach dir nichts draus, Thomas. Nutze deine Chance! Fang neu zu leben an!«

So gut motiviert richtete Thomas gemeinsam mit den anderen seinen Blick zum Mars, der immer größer und schöner wurde. Noch sah er in etwa aus wie der rot leuchtende Mond während einer Mondfinsternis, doch schon bald war das Raumschiff dem Mars so nahe, dass man die beiden Reiseraumschiffe, die auf dem Marsmond Phobos abgestellt worden waren, erkennen konnte.

Eines der dort unten erkennbaren Reiseraumschiffe wirkte ziemlich groß und geräumig, das andere dagegen eher klein, höchstens halb so groß, wenn überhaupt.

Pulo zeigte mit seinem Finger in Richtung Bullauge:

»Das große dort ist unser Schiff, das kleinere daneben gehört zur Gruppe der zweiten Mannschaft!«

Thomas sah ihn verdutzt an: »Wieso fliegt ihr mit zwei Raumschiffen in Richtung Erde? Das größere Raumschiff bietet doch allemal genug Platz!«

»Vom Prinzip schon aber …«, Pulo rang nach Worten.

»Aber?«, setzte Thomas nach.

»Aber lass dir die und andere lange Geschichten nach und nach erzählen. Sonst wird's zu viel auf einmal! Zu viel zu lernen für nur einen einzigen Tag!«

»Apropos lange. Wie viele Tage brauchen wir bis zu eurem Planeten?«

Mekos lächelte: »Schön, dass du das auch mal fragst. Und wenn ich jetzt sechs Monate sagen würde?«

»Oh nein!«, stöhnte Thomas.

»Bleib gelassen!«, beruhigte Mekos. »Wir sind insgesamt drei Tage zur Vetos unterwegs.«

Thomas atmete auf.

Als sie bis auf wenige hundert Meter ans große Raumschiff herangeflogen waren, öffnete sich dort eine große, weite Klappe. Unten an Bord waren einige aus der zweiten Gruppe zu sehen.

Jetzt wurde es knifflig. Man merkte Maro und Urus die Anspannung an. Die beiden drosselten die Geschwindigkeit, sodass der Raumzubringer deutlich langsamer wurde. Doch nach einigen kleinen Kurskorrekturen flogen sie direkt durch diese Öffnung in den Bauch des Reiseraumschiffes. Dann landeten Maro und Urus den Raumzubringer in dessen Untergeschoss. Die große Außenklappe am Reiseraumschiff wurde währenddessen rasch wieder geschlossen, begleitet durch lautes Zischen und Pfeifen, das unüberhörbar durchs ganze Untergeschoss hallte.

Maro verließ als erster seinen Platz, kam auf Thomas zu:
»In der unteren Etage wird wieder Luft zurückgepumpt, Atemluft!«
Diese besondere Art Raumklang war noch einige Minuten zu hören – Thomas schien's unendlich lange vorzukommen – , aber die Ruhe danach war umso schöner! Schön war auch, dass jetzt alle den Raumzubringer verlassen konnten, da nun im Untergeschoss kein Vakuum mehr war.

Als alle dabei waren aus dem Raumzubringer auszusteigen, standen die aus der zweiten Gruppe schon vor ihnen. Sie waren noch in ihren Raumanzügen, sahen fast wie Mondmenschen aus, doch ihre Helme hatten sie bereits abgesetzt. Mit großen ungläubigen Blicken schauten sie zu ihren soeben angereisten Kollegen. Thomas kam es vor, als würden sie das erste Mal im Leben einen Erdenbürger betrachten.
»Ihr seid zu siebt?«, fragte deren Teamleiter und trat einen Schritt hervor, hin zu Thomas.
Wie ein väterlicher Freund legte nun Maro seinen Arm um Thomas' Schulter und ging, gemeinsam mit ihm, einen Schritt vor:
»Wir haben noch jemanden mitgebracht!«, sagte er stolz, »er ist uns im Wald einfach zugelaufen.«

Kurze Erklärung:
Da Thomas unschwer als Erdenbürger zu erkennen ist, sprachen alle vom ersten Moment an in deutscher Sprache miteinander. Deutschland

wurde ja als Missionsort gezielt angeflogen! Thomas hat als neuer Gast das Recht, alles zu verstehen!

»Ihr könnt nicht einfach nur so jemanden mitnehmen, der euch im Wald begegnet«, kam von Nepon, dem Teamleiter, »und du weißt das auch, Maro!«

Jetzt stellte sich, zur Überraschung aller, Thomas ganz dicht vor die zweite Gruppe:

»Herzlich willkommen! Ich heiße Thomas. Maro sowie die anderen, haben mich mitgenommen, weil ich ausdrücklich darum gebeten habe. Einmal aus Neugierde, um euch alle besser kennenzulernen, aber vor allem, um mich selbst besser kennenzulernen. Dazu brauche ich aber eine neue, eine bessere Perspektive, die mir meine Erde leider nicht bieten kann. Aber auf der Vetos sehe ich eine! Schon allein, weil dort alles fortschrittlicher und moderner sein wird.«

Maro staunte nicht schlecht. Thomas selbst gab ihm die Argumente für seinen Ermessensspielraum, der ihm als Kapitän seines Raumschiffes vom Präsidenten eingeräumt worden ist.

Maro kann grundsätzlich einen Erdenbürger »per Anhalter« mitnehmen. Aber nicht einfach aus einer Laune heraus! Wieder zurück auf der Vetos, muss er schon stichhaltige, nachvollziehbare Gründe nennen, warum er sich zu so einem Schritt entschlossen hat. Schließlich verursacht ein neuer Erdling auch neue Extrakosten!

»Weiß Thomas denn vom mündlichen Siedlungsvertrag?«, fragte Nepon neugierig nach.

»Wieso mündlicher Siedlungsvertrag?«, fragte Thomas und wirkte überrascht.

»Der ausgesprochene Satz im Wald – ›Bitte nehmt mich mit‹ –«, erklärte Maro beruhigend, »ist eine, wie du eben selbst gesagt hast, ausdrückliche Willensbekundung, an außerirdischen Astronauten in besonders starkem Maß interessiert zu sein, die du Thomas, vor uns, vor sechs Zeugen, freimütig abgegeben hast. Nach den Raumfahrtgesetzen der Vetos ist dies ein Vertrag, der mindestens sechs Erdmonate Bestand hat! Zudem wird dieser Vertrag beim Eintritt in den Orbit, also ungefähr fünf Minuten nach dem Losfliegen, beiderseits unkündbar! Dieser hat später auf unserer Gemeinde in Schriftform aufgesetzt und unterschrieben zu werden!«

Für Thomas aber war das kein Problem. Nun sowieso nicht mehr, wo er eben mal schnell die gesamte zweite Raumfahrergruppe zusätzlich zu seinen Ohrenzeugen gemacht hatte.

Nachdem schlussendlich alle Kiefern nebst schmutzigem Grill ausgeladen worden waren, ging's mit diesem »Marschgepäck« im Lastenaufzug eine Etage nach oben. Hier, in der ersten Etage, ist ein Minigewächshaus eingerichtet worden, in den alle Kiefern hineingestellt werden sollen. Daneben ist eine Besenkammer, dort befindet sich üblicherweise der Grill, doch nur, wenn er zuvor gereinigt worden ist. Die Wahl fiel auf Thomas, der im Gegensatz zu den anderen gerade nichts Gescheites zu tun hatte.

In der dritten und letzten Etage sind neben dem Navigationsraum, die Speise- und Erholungsräume. Ganz vorn, am Eingang dieser Etage, sah Thomas eine Tür mit den Kürzeln »XX« in ihrer Mitte.

Pulo, der zusammen mit Thomas die dritte Etage betrat, blieb genau vor dieser Tür stehen, schaute auf die Kürzel und wollte gerade deren Bedeutung erklären.

»Ich weiß schon, was das ist!«, sagte Thomas, der nun urplötzlich einen gewissen Drang verspürte. Er stürmte durch die Tür und da er ausnahmsweise mal die Dinge richtig eingeschätzt hatte, konnte er beim Betreten dieser Kammer ein WC sehen, was ihm kurz darauf eine deutliche Erleichterung verschaffte.

Danach gab's im Speisesaal Abendbrot, wenn man das so nennen will. Der Tisch war reichlich gedeckt. Kein Fleisch, dafür aber viele Gemüsesorten und Salate. Auch Weißbrot wurde gereicht. Astronautennahrung eben! Dazu gab's, in großen langen Gläsern, ein rotes Getränk. Thomas dachte schon an leckere Limonade, doch es war Tomatensaft. Aber es gab auch Alternativen: Möhrensaft sowie Rote-Beete-Saft. Na ja, geschmeckt hat's trotzdem. Thomas hatte Hunger und Durst.

Nachdem alle am Tisch mit dem Essen fertig waren, standen die aus der zweiten Mannschaft – sie hatten sich dazugesetzt – nun wieder auf, verabschiedeten sich von allen anderen und machten sich auf den Weg zu ihrem eigenen Raumschiff. Während Maro, Urus und Pulo in den Navigationsraum gingen, betrat Thomas zusammen mit Satina und Vennia, den Beobachtungsraum gleich nebenan. Von dort kann man nach draußen sehen. Thomas kam sich vor, als stünde er unter einer großen, verglasten Kuppel.

Langsam hob das Reiseraumschiff ab, aber außer einem mittelmäßig hörbaren Surren waren keine Maschinengeräusche zu hören. Es gab auch kein Rumpeln, Vibrieren und erst recht keine ruckartigen Bewegungen. Man konnte ganz normal hinter diesen rund gekrümmten Glasscheiben stehen, ohne sich zuvor mit rund gebogenen Karbonfaserstangen anschnallen zu müssen. Kaum waren sie losgeflogen, da folgte ihnen auch schon das zweite kleinere Raumschiff der anderen Gruppe. Aber in einem Abstand von mindestens 500 Metern. Und der wurde nicht ziemlich genau eingehalten.

Nach diesen für Thomas ersten, aufregenden Beobachtungen – er selbst war ziemlich sprachlos – verließen alle gemeinsam den Beobachtungsraum, um von dort in den Erholungsraum zu gehen. Hinten im Raum stand eine große, halb aufgebaute Videoleinwand. Mekos war gerade dabei den Rest zu erledigen. Die linke Seite dieses Raumes war mit Holzregalen zugestellt, die zur Hälfte mit Büchern gefüllt waren. Auf der rechten Seite und vor ihren Füßen stehen große, breite, knautschige Ledersofas, davor ein Couchtisch mit einer dicken, blauen Kristallglasplatte.

Vennia streckte zur Präsentation ihren Arm aus:
»Das ist unser Erholungsraum, Thomas!«
Thomas durfte als besonderer Gast auf dem Sofa in Frontseite zur Videoleinwand Platz nehmen. Die anderen drei setzten sich auf das gegenüberstehende Sofa.

Nun war endlich mal ein bisschen Zeit zum Abschalten, etwas Atemholen, mal richtig durchschnaufen und um sich Geschichten zu erzählen.
Mekos schaute zu Thomas rüber:
»So ein Reiseraumschiff wird stets zu dritt geflogen!«
»Ich kann mir vorstellen, dass dies kräftezehrend ist«, betonte Thomas.
»Und deswegen wechseln wir uns alle gegenseitig ab«, sagte Satina und griff nebenbei zu einem Glas Rote-Beete-Saft. »Wir alle haben dafür die nötige Ausbildung!«, erklärte sie selbstbewusst.
Satina war es dabei wichtig zu betonen, dass auch Frauen in der Lage sind, ein Raumschiff zu steuern, jedenfalls die von der Vetos!

Da aber Maro, Urus und Pulo die Reise gerade begonnen hatten, blieb bis zur Ablösung im Navigationsraum für Thomas ausreichend Zeit, nach und nach Fragen irgendwelcher Art zu stellen. Hier, zu dritt in dem gemütlichen Erholungsraum, ließen sich die vielen, vielen Fragen, die Thomas allesamt auf der Seele brennen mussten, in Ruhe klären. Zumal noch die Videoleinwand als Unterstützung im Raum stand, die Mekos soeben komplett aufgebaut hatte.

Doch als erstes gab es eine kleine, allgemeine Einführung zum Sonnensystem der Erde, präsentiert in schönen Bildern, die auf der Leinwand leuchteten.

»Wieso können wir diese Planeten, insbesondere den Jupiter, nicht in natura sehen, wenn wir schon dran vorbeifliegen?«, wollte Thomas wissen.

»Thoomaas!«, Mekos wurde ungläubig. »Große Gasriesen wie beispielsweise der Jupiter haben ein besonders großes Schwerefeld! Maro, Urus und Pulo können nicht, dir zum Gefallen, an solch einem Gasriesen in einer anstrengenden Exkursion so dicht wie möglich vorbeifliegen. Unser Raumschiff ist kein Zauberkasten!«

»Außerdem wollen wir gemütlich sitzen, uns ein wenig entspannen und nicht im Beobachtungsraum stehend die ganzen Planeten abwarten«, gab Vennia zu bedenken.

Im Anschluss gab's einen kurzen Einleitungsfilm über die Vetos. Auf der großen Videoleinwand sah man das vetische Sonnensystem mit allen Planeten und Monden, inklusive ihres Heimatplaneten. Die Vetos ist etwas kleiner als die Erde. Aber nicht wesentlich mehr als zwanzig Prozent. Und sie ist ein gutes Stück näher an ihrer Vetossonne. Im Vergleich dazu müsste es bei uns ungefähr in der Mitte zwischen der Erde und der Venus noch eine zweite Erde geben, auf der wir dann leben würden. Auf der Vetos ist, trotz ihrer Nähe zu deren Sonne, Leben deshalb möglich, weil diese Vetossonne weniger Wärme abstrahlt als unsere Erdsonne. Um die Vetos herum kreisen drei eingefangene Monde in unterschiedlichen Abständen. Im Verhältnis zu unserem Erdmond sind die verhältnismäßig klein, dafür aber allesamt näher an der Vetos.

Würde man alle drei Monde von ihrer Masse her zusammenrechnen, ergebe sich daraus ein virtueller Gesamtmond. Dieser wäre dann immer noch circa ein Drittel kleiner als unser Erdmond. Da aber dieser Gesamtmond die Vetos rein rechnerisch in einem viel kleineren Abstand umkreisen würde als die Entfernung von der Erde zum Mond ausmacht, hat dies fast genau den gleichen Effekt einer Stabilisierung, um die Vetos vom Trudeln abzuhalten, wie es bei unserer Erde der Fall ist.

Woher wissen das die Vetossen so genau? Dazu eine ganz einfache Erklärung. Seit längerer Zeit kennen die Vetossen die Kräfte unseres Erdmondes, der außerdem die Gezeiten Ebbe und Flut bewirkt. Auf der Vetos gibt es ebenso Gezeiten wie Ebbe und Flut, die schon um einiges seltener, jedoch nur unwesentlich schwächer in Erscheinung treten. Zwar müssen dabei alle drei Monde relativ dicht beieinander stehen, um eine Ebbe oder Flut entstehen zu lassen, doch dies kommt laut Aussage der Vetossen oft genug vor, um für vetische Meerestiere ideale Lebensbedingungen zu schaffen.

Thomas staunte nicht schlecht! Sagte doch Herr Peters, ein Planet unserer Größe bräuchte auch einen Erdtrabanten unserer Größe. Demzufolge hätte nur ein einziger und fast genauso großer Mond die Vetos umkreisen müssen! Doch auch der Abstand von unserer Erde zur Sonne sei ja unverrückbar, sonst gäbe es kein angenehmes Klima, eine zwingende Voraussetzung also, damit eine intelligente Zivilisation überleben kann! So kann man sich irren! Es gibt also doch Alternativen zu den von Erdlehrern vorausberechneten, unverrückbaren Grundsätzen! In diesem Moment wurde Thomas Folgendes klar: Das Leben ist nicht einfältig, sondern vielfältig! So gibt es auch vielfältige, individuelle Arten, im Weltraum zu leben, genauer gesagt zu überleben. Wir sollten lediglich bereit sein, danach zu suchen, unsere eigenen Hürden aus mathematischen Wahrscheinlichkeiten überspringen, um dann zu neuen Erkenntnissen gelangen zu können.

Nun bekam Thomas abermals Hunger. Bildungshunger! Jetzt wollte er alles von und über diese Vetossen wissen.

Kapitel 3
Erster Vorgeschmack einer neuen Zeit

Auf der Leinwand im Erholungsraum wurde zu Studienzwecken für Thomas eine Großaufnahme des vetischen Planetensystems gezeigt. Im Gegensatz zu unserem Sonnensystem hat das vetische Sternensystem eine völlig andere Planetenkonstellation. Um den Planeten Vetos ziehen, wie bereits erwähnt, drei Monde, doch allesamt in kurzen, leicht elliptischen Bahnen, in Bezug auf unseren Erdmond. Aber auch die Vetos selbst zieht, verglichen mit der Erdsonne, in einer kürzeren Umlaufbahn um ihre Heimatsonne. Zu diesen Unterschieden gibt es, verglichen mit denen der Erde, noch zusätzlich eine besondere Andersartigkeit auf der und um die Vetos.

Diese Besonderheit ist zumindest bei wolkenlosem Abendhimmel vom Vetosboden aus optisch wahrnehmbar, sofern dort ein Betrachter des Himmels gen Vetossonne schaut. Aber nur dann, wenn dieser, geprägt durch seine Erfahrung, die beiden unterschiedlichen Sonnensysteme direkt miteinander vergleicht!

Doch genau dies wurde Thomas zur Zeit seiner Anreise vorenthalten. Thomas hatte richtig gute Laune und die sollte nicht getrübt werden! Die Vetossen hatten bereits seit einiger Zeit erste wichtige Informationen über die Erde sammeln können und genau diese Andersartigkeit kam noch nie gut an!

Mittlerweile hatten sich Satina, Vennia und Mekos gemütlich in ihr Sofa geknautscht, das sie sich zu dritt teilten. Alle drei wollten wechselseitig vorerst über die schönen Dinge von der Vetos und über die Vetos erzählen.

Vennia wurde von Satina und Mekos ausgeguckt. Sie durfte als Erste mit einer passenden sowie angenehm klingenden Geschichte beginnen. Die sollte gleich zu Beginn packend erzählt werden, damit in Thomas die Lust geweckt wird, sich unendlich viele weitere Geschichten, rund um die Vetos anzuhören. Vennia beugte sich etwas nach vorn und schaute Thomas in die Augen:

»Meine Geschichte beginnt mit einem genialen Wissenschaftler namens Siro. Durch seinen unerschütterlichen Forschungsdrang – anfangs wurden er sowie seine Theorien von vielen seiner Kollegen heftig kritisiert – legte Siro, ohne es zu ahnen, einen wichtigen Grundstein für die ersten interstellaren Weltraumflüge. Schon in jungen Jahren war Siro der Meinung, sämtliche Materie, die uns umgibt, ließe sich von den Kraftfeldern eines Magneten beeinflussen.«

»Lässt sich auch Glas magnetisch beeinflussen?«, fragte Thomas, er war voll und ganz dabei, hörte genau zu.

»Das geht auch mit Glaspartikeln«, gab Vennia zu verstehen, »ähnlich dem, wie sich bewegendes Aluminium von einem Magneten beeinflussen lässt!«

☾

Vennia fuhr fort und erklärte nun das Funktionsprinzip eines Siroofens: In einer Kammer wird Materie eingebracht. Bei uns auf der Vetos wird zu diesem Zweck extrem staubhaltige Umgebungsluft angesaugt, später dann in einem Vakuum komprimiert. Die jetzt unterschiedlichen Staubpartikel, angefangen von Blütenpollen bis hin zu allgemeinem Hausstaub, werden nun in dieser Kammer von zwei unterschiedlichen Strahlungsquellen aus den darüberliegenden Brennstäben einerseits mit Röntgenstrahlen, andererseits mit hochenergetischen Gammastrahlen beschossen.

Bevor Siro seinen Ofen fertigstellen konnte, beobachtete er ganz genau unsere Vetossonne. Studierte regelrecht deren »Wirkprinzip«. Dabei kam ihm eine Idee: Da sich die Teilchen des Sonnenwindes magnetisch beeinflussen lassen – der Sonnenwind, der zur Erde schießt, wird durch das Magnetfeld der Erde größtenteils abgelenkt –, müssen sich auch zwei entgegengesetzt rotierende Kreisläufe mit verdichteter Materie magnetisch erzeugen lassen. Siro erkannte zudem, nach etlichen »Sonnenstunden«, dass es immer dann auf der Vetossonne zu einer gewaltigen Sonneneruption kommt, wenn zwei kreisförmig gegenläufige Protuberanzen zusammenstoßen.

Die innere Kammer des Siroofens hat die Form eines Zylinders und der steckt mit den darüberliegenden Brennstäben, ähnlich wie ein Weicheisenkern, in mehreren Drahtspulen drin. Jetzt werden die zuvor radioaktiv gemachten Staubpartikel durch diese Magnetspulen in Rotation gebracht. Dies geschieht mithilfe modernster Computertechnik, welche die elektromagnetischen Spulen steuert (künstlich geschaffene Protuberanzen).

In der Mitte des Zylinders ist – ebenfalls magnetisch erzeugt – »materiefreies Niemandsland«. Auf der linken Seite des Zylinders bewegen sich die Staubpartikel im Uhrzeigersinn, auf der rechten Seite genau entgegengesetzt. In kürzester Zeit entsteht eine immer schneller werdende Rotation der Staubpartikel. Diese um sich selbst drehenden Partikel verdichten sich immer mehr und erhitzen sich währenddessen. Daher der Name Ofen. So ganz nebenbei bekommt diese um sich selbst kreisende Materie zusätzlich ein eigenes Schwerefeld.

Ab einer bestimmten Temperatur der Materie – das geht rasend schnell – öffnet sich für wenige Sekunden die hintere Klappe am Ende des Zylinders. Der hinter Teil ist normalerweise der Teil, welcher vom Raumschiff aus in den Weltraum ragt. Auf der Vetos ist irgendein Teil zum hinteren Teil bestimmt worden.

Genau jetzt wird der Magnet in der Mitte des Zylinders, der das »Niemandsland« entstehen ließ, abgeschaltet. Da im Zylinder gegenläufige Materiekreisläufe erzeugt wurden, haben die jetzt an ihren Enden unterschiedliche Magnetpole und rasen direkt aufeinander zu. Im Nu entsteht eine gewaltige Eruption, die sich wiederum – unterstützt durch Magnetfelder – nunmehr durch den geöffneten, hinteren Teil des Zylinders ihren Weg ins Freie sucht. Dadurch entsteht ein gewaltiger Rückstoß, der somit für einen starken Vortrieb des Raumschiffes sorgt. In etwa so wie bei einer Patrone, die durch einen Gewehrlauf geschossen wird. Begünstigend kommt hinzu, dass sich diese heiße Materie mit zusätzlichem Schwerefeld besonders gradlinig aus dem Zylinder herausbewegt und das Ganze noch für einen Extrarückstoß sorgt.

Anschließend öffnet sich wieder die Klappe des vorderen Teils vom Zylinder, damit neue Materie, zum Beispiel die aus dem Weltraum, angesaugt werden kann. Auf der Vetos steht ein solcher Siroofen zu Versuchszwecken wie ein Güterbahnwaggon auf Schienen, sodass jeder, der zuschaut, sich eine rasend schnelle Vorwärtsbewegung mit ansehen kann.

Durch diese Erfindung konnte Siro die Weltraumfahrt revolutionieren, die zu der Zeit schon fast einzuschlafen drohte. Jetzt war die Menschheit auf der Vetos ihrem großen Ziel, Erkundungsreisen jenseits des vetischen Sonnensystems in den Weltraum zu starten, ein Stück näher gerückt. Bei uns gab's selbst zu der Zeit kaum jemand der von einer alles überragenden Einzigartigkeit der Vetos überzeugt gewesen ist. Laut einer unbestätigten Erzählung hatte sich vor einigen Jahren folgende Geschichte zugetragen.

Zwei Vetossen wanderten durch einen Wald. Dort kam es zu einer Ufosichtung. Daraufhin zeigte einer der beiden mit seinem Finger dorthin und sagte:

»So was kriegen wir auch irgendwann einmal hin!«

Die Idee, den Weltraum nach einer zweiten Vetos zu durchsuchen und diese wenig später zu erkunden, bekam jetzt erstmals einen Sinn. Zwar gab es auch vor Siros revolutionierender Erfindung Vetossonden auf der Suche nach Exoplaneten – man fand auch einige –, doch dies alles geschah nur halbherzig! So beschäftigten sich damals – zu der Zeit war noch ein hoher Technikaufwand erforderlich – überwiegend Hobbyastronomen damit, nach einer zweiten Vetos zu suchen und die auch zu finden. Warum? Die Mentalität dieser Zeit war folgende:

Was nützt uns ein vetosähnlicher Planet, gesichtet im Fokus eines Fernrohres, wenn wir doch keine Möglichkeit sehen, dort hinzukommen?

Aber nun war alles anders! Nicht nur von Hobbyastronomen sehnsüchtig erwartet, war nun endlich die große Zeit der Erkundung des Weltraums gekommen. Neue Forschungs- und Erkundungssonden wurden gebaut. Es entstanden nicht nur ein paar Arbeitsplätze. Es entstand ein ganz neuer Industriezweig! Ganze Städte wurden umgestaltet, einerseits was die Logistik, andererseits aber auch was die Erforschung und Herstellung völlig neuer Weltraumprodukte anging.

Als ob das nicht schon genug wäre, lebte zudem noch ein altes, fast schon vergessenes Trauma der gesamten vetischen Zivilisation wieder auf. Wenn wir Vetossen uns jeden Tag weiterentwickeln, Neues hinzulernen – so der

Tenor der Wissenschaftler –, dann wäre es doch schade, wenn all dieses eines Tages plötzlich und unerwartet ausgelöscht würde!

Da war sie wieder, die Angst vor kosmischen Bomben aus dem Weltraum. Die ganz plötzlich, scheinbar aus dem Nichts, auftauchen können. Wenn sie groß und schnell genug sind und eine »richtig mörderische Zusammensetzung« an Material haben, können sie binnen Tagen ganze Menschheiten ausrotten! Dabei spielt es dann auch keine Rolle mehr, an welchem Ort ein solch gewaltiger Felsbrocken einschlagen würde. Seine enorme, tödliche Zerstörungskraft könnte alles und jeden erreichen!

☽

Vennia gab nun die Rolle des Erzählers an Mekos ab. Mekos, der technisch sehr bewandert ist, fuhr nun fort:

☽

So wie bei euch Erdlingen in den Vierziger Jahren des Zweiten Weltkriegs das »Manhattan-Projekt« zum Bau von Atombomben ins Leben gerufen wurde, begann nun unser »Alos-Projekt«. Anbei, Alos ist die Stadt, in der du Thomas, als Neuankömmling wohnen wirst.

Dies war ein Novum, für uns alle! Zuvor sah man bei uns keine Notwendigkeit zum Bau von Kernwaffen und erst recht keine, Waffen mit einer nuklearen Sprengkraft zur Detonation zu bringen. Aber nun konnten wir neue, schnelle Raketen bauen, versehen mit neuartigem Siroantrieb. Diese Raketen lassen sich mit Kernwaffen bestücken und in den Weltraum schießen. Die Idee war, einen nuklearen Schutzschirm für unseren ganzen Planeten zu schaffen!

Zu allem Überfluss spielte noch ein außergewöhnlicher Umstand dieser verrückten Idee in die Hände. Auch wir Vetossen haben in unserer näheren Umgebung einen unbewohnbaren Planeten, den wir Jojos nennen, ähnlich dem Mars neben eurer Erde.

Zu der Zeit raste ein Felsbrocken des Alls mit gewaltigen Ausmaßen direkt auf Jojos zu. Der Plan unserer Wissenschaftler war folgender: Eine extra dafür gebaute Nuklearrakete sollte an dieser »kosmischen Bombe«, die unvermindert Kurs auf Jojos nahm, vorbeifliegen und genau dann detonieren, wenn diese atomar bestückte Rakete in der Mitte des kosmischen Felsbrockens zu sehen ist. Damit dies überhaupt ging, musste sie nun in unmittelbarer Entfernung an diesem Ungetüm vorbeifliegen. Trotzdem war Koper, unser Präsident, von dieser Idee begeistert und förderte mit großem Engagement das gesamte »Alos-Projekt«.

Etwas später war's dann so weit! Die Rakete detonierte wie geplant während des Vorbeiflugs am Asteoriden. Zuerst sahs gut aus. Die Flugbahn dieses Felsbrockens änderte sich. Nur, dass der kurze Zeit später in zwei Teile zerbrach, gehörte nicht zum Plan! Gewiss, der größere Teil flog knapp an Jojos vorbei, doch der kleinere Teil bewegte sich viel schneller und weiter fort als angenommen und gelangte somit ins Schwerefeld von Jojos. In diesem Schwerefeld zersplitterte dieser Restfelsen regelrecht, sodass auf einer großen Fläche von Jojos ein immer noch gewaltiger »Bombenteppich« niederging. Physikalisch gesehen war's zwar die halbe Miete, doch praktisch gesehen ein volles Desaster.

Während unsere Atomtechniker in ihren Forschungsräumen noch darüber stritten – die Abwehrrakete war wohl doch dem Felsbrocken ein wenig zu nahe gekommen –, stürmte Nautos, ein Mitarbeiter des Sondenbauprojekts, ins Büro:
»Wir haben es geschafft! Unsere Sonde hat Menschen gefunden!«, rief er, außer sich vor Freude.
Wurde aber ein klein wenig frei interpretiert, denn die Erkundungssonde war gerade mal am Pluto eures Sonnensystems vorbeigeflogen und gerade dabei in Richtung Neptun zu fliegen. Obwohl Neptun, der letzte große Planet eures Sonnensystems, noch ein »kleines Stückchen« von eurer Erde entfernt liegt, gingen unsere Wissenschaftler fest davon aus, dass die schwach im Fernrohr erkennbare zweite, blaue Vetos, mit einer sehr hohen Wahrscheinlichkeit intelligentes Leben trägt. Denn dafür sprachen noch ganz andere, handfeste Gründe, als das durchs Fernrohr der Sonde schwach erkennbare Bild einer zweiten blauen Vetos!
»Ist doch ein Grund zur Freude«, rief Aspun, einer der Atomwissen-

schaftler, in die Runde, »doch wir sitzen hier und blasen weiterhin Trübsal.«

Normalerweise beschreibt so ein Satz wie dieser nur unbedeutende Offensichtlichkeiten. Aber vor dem Hintergrund beider vorangegangenen Geschehnisse sollte dieser Satz eine ganze Kettenreaktion auslösen. Um einen Geistesblitz reicher geworden, drehte sich Eudo, ein anderer Atomwissenschaftler, zu Nautos:

»Dann fragen wir die, die ihr gerade entdeckt habt, wie mans besser macht, die haben doch auch Probleme mit kosmischen Bomben.«

»Dann fragen wir die, wie wir unsere Krankenhäuser leistungsfähiger und moderner machen können«, rief Potello von drüben.

Auch Helio meldete sich zu Wort:

»Dann fragen wir die, wie wir unsere Umwelt besser schützen und unsere Rohstoffe besser nutzen können.«

Diese Schwärmereien hätten wohl den ganzen Abend angehalten, wäre nicht Nautos dazwischengefahren:

»Halt, Stopp!«, rief er. »Wir können diese Menschen doch gar nicht befragen. Wir sprechen doch gar nicht deren Sprache!«

»Dann werden wir diese eben entschlüsseln«, rief Potello hoffnungsvoll.

Noch an diesem Abend wurde der Begriff »Missionsflüge« geboren. Endlich hatten die Wissenschaftler einen sinnigen Grund für bemannte Weltraumflüge. Gut gelaunt beglückwünschten sie sich und gingen dann gemeinsam in den Feierabend.

☽

Jetzt übernahm Satina den nächsten Part der Geschichte:

☽

Nur irgendwelche Erkundungsreisen hin zu außerirdischen Planeten, einfach nur, weil der technische Fortschritt dies hergab, das konnte und wollte Koper – immerhin der Präsident des größten Landes der Vetos – beim Volk nicht durchsetzen. Dafür ist der Weg zu anderen Sternen zu weit und somit ein zu teurer Weg! Zudem war bald Wahltag. Und Koper wollte wiedergewählt werden!

Am Folgetag saßen alle Atomwissenschaftler bei Koper im Sitzungssaal des Präsidentenpalastes. Nach einer kurzen Beschreibung über den gescheiterten Atomversuch der besonderen Art kamen sie zum eigentlichen Kern des Gesprächs:

»Ich soll euch bemannte Missionsflüge zu anderen Sternen genehmigen?«, fragte Koper in die Runde. »Wen wollt ihr denn missionieren?«

»In erster Linie uns selbst!«, gab Helio zu verstehen.

»Wie kann man sich denn selbst missionieren?«, fragte Koper zurück.

»Wir wollen einer anderen außerirdischen Zivilisation Ideen entlocken, um die dann selbst zu verwerten!«, erklärte Plato. »Sollten die nebenbei etwas von uns lernen, ist das deren Glück!«

»Eine Mission im eigentlichen Sinn ist von uns nicht geplant«, ergänzte Eudo.

»Gute Idee!«, rief Koper. »Aber in welcher Sprache wollt ihr euch denn unterhalten?«, fuhr er mit einem Grinsen im Gesicht fort.

Potello schaute zu Koper:

»Als allererstes brauchen wir einen Plan!«

Helio überlegte krampfhaft, beugte sich etwas vor:

»Einen detaillierten Plan, wie wir vorgehen wollen«, wiederholte er ratsuchend.

Koper verschaffte sich und seinen Leuten einen Überblick, indem er sein Handlungsprogramm vorschlug:

»Lasst uns wichtige, einzelne Schritte der Reihe nach aufstellen. Als erstes, dies dürfte euch klar sein, müssen Raumschiffe gebaut werden, die geeignet sind, eine Besatzung in so einem Raumschiff lange Hin- und Rückreisen überstehen zu lassen. Besprechen wir folgendes Szenario: Ein solches Raumschiff schwebt mit Besatzung an Bord vor einem außerirdisch bewohnten Planeten. In einem Abstand, ungefähr dem von einem unserer drei Vetosmonde, bis hin zu unserer Vetos selbst.«

Plato stellte aufgekratzt eine Forderung:

»So ein Raumschiff müsste einigen Komfort bieten, also ein Raumschiff von einer stattlichen Größe sein, sonst würde sich dort keiner reinsetzen!«

Jetzt kam Potello mit seinen Einfall:

»Um von dort durch die Luftschichten eines außerirdischen Planeten reisen zu können, ist es erforderlich, zusätzlich kleine, wendigere Zubringerraumschiffe zu bauen. Die könnten im Bauch eines solchen Reiseraumschiffes in einer eigens dafür geschaffenen unteren Etage mitreisen!«

Aspun, der auf einem Zettel etwas notiert hatte, schaute hoch:
»Flöge eine Besatzung mit einem Zubringerraumschiff durch die oberen Luftschichten eines neu entdeckten Planeten, so könnte die von dort oben zuerst einen ganzen Kontinent, später dann eine Stadt auswählen, um dort zu landen!«
»Sollte die Besatzung wirklich wahllos irgendeine Stadt auswählen?«, fragte Koper. Er war erstaunt. So viel Leichtfüßigkeit hätte er seinen Leuten nicht zugetraut!
»Eine Stadt in einem Land«, fuhr er hämisch fort, »das zur Zeit von einem brutalen Diktator unterdrückt wird, einer, der unsere Astronauten vom Fleck weg verhaften lassen würde?
Oder etwa eine Stadt, in der uns zwar außerirdische Bewohner als Heilbringer begrüßen, aber nur, um dort mit unserer fortschrittlichen Technologie weite Landesteile von einer Pandemie zu säubern?
Oder eine Stadt in einem Land mit einer frisch gescheiterten Demokratiebewegung, in der keiner mehr weiß, wer wen regiert, dafür aber Maschinenpistolen den Takt in einem Bürgerkrieg angeben?
Ich als Präsident trage Verantwortung für mein Volk! Ich darf keine Astronauten mit unausgereiften Ideen in lebensgefährliche Abenteuer schicken und werde dies auch nicht tun! Ich habe folgenden Plan:
Da niemand von uns die Eigenarten eines neu entdeckten Planeten kennen kann, sollte eine erstmals zusammengestellte Erkundungsmannschaft zu allererst ein sehr dünn besiedeltes Gebiet auswählen. Dort, in so einer Walachei, könnten unsere Leute in aller Ruhe Einsiedlerhöfe abklappern. Wären sie dort nicht willkommen, stünden sie nur einer kleinen Zahl Siedlern gegenüber, hätten also gute Chancen zur Flucht!«

Jetzt kam der zweite Plan ins Spiel, der, weil er so schwierig umzusetzen war, wieder allen Anwesenden im Saal ein Mitspracherecht geben sollte.
Die Aufgabenstellung dieses zweiten Plans war die Entschlüsselung der Sprache. Anfangs sah man darin ein kaum zu überwindendes Problem. Aspun fragte als Erster:
»Wenn wir Siedler antreffen, was machen wir dann? Wollen wir wochenlang bei denen übernachten und einigen von denen irgendwie klarmachen, unsere Absicht sei es, deren Sprache zu lernen?«
»Viel zu aufwendig und viel zu gefährlich!«, kommentierte Helio. »So eine Anlandung Außerirdischer spricht sich im Laufe der Zeit rum und

zieht Neugierige an! Wer weiß schon, ob von denen jedermann Außerirdische wirklich leiden mag?«

Jetzt regte sich Aspun:

»Wir müssen einige von denen mitnehmen. Wie man's auch dreht und wendet. Wir haben keine andere Wahl!«

Eudo stellte seinen Trinkbecher auf den Tisch, schaute alle an:

»Wenn wir nun einen dieser Siedler in unserer Sprache ansprechen würden:

›Hey du da! Komm mit! Steig in unser Raumschiff ein!‹, allein deshalb, um uns selbst zu orientieren, dann würde der nur blöd gucken und abhauen. Der versteht uns ja nicht! Sieht seine große Chance nicht, die sich ihm bieten würde, käme er mit uns mit!«

Helio war ganz verzweifelt:

»Und wenn wir grinsend schweigen und nur wild fuchtelnd versuchen, jemand mit unseren Armen heranzuwinken, zudem mit Fingern in unser Raumschiff zeigen, dann würde derjenige erst recht abhauen! Der kennt uns doch gar nicht! Hat kein Vertrauen zu uns.«

Er war verflixt! Da saßen hochbegabte Wissenschaftler zusammen mit einem hochbegabten Präsidenten in einer Runde und doch hätte man eine Stecknadel fallen hören. Weil keiner eine Antwort wusste!

Vielleicht hätte bis heute keiner eine Lösung gefunden, wäre nicht Egos, wenn auch mal wieder als Letzter von allen, noch hinzugekommen. Egos ist ein Astronaut, der schon öfters durch ungewöhnliche, teils sehr unkonventionelle Ideen aufgefallen ist. Und immer, wenn er auf seinem Stuhl hin- und herrutscht und wenig später sein Gegenüber schief von unten ansieht, hat er wieder eine solche Idee.

Und auch diesmal musterte Egos – ihm fiel sofort etwas ein – unseren Präsidenten auf seine eigenwillige, komische Art:

»Wir fragen erst gar nicht! Wir nehmen einfach welche mit, sobald die in unserer Nähe sind!«

Danach zischte es kurz aus dem Mund. Es war der Präsident, der gerade erleichtert durchatmete, da Egos wieder einmal eine gute Lösung gefunden hatte.

Einfach mitnehmen bedeutet, schnell reagieren und gut auf den Beinen sein. Genauso, wie man ein Huhn einfängt, das ausgerissen ist. Nur handelt es sich dabei um Menschen, genau so 'ne Menschen, wie wir Vetossen selbst! Deswegen waren auch nicht alle aus der Gruppe damit einverstanden, hatten starke moralische Bedenken.

Doch später, nach endlos langen Gesprächen, konnte der Präsident gemeinsam mit Egos durch einen weiteren Plan alle vereinen. Dieser neue Tagesplan sah Folgendes vor:

Erstens sollten mindestens zwei mitgenommen werden, die erkennbar in einer guten Beziehung zueinander stehen. Zwei dieser »Gäste«, die können miteinander reden, neu einströmende Ereignisse besser verarbeiten und in einer guten Beziehung sollte jeder dem anderen eine Stütze sein. Jedoch nicht mehr als drei, somit bleibt von vornherein ausgeschlossen, dass sich eine Gruppe bildet, mit einem selbstherrlichen Anführer vornedran!

Es sollten zudem junge Erwachsene sein. Junge Leute überstehen so eine Reise besser, können besser hinzulernen und Erwachsene sind auch willig und bereit dazu. Diese Leute müssen einer Arbeit nachgehen, die anstrengend ist und deren Eintönigkeit ihnen wenig Freude bereitet. Die sind doch froh über jede neue berufliche Perspektive!

Diesen »Gästen« wird dann, während ihrer gesamten Siedlungszeit, ein einladendes, großes Haus sowie kostenloses, ernährungsbewusstes Essen zur Verfügung gestellt. Zudem soll denen einen halben Vetostag lang Freizeit eingeräumt werden.

Auf die Weise haben diese Mitreisenden genug Zeit, die Schönheiten der Vetos zu entdecken. Sie tanken dabei so viel Freude, dass es ein Leichtes sein wird, sie zu animieren, Lehrer ihrer eigenen Sprache zu werden.

Bei der Gelegenheit möchte ich noch einen kurzen Nachtrag zum hässlichen Wort »Entführung« geben. Erst vor Kurzem wurde das Grundgesetz von uns Vetossen seitens des Präsidenten erweitert:

Wer interessiert außerirdische Raumflugkörper der Vetossen betrachtet oder mit deren Besatzung ein Gespräch führt oder Anlass dazu gibt, dass unsere Besatzung dies tut, zum Beispiel durch Mimik und Gestik des Außerirdischen selbst – Außerirdische wären in diesem Fall Erdlinge –, schließt stillschweigend mit uns Vetossen einen Siedlungsvertrag ab, mit einer Mindestdauer von sechs Monaten. Dieser Vertrag darf beim Wiedereintritt in den Orbit – das sind beim Losstarten eines vetischen Raumschiffes von der Erde höchstens fünf Minuten – von keinem Vertragsmitglied, dazu zählt auch die Besatzung eines Raumschiffes, aufgekündigt werden!

Alle Astronauten waren nun erleichtert, konnte es sich von nun an, bei dieser Art »Selbstbedienung« keinesfalls mehr um eine Entführung von neu entdeckten Außerirdischen handeln. Schließlich trug jetzt unser Präsident die ganze Verantwortung! Doch der penible Eudo, bekannt als Zögerer und Zauderer sobald etwas Weitreichendes zu entscheiden ist, musste noch sein »Jawort« geben! Glücklicherweise hing im Sitzungssaal des Präsidenten ein großes Poster. Auf dem war zu sehen, wie fiese große Felsbrocken auf die Vetos zurasten. Nur eine Fotomontage! Aber beim Betrachten dieses Posters war auch er überzeugt und stimmte dem allgemeinen Gesamtplan zu.

Nun galt es noch, die äußerst kritische Bevölkerung zu überzeugen. Eine schon angedachte Volksabstimmung stand auf Messers Schneide. Auch die Ankündigung, die losfliegenden Astronauten würden ganz sicher etwas Lohnenswertes von der Erde mit auf die Vetos bringen – das es sich dabei um Menschen der zweiten, blauen Vetos (Erde) handeln würde, wurde zu der Zeit aus Angst vor möglichen unkalkulierbaren Protesten verschwiegen –, half nur wenig. Vorerst sollte, laut Meinung unseres Volkes, die vetische Erkundungssonde die zweite, blaue Vetos genau erforschen.

Da aber das Leben manchmal aus Zufällen besteht, kam kurze Zeit später folgende Nachricht:
Die Erkundungssonde sei gegen einen Felsbrocken des heute auch uns Vetossen bekannten Asteoridengürtels geflogen und daran zerschellt. Dieser Unfall wurde bis heute nie richtig aufgeklärt, war es doch nur ein Felsbröckchen, das man leicht hätte umschiffen können.
Aber genau dieses Ereignis überzeugte den größeren, noch abgeneigten Teil der Bevölkerung, dass nur eine bemannte Mission, so weit draußen im Weltall, wirklich Erfolg haben kann.
- Offiziell sollte die Erkundungssonde zu weit weg gewesen sein, um sie noch richtig von der Vetos aus steuern zu können.
- Offiziell gewann der Präsident die Volksabstimmung mit einer ungefähren 70-prozentigen Zustimmung aus der Bevölkerung.

- Und offiziell machten die Hersteller für Raumfahrzeuge seit dem Unglücksfall der Erkundungssonde richtig Kasse!

☾

Jetzt übernahm Vennia wieder das Ruder, ausgeruht wollte sie weitererzählen:

☾

Von nun an wurde alles Nötige für einen Missionsflug vorbereitet. Gleichzeitig war dies aber auch eine Zeit allgemeiner Besinnung. Jeder technische Fortschritt zieht auch soziale Veränderungen nach sich! Nur so kann eine Gesellschaft überhaupt diese Neuerungen der Technik verarbeiten, sich in einem neuen, veränderten Leben einrichten.

Auf der Vetos war's nicht anders. Die zahlreichen zusätzlichen Berufsfelder der neuen Raumfahrtindustrie, die Logistik, die ganze Stadtbilder veränderte, stellte die Familienplanung vieler regelrecht auf den Kopf. Am Ende wurde alles viel, viel teurer, als zuvor angenommen! Die betriebswirtschaftlichen Prognosen, mit denen man die Kosten einer bemannten Mission ins All einzuschätzen versuchte, griffen weit ins Leere! Dem gesamten Volk wurde viel mehr Arbeit abverlangt, als selbst die größten Pessimisten prophezeiten.

So ganz nebenbei schickte man – trotz des angeblichen Misserfolgs – neue Erkundungssonden in den Weltraum, auf der Suche nach weiteren neuen Exoplaneten. Es dauerte auch nicht lange, bis sechs neue Exoplaneten gefunden wurden. Zur Erleichterung der Bevölkerung fehlten einfach die Leute, um diese neue Raumfahrttechnik noch fortschrittlicher, noch leistungsfähiger weiterzuentwickeln, andernfalls wäre man wohl dort auch »hinmissioniert«. Trotzdem wurde der größte dieser sechs blau leuchtenden Exoplaneten – er ist um einiges unserer Vetos näher, als die anderen fünf Exoplaneten – auch als erster namentlich erwähnt und Planet Sodia genannt.

☾

An dieser Stelle unterbrach Vennia kurz und holte sich einen Tee. Womöglich ein nächstes Ziel, dachte sich Thomas, als Mekos nebenbei erwähnte, die anderen fünf Exoplaneten haben bis heute keinen Namen.

Vennia schlürfte genüsslich ihren Tee, redete dann aber weiter:

☾

Und obwohl es nie, auch bis heute nicht bewiesen werden konnte, ob auf einem dieser sechs Exoplaneten eine außerirdische Zivilisation lebt, hatten allein die neuen Bilder dieser Planeten genug »Sprengkraft«, um über die ganze bemannte Raumfahrt neu nachzudenken.

Schließlich fand man schon bei euch Erdlingen, noch vor dem Vorbeiflug am Kleinplaneten Pluto, den ziemlich sicheren Nachweis einer überaus intelligenten Zivilisation, der damals zweiten Vetos. Und so waren und sind alle hoffnungsfroh, bis heute! Wenn da draußen im Weltraum, mit einer sehr hohen Wahrscheinlichkeit, etliche Zivilisationen auf einem blau leuchtenden Exoplaneten leben, dann gibt es viel mehr Optionen, als wir Vetossen einst dachten! Diese neu gefundenen Exoplaneten sind zwar weiter weg als eure Erde, befinden sich aber dennoch innerhalb der finanziellen Reichweite. Also, auch mehrere Flüge dorthin wären bezahlbar!

Auf gar keinen Fall bezahlbar ist aber der Wunsch, mehrere außerirdische Planeten zeitgleich zu besuchen. Unser Volk auf der Vetos geht heute schon auf Zahnfleisch! Mehrere Planeten gleichzeitig zu betreuen würde noch größere Mengen an Arbeitsaufgaben, noch mehr Logistik, noch größere Unmengen an Erkenntnisgewinnen schaffen, und all das wäre irgendwie zu bewerten und in Computern einzuspeichern!

Unsere Wissenschaftler haben errechnet, man könne sich höchstens alle zehn Jahre einen neuen Planeten »ins Nest« legen. Solche »Eier« sollten aber nicht stinken und vor allem lehrreiche Überraschungen sein. Wahllos da draußen irgendeinem Planeten die ewige Freundschaft zu erklären, bedeutet, die Katze im Sack zu kaufen!

So dauerte es auch nicht lange, bis eine eigene Verwaltung geschaffen wurde. Diese neue Organisation wurde und wird bis heute »Jury« genannt. Hier kurz eine Beschreibung ihrer Hauptaufgaben:

Nach einer erfolgreichen Entschlüsselung der Sprache von außerirdischen Siedlern, die wir mitgebracht haben, sollen diese im Anschluss durch zahlreiche Befragungen regelrecht ausgehorcht werden! Hier einige bereits ausgearbeitete Fragen als Beispiel:
- Habt ihr überhaupt schon mal über außerirdisches Leben intensiv nachgedacht?
- Könnt ihr euch vorstellen, mit Menschen eines anderen Planeten, die euch intellektuell im Voraus sind, gemeinsam erfolgreich zusammenzuarbeiten?
- Könnt ihr euch in unserer modernen vetischen Welt kreativ, mit neuen, eigenen Ideen weiterentwickeln?
- Könnt ihr euch bei uns einarbeiten, egal welche Arbeit dies auch immer sein mag?
- Wo und was habt ihr gearbeitet, bevor wir euch holten?
- Wie sah und sieht eure Freizeitgestaltung aus?
- Was sind zurzeit eure größten Ängste und wie könnten die sogar noch anwachsen?

Und vieles, vieles mehr!

Am Ende all dieser Befragungen – keiner aus der Jury hat auch nur eine Ahnung, wie viele notwendig sein werden – will man zu einem Gesamtergebnis kommen, wie die meisten Außerirdischen des soeben ausgeforschten Planeten denn so ticken. Sind die allgemeinen Weltanschauungen dieser beiden Planeten zu unterschiedlich, sodass es für uns Vetossen die reinste Kraftanstrengung sein würde, sich mit diesen neuen, außerirdischen Bewohnern auf einen möglichen allerkleinsten gemeinsamen Nenner zu einigen, so wollen wir Vetossen diesen Planeten ab diesem Zeitpunkt ganz fallenlassen!

Dann wäre es billiger, noch einmal neu anzufangen! Neue Leute des nächsten unbekannten Planeten als »lohnenswerte Siedler« auf die Vetos mitzubringen! Auch dann, wenn das einst aufgebrachte Geld, welches zur Erforschung des ersten, fallengelassenen Planeten diente, quasi durch den Schornstein wandern würde. Diese von uns »eingeladenen Gäste« eines zweiten, neuen Planeten lassen sich bestimmt besser in Form bringen und das macht die Anfangsverluste des zuvor entdeckten, nutzlosen Erstplaneten bestimmt wieder wett!

Zum Schluss der allgemeine Gesamtplan der Jury:
Nach etlichen Jahren hat man alle finanziell erreichbaren Planeten abgeklappert. Abgesehen von den Planeten, die man gleich wieder – angesehen als reinste Katastrophenplaneten – »gefeuert« hat, sind etliche gute Ideen und Erkenntnisgewinne auf die Vetos gewandert! Die guten Lebensweisen anderer Sterne wurden von uns Vetossen übernommen (geklaut). Natürlich nur die guten! Schlechte Lebensweisen würden höchstens Erdlinge übernehmen!

Sollten sich Bewohner neu gewonnener Planeten etwas »zieren«, das Gute herauszurücken, so darf auch mit modernen Mitteln der Bestechung oder der Spionage gearbeitet werden.

☽

Nun standen Satina, Vennia und Mekos auf, um zur Kommandozentrale zu gehen. Schließlich mussten die anderen drei dort auch mal abgelöst werden.

»Für sämtliche Vetossen ist es von größter Bedeutung, möglichst schnell alle guten, fortschrittlichen Ideen an sich zu reißen«, dachte sich Thomas, als er nach den Keksen auf dem Tisch griff. Denn die Vetos soll ein großer, »gold-leuchtender« Planet des Universums werden, auf den alle anderen Planeten »schauen« sollen. Egal in welchem Winkel des Universums die sich auch befinden mögen!

Kapitel 4

Adamo und Eva

Maro, Urus und Pulo kamen in den Erholungsraum. Hatten auch alle drei nötig! Seit dem Abflug vom Marsmond Phobos mussten sie, vorn im Navigationsraum, alle bis zum Planeten Pluto dazwischenliegenden Planeten umschiffen. Insbesondere Saturn und Jupiter sind »schwere Brocken«! Die Anspannung stand ihnen noch ins Gesicht geschrieben. Von Satina, Vennia und Mekos zuvor unterrichtet, begann Maro als erster seine Geschichte zu erzählen:

☽

Von nun an stand einer Vorbereitung des ersten Missionsflugs nichts mehr im Wege. Eure Erde – damals noch die zweite Vetos genannt – hat im Gegensatz zu allen anderen von uns bis heute entdeckten erdähnlichen, blauen Exoplaneten die geringste Entfernung zu unserem Heimatplaneten. Somit rückte praktischerweise eure Erde als erster zu erkundender Planet in den Fokus. Ein Reiseraumschiff sollte, mit sechs Astronauten an Bord, zur Erde fliegen. Mekos wurde für seine neue Aufgabe als Astronaut von Schlüsseldienstexperten ausgebildet. In einer Spezialausbildung musste er sogar lernen, Tresorschlösser zu knacken. Neben Mekos kamen Satina als Bordärztin und Vennia als Fotografin zur Mannschaft. Das nicht ausschließlich Männer auf so eine weite Reise geschickt werden, sollte jedem ohne weitere Erläuterungen klar sein. Wir Vetossen sind eben eine moderne Zivilisation. Keine Erdlinge mit Schamgefühl!

Unsere damals zusammengestellte Mannschaft startete von unserem größten Vetosmond aus in den Weltraum.

Alles im und um das Reiseraumschiff war anstandslos. Die Dinge verliefen wie geplant. Nach ungefähr drei Tagen durch ewige Weiten des Weltraums waren wir, vorbei an Felsbrocken und kosmischen Nebeln, mit unserem Schiff bis zur Erdumlaufbahn vorgedrungen. Zuerst richtete sich unser Blick auf euren Erdmond. Das Schwerefeld dieses Trabanten ist doch nicht so schwer, wie von uns zuerst befürchtet und so konnten wir dort landen. Alle von uns waren erleichtert, man hatte mal wieder festen Boden unter den Füssen.

Vom Mondboden aus gab's nicht nur einen schönen Blick auf den zu erkundenden Planeten Erde, dort oben war auch genug ebene Stellfläche, um zusätzlich zwei Raumzubringer optimal in Startposition zu bringen. Danach teilten wir uns in zwei Gruppen auf. Satina und Urus bestiegen mit mir zusammen einen Raumzubringer, Vennia, Pulo und Mekos den anderen.

☽

»Wieso gleich zwei Zubringer?«, wollte Thomas wissen. »In einem Zubringer ist genug Platz für sechs Leute?«
»Es ist immer besser, nicht alles auf ein Pferd zu setzen, im Fall einer technischen Panne wären sonst alle gemeinsam verloren!«, sagte Maro zu Thomas und fuhr dann mit seiner Geschichte fort:

☽

Auf jeden Fall wollten wir genau dort landen, wo es hell ist. Nach ersten Berechnungen vom Mond aus war dies die Nordhalbkugel eurer Erde. Nur wenig später flogen wir vom Mond los und ließen das Reiseraumschiff dort allein zurück. Zu dieser Zeit war, außer uns selbst, keine Menschenseele auf eurem Erdmond zu sehen und somit konnte sich auch keiner an unserem Reiseraumschiff zu schaffen machen. Nach gut drei Stunden Flugzeit entdeckten wir zahlreiche Satelliten, die diesen noch zu erkundenden, blauen Planeten umkreisen. Wir alle jubelten, verspürten große Freude. Denn erst jetzt konnten letzte Zweifel ausgeschlossen werden. Vor unseren Augen lag ein Planet mit intelligenter Bevölkerung. Aber gleichzeitig waren diese Satelliten auch eine Warnung, möglichst geschickt vorzugehen, um nicht entdeckt zu werden. Denn dafür war die Zeit noch lange nicht reif!

An dieser Stelle, des besseren Verständnisses wegen, eine kurze Erklärung: Selbstverständlich standen beide vetische Mannschaften während des Anflugs auf die Erde per Funk in Verbindung.

Dort, oberhalb der Erdsatelliten, begann die erste Vorplanung einer angestrebten, erfolgreichen Anlandung.

Von da oben gesehen waren Europa, Asien und Afrika das größte zusammenhängende Gebiet, welches gerade im Sonnenlicht stand. Aus Sicherheitsgründen sollte die Anlandung aber im Norden vonstatten gehen. Lieber ein kaltes Klima, als ein zu heißes, so der Tenor beider Mannschaften. Kurz gesagt, nicht allzu weit entfernt vom Nordpol. Beim Anblick von dort oben auf die Erde, berechnete Pulo, da wo England liegt, müsse es eine milde Meeresströmung geben. Das Meerwasser der Südhalbkugel müsste sich zum Nordpol hin, vorbei an den Meeresküsten Englands, entlangschlängeln. Es gab keine andere Möglichkeit! Schließlich ist Pulo unser Mathematiker und Techniker. Und der irrt nie!

Doch England liegt mitten im Wasser! Wir alle vermuteten, dass es dort wahrscheinlich wie in einer Waschküche sein wird und so flogen wir der Erddrehung entgegen in Richtung Kontinentaleuropa, da, wo viel Landmasse am Stück zu sehen ist. Während wir von dort weiter ins Landesinnere gen Osten flogen, erschraken wir auf einmal. Was zur Hölle war das? Unter uns standen dicht hintereinander lange, nicht enden wollende Eisenzäune, umsäumt von merkwürdigen Beobachtungstürmen, die zahlreich, in regelmäßigen Abständen, dicht nebeneinander standen. Sah von unserer Vogelperspektive wie ein überdimensionales Konzentrationslager aus. Hier wollte keiner von uns landen. Auf gar keinen Fall! Von einem unangenehmen sechsten Sinn geleitet, drehten wir in einer schnellen Schleife wieder westwärts. Aber genau dieses angsteinflößende »Konzentrationslager« machte uns auch neugierig. Wieso gab es diesen Zaun eigentlich, mit solchen Wachtürmen drumherum?

Nur wenige Flugminuten später sahen wir ein befriedetes Gebiet, dazu noch idyllisch gelegen. Südniedersachsen, genauer gesagt, euer Vorharz. Vennia schaute durch ein Bullauge des Raumschiffs nach unten:

»Seht mal, da unten liegen Steine übereinander, kreisförmig und rechteckig!«

Zu der Zeit schwebten wir in großer Höhe über der Burgruine deiner Stadt, Thomas.

»Wahrscheinlich ein Wahrzeichen, eine Ruine«, rief Satina, ganz beeindruckt von dieser farbenfrohen, fast unberührten Landschaft.

War auch berechtigt. Unten sahen wir, neben dieser »Burg«, einen großen Wald mit vielen kleinen Lichtungen, in denen sich Ufos optimal verstecken können. Noch während wir nach einer von ihrer Größe passenden Lichtung suchten, fanden wir genau neben einer solchen Waldlichtung zwei uns in den Kram passende Einsiedlerhöfe.

»Das ist der Jackpot!«, rief ich selbst und strahlte dabei.
Die anderen jubelten, rissen die Arme hoch, beglückwünschten sich. Hochzufrieden waren wir auch, nachdem wir endlich beide Raumschiffe in einer anstrengenden Tortur auf der ausgeguckten Waldlichtung landen konnten. Diese freie Fläche, die wir von oben als ideal angesehen hatten, war beim Näherkommen doch kleiner, als ursprünglich von uns eingeschätzt. War ganz schön schwierig, dort gleich zwei Zubringer hineinzumanövrieren.

Aber jetzt war's geschafft! Auch draußen im Wald sah es nach Lage der Dinge gut aus, die Außensensoren beider Raumschiffe signalisierten, die frische Waldluft dort draußen könne von uns Vetossen bedenkenlos eingeatmet werden. Nach einem kurzen andächtigen Moment stiegen wir aus unseren Raumschiffen und betraten das erste Mal Erdwaldboden. War alles neu und spannend für uns!

Neu und weitaus weniger spannend war, dass wir schon nach wenigen Schritten durch diesen Wald meinten, wir hätten Blei unter unseren Fußsohlen. Auf unserem Waldweg lag ein großer, wuchtiger Ast, den wohl ein Sturm aus einem Baum regelrecht herausgerissen haben muss. Pulo wollte ihn etwas anheben, um ihn dann wegzuziehen. Man, war der schwer! Erst als wir alle gemeinsam mit vereinten Kräften daran zogen, ließ sich der wuchtige Ast etwas bewegen. Danach brach Mekos, gemeinsam mit Vennia, aus diesem Ungetüm einen fingerdicken, ziemlich graden, langen Ast heraus. Von jetzt an gingen wir, ohne dabei große Geräusche zu machen, in Richtung Aussiedlerhöfe. Um keineswegs aufzufallen, bewegten wir uns auf den letzten Metern nur noch in Trippelschritten vorwärts. Endlich, nach Minuten voller Anspannung, war der Waldrand erreicht. Wir hatten freien Blick. Genau vor uns lagen die beiden Aussiedlerhöfe. Puh, hier am Waldrand war es ungewöhnlich hell, obwohl es leicht bewölkt war. Ich, Maro, zückte mein Fernrohr für weitere Beobachtungen der Kleinsiedlung.

Mit einem Mal verzogen sich auch noch die paar dünnen Wolken und gaben das Sonnenlicht frei. Wahnsinn! Mit einem Schlag wurde es extrem hell; das Sonnenlicht biss in unsere Augen. Wir mussten allesamt unsere mitgebrachten Sonnenbrillen aufsetzen, um überhaupt noch weitermachen zu können. Das Gute an der Sache war aber, dass Pulo jetzt Gelegenheit sah, den zuvor abgebrochenen Stock an passender Stelle in den Waldboden zu rammen. Der vom Stock ausgehende Schattenwurf – er wandert zeitgleich mit der Sonne – diente der Zeiterfassung. Diese Art Zeiterfassung, direkt auf der Erde, ist wesentlich präziser als Computerberechnungen vom Erdmond aus.

Beim Blick auf den weiter hinten liegenden Aussiedlerhof sahen wir zwei Leute, die sich auf einem hinter dem Hof liegenden Acker mächtig zu schaffen machten. Die beiden in der Ferne verrichteten schwere, mühselige Arbeit. Aus unserer Sicht ziemlich umständlich und sehr zeitaufwendig. Zur Abwechslung schaute Urus momentan durchs Fernrohr:
»Die Gesichter der beiden sehen ziemlich jung aus. Genau die richtige Beute für uns, wenn ihr mich fragt.«
»Lass mal sehen!«, forderte Satina.
»Und, was siehst du?«, fragte Urus zurück, der das Fernrohr an Satina übergeben hatte.
»Ab und an berühren sich deren Gesichter!«
Jetzt verlangte Mekos nach dem Fernrohr.
»Die beiden da drüben, berühren sich mehrfach hintereinander!«, bestätigte er.
»Diese Leute stehen sicherlich in einer engen Beziehung«, schlussfolgerte Vennia daraus.
Nun sah Pulo durchs Fernrohr.
»Die kleinere Person mit den langen Haaren hat, eindeutig erkennbar, weichere Gesichtszüge als die große kurzhaarige Person neben ihr, die zudem einen erkennbar kräftigeren Körperbau hat.«
Nach kurzer Diskussion über die soeben gewonnenen Erkenntnisse einigten wir uns mehrheitlich darauf, dass es sich dort um Mann und Frau handeln musste. Höchstwahrscheinlich ein Pärchen! Schließlich gibt es bei uns auf der Vetos heute noch Paare, die Ökolandwirtschaft betreiben.

Als weiteres stand jetzt die Berechnung der Erdzeit an. Allerdings wanderte der Schatten, den der Stock auf den Waldboden warf, kaum weiter. Es dauerte eine »halbe Ewigkeit«, wenn jemand von uns dabei zusah! Am Ende konnten wir aber dennoch berechnen, wie lange es dauern wird, bis diese Sonne, da oben am Himmel, endlich untergehen wird.

»Dauert noch ewig lange!«, sagte ich und schaute selbstbewusst in die Runde. »Lasst uns wieder zum Mond zurückfliegen.«

Alle Übrigen stimmten mit Gesten wie etwa Kopfnicken meinem Vorschlag zu. Noch während des Rückflugs zum Mond wurden erste wichtige Koordinaten erfasst, da man diese Waldlichtung im Dunkeln wiederfinden musste. Bei einer Nachtlandung auf einem außerirdischen Planeten – in diesem Fall eure Erde – wird mit Infrarotlicht gearbeitet, ohne die unterseitigen Scheinwerfer zu benutzen.

☽

»Puh, wie mühsam!«, entgegnete Thomas. »Ist doch anstrengend, nachts im Wald, ohne einen großen, hellen Lichtkegel zu landen.«

»Thomas«, antwortete Maro, »bei einer verdeckten Aktion kann nun mal nichts verdeckt bleiben, wenn die Außenscheinwerfer am Raumschiff eingeschaltet sind!«

Maro fuhr nach Thomas' Zwischenfrage mit seiner Geschichte fort.

☽

Die erste Rückkehr auf den Mond erwies sich als gutes Training, da wir nicht gleich auf Anhieb unseren angestammten Platz wiedergefunden haben. Mit Mühe endlich angekommen, verstauten wir einen unserer Kurzstreckenzubringer im Unterdeck des Reiseraumschiffes. Ausnahmsweise! Und nur dieses eine Mal. Bei der vor uns liegenden, kniffligen Aktion wollten wir alle zusammenbleiben. Zur Sicherheit guckten wir aber einen aus, der als letzte Garantie auf dem Mond zurückbleiben sollte. Die Wahl fiel auf Urus, der geübt ist, Kleinraumschiffe ganz allein zu fliegen. Missmutig stimmte er – dieser seiner Meinung nach doofen Wahl – zu.

Nun war es an der Zeit, letzte gefasste Vorschläge zu konkretisieren. Alle Details wurden noch einmal durchgesprochen. Langsam wurde ein Plan daraus. Als letztes wurden wichtige Handlungsschritte eines von uns erhofften, perfekten Plans aufgestellt. Ganz so wie Geiselnehmer, die vor Beginn ihrer Tat alles noch einmal ganz genau durchsprechen und abstimmen. Mekos, der selbst den Einbruch der Dunkelheit von unserem Erkundungsort auf die Vetoszeit umgerechnet hatte, schaute dabei ständig ziemlich nervös auf seine Fingerringuhr.

Endlich war die Zeit gekommen, zur Erde zurückzufliegen. Nach wenigen Flugstunden in Richtung Erde erreichten wir wieder den Wald deiner Stadt, Thomas. Dank der zuvor akribisch gesammelten Daten fanden wir sogar die zu Beginn ausgemachte Waldlichtung auf Anhieb wieder. Bevor es aber losgehen konnte, wurde noch ein weiteres, »schwarzes Schaf« gebraucht. Diemal fiel die Wahl auf Vennia, die sichtlich enttäuscht war, beim Waldgang nicht mitmachen zu können. Doch bei dieser Aktion musste unbedingt jemand bei leise laufendem Motor im Raumzubringer zurückbleiben.

Wir übrigen vier trugen alle für diesen Handlungsplan notwendigen Utensilien nach draußen und stellten beziehungsweise legten sie dort ab: Zwei Tragen, eine große Faltschubkarre aus segeltuchartigem Stoff, eine Wärmebildkamera, zwei Schlüsselbunde, darunter eines mit verschiedensten Dietrichen aller Art, zwei große Badeschwämme, eine kleine Flasche mit Äther und vier Minischeinwerfer in Taschenlampenformat.

Nach kurzem Durchschnaufen setzten wir unsere Nachtsichtbrillen auf. Die Minischeinwerfer wollten wir auf keinen Fall im Wald benutzen. Im Zweifel hätte jemand in dieser gottverlassenen Gegend doch die durch den Wald wandernden Lichtkegel sehen können. Ziemlich angespannt, aber auch ziemlich leise, ging's nun durch den Wald. Am Waldrand angekommen schlichen wir über den Feldweg, vorbei am ersten Haus, zum Zielobjekt. Wie zu erwarten waren beide Häuser dunkel und abgesehen von ein paar Kleintieren, die aufgeschreckt im Gebüsch raschelten, war's ruhig. Ist auch kein Wunder! Leute, die den ganzen Tag über hart arbeiten, gehen abends früh schlafen.

Die erste Hürde war die Tür, die verschlossen war, möglichst schnell und geräuscharm zu öffnen. Mekos, unser Tresorspezialist, musterte sie. Dann zog er einen Schlüsselbund, das mit den vielen verschiedenen Dietrichen, aus seiner Hosentasche. Schon nach dem zweiten Dietrich, den er im

Schloss drehte, sprang die Tür auf, was er freudestrahlend mit folgenden Worten kommentierte:

»Ich habe meinen Job gemacht, jetzt seid ihr dran!«

Nachdem wir das Haus betreten hatten, nahm Pulo die Wärmebildkamera und schwenkte sie herum. Ganz oben, treppenaufwärts, ist ein Zimmer, in dem sich zu der Nacht zwei Leute befanden, die auf irgendeinem Kasten liegen mussten. Zumindest gab dies unsere Wärmebildkamera her. Hier unten im gesamten Parterre des Hauses befand sich, außer uns selbst, keiner mehr. Ein weiterer Grund, alle Zimmer, diesmal bei Licht, zu durchsuchen. Es dauerte auch nicht lange, bis wir das Wohnzimmer fanden. Eine Goldgrube! In diesem Wohnzimmer stehen gleich zwei Regale, die zu der Zeit voller Bücher waren.

Satina strahlte: »War doch gut, die Faltschubkarre mit eingepackt zu haben.«

Mekos nahm ein Buch aus dem Regal und betrachtete die Aufmachung des Buchdeckels: »Sieht ganz nach einem Fach- oder Sachbuch aus, Satina.«

Satina schaute ihn an: »Komm, lass uns die ganze Schubkarre vollpacken!«

Randvoll mit Büchern – bis kurz vorm Zusammenbrechen vollgepackt – schoben beide die Faltschubkarre nach draußen vor die Tür.

Dann liefen die beiden zur ersten Treppe, wo Pulo in der Zwischenzeit mit mir gemeinsam die zwei Falttragen ausgebreitet hatte. Jetzt ging's treppauf. Plötzlich knarrte eine der oberen Stufen. Satina hielt sich den Finger vor ihren Mund und kommentierte dies mit einem leisen »Sch…«

Im Flur der ersten Etage angekommen, nahm jeder von uns seine zuvor einstudierte Position ein. Zwei vor jeder Türzarge, zwei in der Mitte der Tür. Nun kam, ein weiteres Mal, unsere Wärmebildkamera ins Spiel. Wir alle sahen wo – genauer gesagt, an welcher Stelle – jemand in diesem Zimmer liegt. Als nächstes kam die Flasche nebst den beiden Badeschwämmen zum Einsatz. Pulo und Mekos hielten je einen Schwamm in der Hand. Satina öffnete die kleine Flasche und träufelte sorgfältig großflächig Äther auf beide Schwämme. Im ganzen Flur roch es nach Krankenhaus. Mekos, der Türspezialist, übergab Satina seinen Schwamm und stellte sich direkt vors Türschloss.

Kurzes Durchatmen, trotz des strengen Geruchs. Mekos erfasste die

Türklinke und stieß mit Wucht die Tür auf. Sogleich stürmten wir alle mit Trara ins Zimmer. Ganz so, als würde eine Burg von Eindringlingen erobert werden. Normalerweise hätten die beiden Schlafenden von dem Lärm aufwachen müssen, doch Satina drückte blitzschnell den einen und Pulo genauso schnell den anderen mit Äther getränkten Schwamm ins Gesicht der im Bett liegenden Leute. Und der Äther in diesen Schwämmen wirkt außerirdisch gut! Nach ein paar Zapplern – Mekos hielt gemeinsam mit mir deren Arme fest – schliefen beide wieder ein.
»Puh, geschafft!«, rief ich.

Der schwerste Teil dieser Aktion lag hinter uns. Der Rest dagegen war Kleinkram! Die beiden Leute brauchten nur noch auf die ausgebreiteten Tragen geschnallt werden, um jetzt, zusammen mit der Faltschubkarre vor der Tür, rasch in Waldrichtung zu hetzen. Die extra für diese Aktion gefertigten Spezialtragen haben vier ausklappbare Gummiräder – eines an jeder Ecke – so können diese Tragen von einem allein geschoben werden. War auch nötig! Die Faltschubkarre mit all den Büchern vor der Tür ließ sich kaum bewegen. Deswegen übernahmen Pulo und ich selbst diesen Job. Jeder von uns schnappte beidhändig einen Griff der Schubkarre und dann ging's doch irgendwie, wenn auch langsam, vorwärts.

Als wir zwei den Schotterweg überquerten, der die Siedlung vom Waldweg trennt, sahen wir die Scheinwerfer eines Autos, das sich den Berg heraufquälte. Es gab kaum Zweifel, dies ist der Jeep des Nachbarn, der bis zu uns hochfahren wollte. Zum Glück fuhr der Jeep sehr langsam vorwärts. Wir beide nahmen all unsere Kräfte zusammen, um so schnell wie möglich zur Lichtung zu kommen.

Wieder zurück im Raumschiff rief ich:
»Vennia, mach hin! Ein Auto fährt den Berg hinauf. Vermutlich der Nachbar unserer Leute.«

Blitzschnell schoben wir vier alles Zweitrangige in die mittig im Raum liegenden Stahlkammern. Wir schnallten die Leute zügig von ihren Tragen, um sie gleich darauf wieder an zwei Bordstühlen festzuschnallen. Kaum waren beide Türen des Raumschiffs verriegelt und alle an ihren Plätzen, da wurde die Maschine von Vennia volle Kraft hochgefahren. Zeitgleich zeigte unser Außenradar, wie der Jeep immer schneller immer näher kam. Obwohl nur dreiviertel der Schubkraft aufgebaut war und die Maschine immer noch volle Leistung arbeitete, schob Pulo, der mittlerweile im Navigationsraum saß, den langen Starthebel nach hinten. Daraufhin schoss unser Raumschiff wie ein Pfeil in den Himmel, diesmal von einem meterlangen, nach unten ragenden blauen Lichtblitz begleitet, was daran lag, dass immer noch neue Schubkraft aufgebaut und nachgeliefert werden musste.

Aus der Ferne und bei Dunkelheit gesehen gibt alles zusammengenommen ein Trugbild ab. Sieht aus, als schlägt ein Blitz in den Boden ein, allerdings einer ohne Donner.

Dieser Schnellstart – auch Katapultstart genannt – wurde extra von unseren Wissenschaftlern und Technikern entwickelt, um so kurz wie nur möglich vom feindlichen beziehungsweise uns nicht wohlgesonnenen Radar gesichtet zu werden. Insbesondere aber, um von Feindfliegern – bei euch auch Abfangjäger genannt – keinesfalls erwischt zu werden! Auf unserem Heimatplaneten wird ein Katapultstart allenfalls zu Testzwecken eingesetzt.

Kurz vor Erreichen des Orbits schalteten wir unsere gleißend blauen Außenscheinwerfer am Raumschiff ein. Hier oben im Weltraum brauchten wir das blassblaue Supralicht, um weiterfliegen zu können. Nun blieb bis zum Mond endlich etwas Zeit, deshalb ließen wir unsere Entführten langsam wieder wach werden. Lag insbesondere daran, dass wir davon abließen, beiden fast durchgehend die Schwämme vors Gesicht zu halten. Genau jetzt, bevor sie wieder voll da waren, entgurteten wir die zwei, zumal im Flug durch den Weltraum keiner mehr angeschnallt zu sein braucht.

Ab jetzt musste alles Hand in Hand gehen. Damit die Situation nicht kippt. Besonders für Satina und für mich, wir waren zu der Zeit die Psychologen an Bord. Auch wir Vetossen kennen das »Stockholm-Syndrom«. Bei uns aber unter anderem Namen. Seit Jahren haben unsere Polizeipsychologen und Fallanalytiker genauestens erforscht, wieso und unter welchen Umständen es zu einem Drehpunkt kommen kann, an dem eine Geisel den Geiselnehmer – aus Angst vor Schäden an der eigenen Person – auf einmal verbindend sympathisch findet.

☽

Maro stand auf, er verspürte mit einem Mal Appetit auf Naschereien und holte für uns alle, in erster Linie aber für sich selbst, ein paar neue Kekse aus der Küche.

Nun war Urus dran, den nächsten Teil dieser Geschichte zu erzählen. Als Ex-Beamter kennt sich auch Urus mit Kriminalanalysen gut aus:

»Um beispielsweise einen Kriminellen gesprächiger zu machen«, fing Urus an, »wenden wir das Prinzip des vorangestellten Wohlfühleffekts an.«

Thomas runzelte die Stirn, verstand nur Bahnhof:

»Nach vorn, angestellte Behaglichkeit? Wie geht das denn?«

»Gib mir etwas Zeit, lass es mich dir erklären!«, forderte Urus.

☽

Im Mittelteil unseres Zubringers hatte Mekos damals eine Leinwand ausgezogen und frontal zu den Sitzen der beiden »Gäste« platziert. Danach hatte Maro das Licht in der Reisekabine gedämmt. Auf die Weise verbreitet sich in dem leicht abgedunkelten Raum eine Kinoatmosphäre.

Als allererstes wurden unsere Neulinge durch eine Flut von Bildern abgelenkt, die in prächtigen Farben auf der Leinwand präsentiert wurden. Jemanden neugierig machen und dabei Wünsche und Erwartungen wecken ist bei diesem Part oberstes Ziel! Anschließend wurde in einer Trickaufnahme simuliert, wie ein Raumschiff des Weltraums neben eurer Erde losstartet, nach kurzem Flug durchs All unsere Vetos ansteuert und dort in einer Großstadt landet. Direkt im Anschluss zeigte meine Mannschaft zahlreiche Originalaufnahmen über unsere Vetos. Einzelbilder, die wie bei einem Diaprojektor nach kurzer Zeit wechselten. Angefangen bei bizarren Bergformationen über große Wasserfälle bis hin zu hochmodernen Städten, mit großen, markanten Aussichtstürmen.

Die Frau sah völlig verdattert zu ihrem Mann rüber:

»Ich träume doch nur, oder?«

Daraufhin ihr Mann:

»Wenn du mit mir sprichst, dann kannst du nicht träumen!«

Seine Frau war völlig ratlos:

»Wo sind wir eigentlich?«

»Auf jeden Fall nicht zu Hause im Schlafzimmer!«, antwortete ihr Mann, der sich inzwischen wieder etwas gefangen hatte.

Als noch Vennia und Pulo – inzwischen von Satina und Maro abgelöst – auf die zwei zukamen und Gemüsesäfte in echten Gläsern auf einem Tablett servierten, die man real anfassen konnte, gab es keine Zweifel mehr an der Echtheit des gegenwärtig Erlebten.

Kurz nachdem die beiden endlich realisiert hatten, sie reisen in irgendeinem Flugkörper, kam der Frau ein schon lange herbeigewünschter Traum:
»Ich glaube, wir befinden uns gerade auf einer langen Urlaubsreise.«
»Und alles gratis. Ohne Extrakosten!«, gab ihr Mann zu verstehen.
Die riskante Rechnung unserer Kriminalpsychologen ging also auf. Wir waren heilfroh, zwei wissbegierige, aufmerksame Beobachter an Bord zu haben. Denn nichts wäre schlimmer gewesen, als laut protestierende, sich zu Versuchskaninchen degradierte Leute im Raumschiff zu haben, die sich aus Protest allem verweigern. Aber auch solche Mitreisende wären dann gezwungen worden mitzumachen, schließlich gab es noch den Notfallplan B.

Mittlerweile war der Kurzstreckenraumzubringer zu der Zeit wieder kurz vor dem Anflug auf den Erdmond und somit wieder für mich in Sichtweite. In einer Liveschaltung durch die Außenkamera am Raumzubringer gab es für deren Insassen wuchtige Kraterlandschaften des Erdmondes aus nächster Nähe zu sehen. Zudem rückte für die Anreisenden unser großes Reiseraumschiff wieder ins Blickfeld. Zuerst setzten meine Kollegen kurz vor diesem Schiff auf. Ich, Urus, der zwischenzeitlich völlig gelangweilt auf die Rückkehrer gewartet hatte, durfte als nächstes die Klappe des Reiseraumschiffes öffnen.

☽

»Du Armer!«, äußerte sich Thomas.
»Thoomaas«, entrüstete sich Urus, »ich brauchte lediglich den Türschalter betätigen!«
Urus fuhr mit seiner Geschichte fort.

☽

Als die Klappe offen stand, flog der Raumzubringer in einem wendigen Flugmanöver in die offen stehende untere Etage. Nachdem sich im Reiseraumschiff wieder genug Atemluft befand, führte Pulo die beiden, wie dir bekannt vorkommen dürfte, zu der Tür, auf deren Türblatt das Muster XX groß und deutlich geschrieben steht. Er blieb kurz stehen, zeigte mit seinem Finger auf das Muster der Tür, öffnete sie und betrat danach diesen Raum. Die Tür ließ er offen stehen, drehte sich um und schaute die beiden an. Als ob er ihnen etwas sagen wollte, hob er kurzzeitig mit abgespreiztem Zeigefinger seine rechte Hand. Dann zog er sich seine Hose aus, setzte sich auf die Porzellanschüssel hinter ihm, um dort gleich darauf hineinzufurzen. »Was ein Klo ist, wissen wir selber!«, sagte der Mann, der sich peinlich berührt zeigte.

Verschämt gingen die beiden Neulinge einen Schritt nach vorn und warteten. Während Satina, Vennia und Mekos das Reiseraumschiff in Gang setzten, ging's vom diesem »stillen« Örtchen im Fahrstuhl eine Etage höher in den Speisesaal.

Am bereits gedeckten Tisch gab es Astronautenkost. Weißbrot, viele verschiedenste Salatsorten inklusive Gemüsesäften. Den beiden mundete es außerordentlich gut. Im Gegensatz zu dir Thomas, sind beide echte »Landeier« und sehr vitaminreiches, ausgewogenes Essen gewohnt. Da beide, gut erkennbar, noch ein wenig schüchtern waren, wurde Rotwein gereicht, gleich mehrere Flaschen, das hob die Stimmung von uns allen!

Im Ruhe- und Entspannungsraum lagen mehrere Schreibblöcke und Bleistifte auf dem Couchtisch. Beim Betreten des Raumes deutete die Frau darauf, nahm Block und Stift und schrieb mit großen Buchstaben »Eva« aufs Blatt. Den Block zeigte sie herum, sprach dabei mehrfach, langsam und betont das Wort »Eva« und zeigte auf sich. Ihr Mann tat es ihr nach, mit dem Wort »Adamo«.

Für uns gab es keine Zweifel, das sind deren Rufnamen. Nachdem wir uns auf gleiche Weise vorgestellt hatten, nahm Eva wieder den Block an sich. Jetzt zeichnete sie, in einem groben Abbild, eure Erde darauf. Da Eva einigermaßen gut zeichnen kann, gelang dies auf Anhieb. Sie riss das Blatt mit dem Abbild aus dem Block, sagte mehrfach das Wort »Erde« und reichte es herum. Maro, der mit am Tisch saß, nahm selbst einen Block und zeichnete schemenhaft, aber dennoch gut erkennbar Adamo und Eva aufs

Blatt. Daneben zeichnete er einen dicken Pfeil, der mit seiner Pfeilspitze zu Adamo und Eva zeigte und zudem lotrecht mit zwei dünnen Strichen durchzogen war. Als erstes tippte Maro auf Evas grob gezeichneten Planeten und wiederholte das Wort »Erde«. Dann legte er sein Blatt genau daneben, tippte nun mit dem Finger auf sein Blatt, schaute zu Adamo und Eva hoch und sagte das Wort »Erdlinge«.

Die beiden schauten sich kurz an. Adamo zuckte mit seinen Schultern. Eva schaute ihn nur ratlos an, aber dann drehte sich Adamo wieder zu Maro und kommentierte dies mit seinem Hochdaumen, unmittelbar gefolgt von Eva, ebenfalls mit Hochdaumen. Pulo, mit am Tisch, grübelte etwas, kam dann aber auf eine Idee. Er zeigte mit seinem Finger auf sich selbst und rief laut das Wort »Eva«. Adamo und Eva schüttelten ihre Köpfe und kommentierten dies zugleich mit einem Abwärtsdaumen.

In gemütlicher Sitzrunde versuchten wir Vetossen dies zu deuten. Nach kurzem Gespräch kam mir eine Erklärung in den Sinn:
»Wenn Gedanken nicht verstanden oder gänzlich abgelehnt werden«, sagte ich, »dann wird eine Idee, ein Vorschlag oder Ähnliches mit einem Abwärtsdaumen kommentiert, da solche Gedanken vom Gehirn nur kurz aufgenommen, jedoch nicht weiterverarbeitet werden und gleich darauf zu Boden fallen. Und das Umgekehrte gilt für den Hochdaumen.«

☽

Urus unterbrach kurz seine Geschichte und holte sich ein Glas Tomatensaft. Eine recht eigenwillige Interpretation dieser Gestik dachte sich Thomas, die vom Verständnis auf unserer Erde deutlich abweicht, doch so hatten alle gemeinsam eine erste, primitive Verständigung gefunden.

Mit einem Glas Tomatensaft wieder am Tisch zurück, fuhr Urus seine Erzählung fort.

☽

Wie sich sehr bald herausstellen sollte, half diese einfache Art sich zu verständigen ungemein. Als Satina am Folgetag während eines Essens die Gläser von Adamo und Eva mit Mineralwasser nachschenken wollte, hielten beide ihre Hand drüber, zeigten sodann auf die danebenstehende Weinflasche und gaben den Hochdaumen. Wie praktisch, so mussten Adamo und Eva nicht ewig nur Mineralwasser trinken!

Zusätzlich wurden uns Vetossen die ersten, einfachen Wörter beigebracht, beispielsweise »Gläser« oder »Mittag«. So konnten wir schon bald durch die Wortkombination »Erdlinge, Mittag!« die beiden auf ein bevorstehendes Mittagessen aufmerksam machen.

Trotz aller Vorfreude unserer Neulinge, mal kostenlos einen fremden Planeten besuchen und dort richtig ausspannen zu können, strengte sie diese ganze Reise an. Wenn auch von beiden kaum bemerkt. Die vielen neuen Reiseeindrücke, inklusive Sprachhemmnisse, mussten irgendwie verarbeitet beziehungsweise überwunden werden.

Daher zogen sich beide des Öfteren auf das große Sofa zurück und diskutierten ausgiebig miteinander. Jeder konnte sehen, wie der eine den anderen brauchte, um alles irgendwie zu verarbeiten.

☽

Nun übernahm Pulo den Teil der Geschichte, den er am liebsten erzählt.

☽

Nach zwei Reisetagen durch den dunklen Weltraum »schob« sich das vetische Sonnensystem immer näher an uns heran. Wir holten Adamo und Eva nach vorn in die Pilotenkanzel. Sie sollten den Vorbeiflug an den ersten kleineren, vetischen Planeten hautnah miterleben können. Auf einmal, nach einem kurzen Ruck, war Stille! Nein, nicht weil wir selbst still waren, keiner hörte mehr das Motorengeräusch aus dem Maschinenraum, was während des gesamten Fluges als Pfeifgeräusch selbst bei einem großen Reiseraumschiff viel zu gut zu hören ist. Hektik kam auf! Verzweifelt wurde der Zündschlüssel, so es etwas gibt es auch für vetische Reiseraumschiffe, hin- und herbewegt. Doch nichts passierte. Kein Motorengeräusch mehr, nichts war zu hören! Nachdem die gegenwärtig eingeteilten Piloten einige Knöpfe gedrückt hatten, sah man auf der elektronischen Anzeigetafel die schematische Darstellung eines blinkenden Zylinders, einer ohne Inhalt. Ein Pfeil signalisierte – selbst unsere Neulinge bemerkten dies –, dass dort kein Pegel mehr mit einer Flüssigkeit zu sehen war, die aber genau dort vorhanden sein sollte.

»Denen ist wohl der Treibstoff ausgegangen«, vermutete Adamo.

Wenig später war unsere gesamte Mannschaft in der Kanzel des Raumschiffes anwesend. Wir Astronauten diskutierten kurz und heftig untereinander, aber dennoch ausgiebig, was durch zahlreiche Mimiken und Gesten zum Ausdruck kam und selbst von Adamo und Eva erkannt wurde. Anschließend verließen wir, gemeinsam mit unseren Neulingen, die Kanzel des Raumschiffes und machten uns auf den Weg zur untersten Etage.

Unten angekommen, schritten wir auf die zwei Raumzubringer zu, es war unser Notfallplan. Wir teilten uns in zwei Gruppen auf. Wir wollten, jeweils zu dritt, einen Raumzubringer besteigen. Aus Sicherheitsgründen! Da ein Unglück selten allein kommt, macht es sich gut, zwei Eisen im Feuer liegen zu haben.

Adamo und Eva ließen wir aber zusammen und teilten sie der zweiten Gruppe zu, damals mit Satina, Vennia und Pulo an Bord. Zweite Gruppe bedeutete auch, dass wir aus der ersten Gruppe zuerst losfliegen wollten.

Beide Zubringer starteten und wir schwebten aus dem großen Reiseraumschiff heraus. Die Heckklappe des Reiseraumschiffes ließen wir für später eintreffende Bordmechaniker geöffnet. War ja keiner mehr drin! Außerdem wollten wir an einem flugunfähigen Raumschiff keine weiteren Funktionstests mehr machen. Schließlich gibt's auch noch Bordmechaniker.

Nicht nur, dass es im Zubringer unbequemer und beengter ist, man kommt auch deutlich erkennbar langsamer voran! In Sichtweite unseres größten Vetosmondes ruckelte es wieder im zweiten Zubringer.

Adamo sah zu Eva:

»Nicht schon wieder!«

Nur mit letzter Kraft des mittlerweile spärlich vorhandenen Treibstoffs, genauer gesagt mit fortlaufendem Ruckeln, konnten Satina, Vennia und Pulo gerade noch so vor unserem eigenen Zubringer – wir warteten bereits draußen auf die Ankunft der zweiten Mannschaft – auf dem Vetosmond landen. Gleich nebenan steht eine Raumstation, momentan die einzige, die mit Forschern besetzt ist, welche dort im ständigen Wechsel arbeiten. Um einiges erleichtert, stieg wenig später die zweite Gruppe aus ihrem Zubringer, diesmal bereits in passenden Raumanzügen, um sich uns anzuschließen. Adamo und Eva staunten. Die beiden haben nie zuvor eine Raumstation auf einem Mond betrachten können. Genau deshalb sollten sie auch in der Nähe der Raumzubringer bleiben. Wer weiß, wo die überall hinmarschiert wären und an welchen verschiedenen Orten und Mondkratern die sich »festgebissen« hätten? Wir wollten bald wieder weg. Hin zur Vetos!

Es gab dennoch genug zu betrachten. Adamo und Eva beobachteten akribisch, wie die Mechaniker der Raumstation an beiden Raumzubringern Schläuche anschlossen. Muss für beide ausgesehen haben, als wolle jemand sein Auto betanken. Dann kamen noch weitere Mechaniker mit einem großen Kanister aus der Forschungsstation, liefen auf den Zubringer der zweiten Gruppe zu und stellten den Kanister dort hinein. Adamo und Eva konnten dem Treiben noch eine ganze Weile zusehen, es verging einige Zeit, bis die zwei Raumschiffe wieder startklar waren. Da es aber der »ruckelnde« Zubringer nötig hatte mal richtig durchgeschaut zu werden, ließen wir den zurück und bestiegen das andere Raumschiff. Außerdem mussten die Mechaniker, hier auf dem Mond, irgendwie zum liegen gebliebenen Reiseraumschiff kommen.

Adamo lag richtig, wie er noch später erfahren sollte, um Haaresbreite wären wir in den Weiten des Weltraums liegen geblieben und hätten hoffen müssen, dass rasche Hilfe einer Ersatzmannschaft kommen möge. Unsere beiden Neulinge wären in dieser Zeit wohl in Panik geraten.

Nach diesem Vorfall wurde kurze Zeit später per Gesetz untersagt, das vetische Sonnensystem nur mit einem einzigen Reiseraumschiff zu verlassen. Ein Umstand, der zukünftige Missionsflüge zu fernen Planeten erheblich teurer macht, seitdem muss jedes Reiseraumschiff von einem Notraumschiff begleitet werden.

Der letzte noch anstehende kurze Anflug auf die Vetos wurde nach der ganzen Aufregung von Adamo und Eva mit Vorfreude, von uns Piloten vor allem mit Erleichterung erwartet, die sich noch steigerte, je näher wir kamen. Ohne Ausnahme steckte uns allen die weite Reise in den Knochen, auch wenn dies keiner dem anderen einräumen wollte. Umso schöner war der Anblick des Weltraumbahnhofs, auf den wir mittlerweile zusteuerten. Nur unweit vom Weltraumbahnhof für Kurzstreckenzubringer liegt auch der Reisebahnhof, ziemlich groß und mit vielen Magnetschwebezügen. Dort befindet sich auch eine Bahnhaltestelle, mit der man sehr bequem ruckelfrei in die Stadt Alos reisen kann, die für Adamo und Eva als Zielort vorgesehen war.

Kapitel 5

Neues Leben auf der Vetos

So langsam endete auch die Reise für Thomas. In den vergangenen zweieinhalb Tagen fragten sich die Astronauten hin und wieder, ob sie ihre Geschichten Thomas zu offenherzig erzählt hatten. Doch insgeheim waren sie froh über so einen wie Thomas. Sie konnten zum allerersten Mal einen Erdling als Blitzableiter benutzen, um Stückchen für Stückchen ihre Schuld abzutragen, ihr schlechtes Gewissen reinzuwaschen. Und Thomas half ihnen mit seinem überschwänglichen Optimismus noch dabei. Bestärkte sie sogar mit folgender persönlicher Meinung:

»Glaubt mir, an eurer Stelle hätte ich es genauso gemacht!«

Zu der Zeit fand Thomas alles gut, es musste lediglich von einem anderen Stern kommen, irgendwie außerirdisch sein. Und wenn die Vetossen Teile ihres Hausmülls in einigen Kratern unseres Erdmondes geschoben hätten, wäre Thomas ganz bestimmt etwas eingefallen, dies auch irgendwie gut zu finden. Doch seine schon unnatürlich positive Einstellung zu allem Außerirdischen brachte auch Nachteile! Zwar wünschten sich die Piloten des Raumschiffes einen, der seit der Anreise von Adamo und Eva wieder richtig gut mitmacht, doch Thomas machte zu gut mit. So schwärmte er schon während des Fluges von einer vetisch geprägten Erde. Jedem Einzelnen im Raumschiff erzählte er davon. Thomas nahm gar nicht mehr wahr, dass es ausgereicht hätte, seine Vorstellungen einem zu erzählen und darauf setzen, dass dies weitergegeben wird. Ihm zuzuhören wurde mit der Zeit richtig nervig. Maro sah sich in der Pflicht, dies mit mahnenden Worten zu stoppen:

»Thomas«, sagte er, »bilde dir bitte erst ein Urteil, nachdem wir auf der Vetos angekommen sind! Nachdem du selbst alles über uns genauestens kennengelernt hast. Und nach reiflicher Überlegung. Genieß dein Leben, fang langsam an, dich treibt keiner!«

Das Planetensystem der Vetos rückte in Sichtweite. Von jetzt an beendeten die Astronauten ihre netten Plaudereien im Erholungsraum und trafen erste Vorbereitungen für eine Weiterreise im Raumzubringer. Zwar wollte Thomas immer noch alles Wissenswerte über Adamo und Eva erfahren, wirkte deshalb auch unruhig, doch neben dieser Geschichte gab's zum Glück Alternativen. Eine davon war, Thomas mit nach vorn in die Kanzel nehmen. Aber das wollte keiner der Piloten. Bloß nicht! Nicht einmal dran denken! Stattdessen griff Mekos in ein Regal des Erholungsraums und reichte ihm ein Buch rüber. Ein Weltraumbuch! In dem sind sämtliche Planeten des vetischen Sonnensystems einschließlich deren zahlreicher Monde aufgeführt, die sich Thomas, bis zur Weiterreise im Raumzubringer, noch in aller Ruhe verinnerlichen könne. War aber ein Vorschlag, dem Thomas nur verhalten zustimmte.

Eine ganze Zeit später, Thomas hatte schon längst keine Lust mehr im Weltraumbuch herumzublättern, holte ihn Urus auf dem Weg zur unteren Etage ab. Dort unten hörten beide schon den laufenden Motor des vorderen Raumzubringers. Alle anderen waren bereits an Bord und warteten auf Urus und Thomas. Das große Reiseraumschiff war mittlerweile in unmittelbarer Sichtweite des größten Vetosmondes und sollte dort »ankern«. Kaum im Zubringerraumschiff eingestiegen, fiel Thomas auch gleich wieder eine Frage ein:
»Wieso reisen wir zu siebt in nur einem Raumschiff?«
Maro beugte sich etwas vor:
»Wir brauchen nicht unbedingt in zwei Gruppen reisen, wenn dies nicht notwendig ist! Im Zweifel kann uns jemand vom Vetosmond aus erreichen. Außerdem folgt uns noch die zweite Gruppe aus dem Notreiseraumschiff. Bei der Abreise vom Marsmond Phobos bis hin zur Erde war's ähnlich.«

Thomas gab sich zwar mit der Antwort zufrieden, doch nun suchten seine Augen den ganzen Raum ab. Dabei fiel ihm etwas ganz Wichtiges auf:
»Wo ist eigentlich Vennia, ich seh die gar nicht?«
»Mensch, Thomas!«, Satiana war Thomas Fürsorge fürs andere Geschlecht langsam leid. »Vennia sitzt vorn in der Kanzel und fliegt. Und ums gleich zu sagen, sie möchte lernen, einen Raumzubringer ganz allein zu fliegen!« (Dies war übrigens auch der Grund, warum die Astronauten das große Reiseraumschiff ausnahmsweise im Schwerefeld des Vetosmondes zurückgelassen haben.)

Nachdem wichtige Fragen dieser Art geklärt waren, erreichten alle im Raumzubringer, dank Vennia, sicher und wohlbehalten den größten Vetosmond, auf den Vennia ebenso sicher aufsetzte. Danach traten alle, in dicken Mondanzügen eingepackt, aus dem Raumschiff, um gemeinsam über die Mondoberfläche zur nebenstehenden Raumstation zu laufen. Erst mal eine Pause machen. Etwas durchatmen. Nach dieser langen Reise blieb für einen kurzen Halt bei einer kräftigen Tasse Kaffee allemal Zeit. So konnten die Piloten das letzte, ihnen längst vertraute Stück mit neuem Schwung nehmen.

Der Abflug vom Vetosmond war ruhig und gemächlich. Kein Katapultstart! Warum auch? Hier gibt es ja keine feindlichen Abfangjäger, die den Vetossen möglicherweise in die Quere kommen könnten. Thomas war die langsame Anreise zur Vetos ganz recht. Genüsslich und voller Erwartungen schaute er dabei zu, wie die in den tiefblauen Meeren der Vetos liegenden Kontinente immer größer und interessanter wurden, je näher sie an diese Landmassen heranflogen.

Als das Raumschiff unten auf dem Weltraumbahnhof gelandet war, ging's als erstes gemeinsam in die Basisstation des Weltraumbahnhofs. Dort wurden die erfolgreich zurückgekehrten Astronauten herzlich empfangen. Thomas, den man vorab als neuen Erdling schon angekündigt hatte, wurde von den Forschern der Basisstation ganz besonders beachtet. Er bekam den besten Stuhl, den besten Sitzplatz und als erster den frischesten Kaffee eingeschenkt. Nach einem kurzen Plausch trennten sich dann aber die Wege der ursprünglichen Mannschaft. Während Maro mit Thomas in die Kleinstadt Alos reisen sollte, verabschiedeten sich die restlichen Astronauten, um mit der Magnetschwebebahn vom Reisebahnhof aus in die Großstadt Galaxia zu fahren. Beide Züge, sowohl der nach Galaxia als auch der nach Alos, standen schon als Sonderzug für diese »Erd-Experten« bereit.

Draußen vor der Basisstation konnte Thomas den Zug nach Alos anfangs gar nicht finden, diesmal war's aber berechtigt. Dieser Zug nach Alos bestand lediglich aus einem einzelnen Waggon. Stunden zuvor hatten die Leute aus der Basisstation, vorsorglich in Zusammenarbeit mit der örtlichen Feuerwehr, das gesamte Gebiet rund um den Weltraumbahnhof weiträumig abgegrenzt. So vermeidet man unnötigen Presserummel, der zumindest für die Astronauten noch früh genug beginnen wird, sobald die gemeinsam, im Rathaus von Galaxia, eine Pressekonferenz geben werden.

Nach Alos geht's, bezogen auf die Wegstrecke zur Großstadt Galaxia, genau in die entgegengesetzte Richtung. Ungefähr zwei Kilometer hinter Alos liegt eine kleine Siedlung. Sie besteht aus drei Häusern, zu dieser Zeit ebenfalls gut abgegrenzt. Bis dorthin soll Thomas von Maro im Zug begleitet und gleich darauf in der Siedlung abgesetzt werden. In dieser Siedlung sollte er sich, zusammen mit seiner neuen Eingewöhnungsfamilie, in Ruhe die ersten Tagen einleben und völlig unbefangen erste Eindrücke über sein neues Leben sammeln können, ohne dabei wie ein Tier im Zoo auf Schritt und Tritt von Pressefotografen ständig begafft zu werden.

Im Zugabteil war's fast geräuschlos – kaum Motorengeräusche zu hören – und dennoch rasten beide durch die Landschaft. Thomas kam's vor als säße er in einem Segelflugzeug. Doch anfangs noch begeistert von dieser Zugfahrt wirkte Thomas zunehmend enttäuschter, je öfter er aus dem Fenster sah. Maro schaute ihn nachdenklich an. Was war los? Kippte auf einmal die Stimmung des so vor Optimismus sprühenden Thomas?

»Du schaust so desinteressiert aus dem Fenster. Was kommt dir in die Quere, Thomas?«

»Sieh selbst!«, sagte Thomas bei einem erneuten Blick aus dem Fenster. »Bei euch sieht ja alles genauso aus wie bei uns auf der Erde! Der Himmel ist blau, die Bäume haben grüne Blätter, ebenso das Wasser der umliegenden Teiche und die Sonne da oben am Himmel, sehen genauso gleich aus wie auf der Erde. Selbst die Proportionen sind kaum anders. Eure Bäume wachsen auch nicht in den Himmel und hinten auf einer Wiese grasen Tiere, die fast wie mir bekannte Milchkühe aussehen. Selbst die Häuser drumherum sehen nicht viel anders aus. Ich dachte immer, auf einem anderen Planeten wären sämtliche Dinge dieser anderen Welt auch völlig anders.

»Unsere Sonne sieht aber keinesfalls so aus wie eure Erdsonne, Thomas«, gab Maro zu bedenken. »Schau mal dort ganz genau hin!«

Dem Rat folgend blickte Thomas in die Vetossonne. Er konnte dies eine ganze Weile tun, ohne dass ihm dabei seine Augen schmerzten.

»Kann es sein, dass eure Sonne etwas dunkler ist?«, fragte er zurück.

»Unsere Vetos umkreist ihre Heimatsonne in einer viel kürzeren Umlaufbahn verglichen mit der eurer Erde«, ergänzte Maro. »Dem zufolge kann sie auch nicht so kräftig scheinen wie eure Sonne, sonst könnte hier auf der Vetos keiner überleben. Hast du nicht gemerkt, Thomas, dass unsere Augen im Vergleich zu euren ›Erdaugen‹ erkennbar etwas größer sind?«

Thomas starrte Maro in seine Augen:
»Jetzt wo du es sagst, fällt's mir auch auf!«
»Ansonsten aber«, fuhr Maro fort, »gibt es für uns keinen Zweifel mehr, dass überall im Weltraum auch die gleichen Grundgesetze der Natur herrschen. Uneingeschränkt, ohne Ausnahme!

Laut eindeutig gesicherten, vetischen Erkenntnissen sind alle Bausteine des Lebens auf den verschiedensten Planeten des Weltraums irgendwann einmal durch »kosmische Lebensbomben« herantransportiert worden. In einem angenehmen Klima fruchtbarer Meere konnte sich, nachdem dort Kometen eingeschlagen waren, eine Ursuppe bilden. Genauer gesagt haben sich dort Molekülketten, unter anderem aus Aminosäuren und Nukleinsäuren, gebildet. Durch gewaltige Blitzeinschläge in den Meeren der noch jungen Vetos sind diese Molekülketten dann zum Leben erweckt worden. Ähnlich wie bei einem Defibrillator, eine Reizstrommaschine, die ein stehen gebliebenes Herz wieder in Takt bringen kann.

Im Laufe vieler Millionen Jahre sind so aus den ersten hervorgegangenen Urzellen Bakterien, Viren und viele andere Lebensformen entstanden. Zudem entstand neues, andersartiges Leben durch Mutationen von bereits schon bestehenden Leben. In der gesamten Vetosgeschichte hat sich all unser Leben stets optimal an unterschiedliche Umwelt- und Lebensbedingungen angepasst. Ein Prozess, den es überall gibt, wo Leben entsteht, der bis heute andauert und der nie enden wird, solange es Leben gibt.

»Kennst du eigentlich den chaosgelenkten Zufall, Thomas?«, fragte Maro. Thomas zog nur seine Augenbrauen hoch, schaute blöd und verstand diese neue sowie seine alte bisherige Welt nicht mehr. Maro kramte in seiner Tasche:

»Alle Zufälligkeiten auf den Welten des Universums werden durch die Grundsätze der Chaostheorie entscheidend mitgeprägt«, sagte er, während er gleichzeitig vier Würfel, zwei Würfelbecher und einen kleinen Notizblock mit Kugelschreiber aus seiner Tasche holte.

Thomas wunderte sich schon wieder. Gab es, etwa durch großen Zufall, auf der Vetos genau die gleichen Spielwürfel mit sechs Würfelaugen? Genauso wie auf der Erde? Seit einiger Zeit schon! Doch erst, seitdem Adamo einen solchen Spielwürfel eigenhändig aus Holz hergestellt hatte. Nach Vorlage dieses handgefeilten Würfels druckte Maro mit seinem im Hobbyraum stehenden dreidimensionalen Drucker vier solcher Spielwürfel aus. Maro gab nun Thomas zwei Würfel im Würfelbecher rüber, die anderen beiden Würfel behielt er samt Becher selbst. Ihm bereitete es eine besondere Freude, Thomas dieses für Vetossen nicht mehr ganz neuartige Spiel zu erklären.

»Und jetzt zur Spielregel«, sagte er. »Jedes Mal bei zwei gleichwertig geraden Zahlen beider Würfel schreibst du ein Plus- und jedes Mal bei zwei gleichwertig ungeraden Zahlen schreibst du ein Minuszeichen auf deinen Notizzettel.«

Beide würfelten und schrieben wie die Weltmeister. Als kein Platz mehr auf den Zetteln war, begannen beide zu zählen. Als erstes rechneten sie zusammen, wie viel Plus- und Minuszeichen überhaupt zustande gekommen waren. Danach wurde gezählt, wie viele Plus- und wie viele Minuszeichen direkt untereinander stehen, was zudem noch als Schlange bezeichnet wurde.

Nun gab es das Endergebnis:
Beide hatten fast die gleiche Anzahl an Plus- und Minuszeichen und beide hatten fast eine gleich große Anzahl an Schlangen, auch wenn die bei jedem Spieler an anderen Stellen zu finden waren. Thomas war baff! Maro lächelte, so erstaunt nachdenklich hatte er Thomas noch nie zuvor gesehen:
»Das ist der chaotisch gelenkte Zufall!«
Thomas sah hoch:
»Und wenn noch mehr Leute mitspielen?«
»Dann wird das Endergebnis genauso!«, antwortete Maro.
Thomas stutzte, überlegte, worauf Maro hinauswollte:
»Was haben chaotisch gelenkte Zufälle mit einer evolutionären Fortentwicklung zu tun?«
»Jede Menge!«, erwiderte Maro. »An der Stelle gebe ich dir noch mal kurz eine Zusammenfassung zum Zweck eines besseren Verständnisses.«

)

Erstens ist jedes Individuum, egal ob Mensch, Tier oder Pflanze, bestrebt, sich an Umweltbedingungen optimal anzupassen.

Zweitens gelten überall im Weltraum die gleichen Grundgesetze der Natur. Es gibt also einen immer gleichen Bauplan. Selbst bei uns auf der Vetos wurde dies schon religiös interpretiert!

Um auf die Grünfärbung der Blätter zurückzukommen; auch unsere Grünpflanzen brauchen für ihr Wachstum gemäß den Bauplan der Natur, die Osmose. Die Blätter unserer Pflanzen sind aus dem Grund genauso grün wie die Blätter eurer Erdpflanzen, da grünes Licht am schwächsten von den Blättern aufgenommen und dadurch bedingt weitergeleitet wird. Diese Lichtenergie dringt durch eine halbdurchlässige Scheidewand, später sorgt diese Lichtenergie dafür, dass chemische Energiespeicher hergestellt werden. Aber auch unser Himmel scheint tagsüber blau und unsere Sonne ist an manchen Abenden in glutroter Farbe zu sehen. Das liegt an der Wellenlänge des einfallenden Lichts. Tagsüber wird Sonnenlicht von den Molekülen sowie von den Atomen einzelner Schichten einer Planetenatmosphäre – dazu gehört auch eure Erdatmosphäre – gestreut. Die Streuung der kürzeren Wellen, die das blaue Licht ausmacht, ist wesentlich stärker als die Streuung der längeren Wellen des übrig bleibenden roten Lichts. Deshalb wird das rote Licht durch das blaue Licht überdeckt. Bei einem Sonnenauf- oder Sonnenuntergang müssen die verschiedenen Sonnen des Weltraums ihr Sonnenlicht durch besonders dicke Luftschichten hindurchstrahlen, wenn sie, mal als Beispiel, ihr Licht auf einem bewohnten Planeten scheinen lassen. Von diesen hindurchscheinenden Farben eines Regenbogens, die von so einer Sonne ausgesendet werden, ist in diesem Fall überwiegend das rote Licht von einem Beobachter zu erkennen. Du siehst, alle Naturgesetze laufen immer nach einem bestimmten Schema ab, ganz egal auf welchem Planeten jemand sich gerade befindet. Es gibt noch etliche andere Beispiele.

Drittens gilt überall im Weltraum der chaotisch gelenkte Zufall, ebenfalls ein Grundsatz der Physik. Während der Evolution auf eurer Erde ist nach dem Aussterben der Dinosaurier über viele Entwicklungsschritte hinweg der Erdmensch aus einem spitzmausartigen Säugetier entstanden. Auf der Vetos gab es nie Dinosaurier, sodass sich der vetische Mensch ohne Unterbrechungen aus einer Nesselqualle herausentwickeln konnte. Doch am

Ende, nach etlichen Millionen Jahren, entstand – geformt durch Zufälligkeiten der gelenkten Chaostheorie, im Einklang mit dem Bestreben, sich optimal an Umweltbedingungen anzupassen – ein vetischer Mensch, der trotz unterschiedlicher, vorangegangener Entwicklungsschritte einem Erdling ziemlich ähnlich sieht!

Bei deiner ersten Begegnung mit uns Außerirdischen im Wald warst du aber nicht enttäuscht wegen unseres, verglichen mit euch Erdlingen ähnlichen Aussehens, oder?«

»Keinesfalls!«, sagte Thomas eindeutig.

Maro fand dazu eine Ergänzung:

»Aber nur, weil der Mensch ein Gefühlswesen ist, das grundsätzlich immer froh ist, unter seinesgleichen zu sein. Wegen einer aus innen herauswachsenden Angst, jemand, der anders aussieht, muss auch grundsätzlich anders gestrickt sein! Und selbstverständlich Böses im Schilde führen wollen. Das Unbekannte schafft Misstrauen, Misstrauen schafft Ängste und Ängste sorgen für Hass!«

»Ja, genau deshalb schenkte ich euch Vertrauen, gleich vom ersten Moment an!«, sagte Thomas überzeugt.

Und von nun an wollte Thomas alles Gleichartige der Vetos in Bezug auf seine Erde, aber auch ethnisch Andersartiges als einen weitreichenden Bauplan der gesamten Milchstraße sehen, geschaffen von einer höheren, unfehlbaren Macht.

Mittlerweile fuhren beide auf die Bahnhaltestelle zu, die nur wenige Meter von der Siedlung entfernt liegt. In der Mitte des Grundstücks liegt das Haupthaus, daneben eine Scheune und ein Verwaltungsgebäude, beide lediglich durch einen Sportplatz mit großer Rasenfläche vom Haupthaus getrennt. Beim Betreten des Grundstücks betrachtete Thomas interessiert bauliche Einzelheiten der Fassade des Haupthauses. Ein hohes, zweistöckiges, weißgestrichenes Haus, in der zweiten Etage von zwei Balkonen umzogen, die, von der Frontseite des Hauses gesehen, linksseitig aufeinandertreffen und dort einen rechten Winkel bilden. Hier soll Thomas die nächsten Tage, gemeinsam mit seiner neuen Eingewöhnungsfamilie, heimisch werden. Seine neue Familie besteht aus drei Betreuern, darunter Wega, eine attraktive, junge Frau, kaum älter als Thomas!

Maro stand vor der Tür des mondänen Wohnhauses und betätigte den großen Knopf einer teuren, formschönen Türklingel. Sirus, der Hauptbetreuer öffnete und trat heraus, gefolgt von seiner Frau Eura, sowie von Wega, der Auszubildenden. Nach einer herzlichen, kurzen Begrüßung – Thomas hatte gerade mal den Betreuern die Hand gereicht – stand schon die Wohnraumbesichtigung an. Eura führte ihn zusammen mit Wega durchs Haus, beide taten dies aber in Eile. Kaum hatte Thomas sein Gästezimmer gesehen, sollte er schon ins Badezimmer schauen. Thomas hatte das Gefühl, dass beide von irgendetwas, ihm unbekannten, gehetzt werden. Schon nach kurzer Zeit machte ihn dies so nervös, dass er froh war, einige Minuten später wieder bei Maro und Sirus vor der Tür zu stehen.

Doch nun fing Maro auch an zu stressen:
»Thomas, lass uns keine Zeit verlieren, im Keller steht ein Grill!«
Noch bevor Thomas laut protestieren, laut aufschreien konnte, hörte er von Sirus und Eura fast gleichzeitig, wie im Chor, folgenden Satz:
»Thomas, wir wollen grillen, wir haben alle Hunger!«
Sirus lief zum Hauseingang und schaute dabei kurz zu Thomas:
»Komm mit! Ich zeig dir, wo der Keller ist.«
Thomas wurde so ungehalten, er hätte am liebsten losmaulen wollen. Doch er verkniff es sich! Schließlich hatte sein erster Tag ja noch nicht mal richtig begonnen.

Unten im Keller steht ein großer, wuchtiger Grill. »Muss wohl ganz schön schwer sein«, dachte sich Thomas. Doch kaum sah er zu Sirus rüber, lief der schon wieder die Kellertreppe hinauf, während er dabei kurz zu Thomas herüberblickte:
»Bring bitte den Grill auf den Rasen!«, hallte es auf der Treppe von ihm.
»Dankeschön«, dachte sich Thomas, »ich darf den schweren Grill die Treppe allein hochschleppen.« Wütend riss er ihn hoch. Doch dabei merkte er, dass dieser Grill ziemlich leicht war, trotz seiner Größe! Oben angekommen, waren nun alle hektisch. Wega lief im Schnellgang mit zwei Stühlen zur Rasenfläche, Sirus konnte den Gartentisch nicht schnell genug aus der am hinteren Teil des Hauses liegenden Veranda ziehen und Eura kam vollbepackt, im Eiltempo, mit Bratwürsten und Grillkohle aus der Küche. Beides versuchte sie krampfhaft mit verschränkten Armen festzuhalten.

»Hoffentlich fangen die bald an«, dachte sich Thomas, »dann kehrt endlich

Ruhe ein!« Zum Glück wurde es wieder etwas ruhiger als die Bratwürste zum Verzehr bereitlagen, doch die Gemütlichkeit, untermalt mit Lagerfeuerromantik, war dahin. Machte aber nichts! Thomas bekam lediglich zwei Bratwürste angeboten, am liebsten hätte er vier gegessen! In seinem Magen war noch jede Menge Platz für dieses würzig, rauchige Grillfleisch. Und dann begann das ganze Theater wieder von vorn.

Kaum hatte Thomas den letzten Rest der wohlschmeckenden, selbst gemachten Zitronenlimonade ausgetrunken, schaute Maro auf seine Fingerringuhr:
»Leute, lasst uns Schluss machen, ist mittlerweile später Abend!«
Mit einem Mal sprangen alle auf. Thomas, der noch sitzen geblieben war, schaute ungläubig zu Sirus hoch:
»Der Abend ist zu Ende.« Dies klang fast wie gesungen von ihm herüber.
Gleich darauf ergriff jedermann irgendetwas, das draußen herumlag. Auch Thomas selbst wollte sich nach diesem »taktvollen Ausklang« endlich mal wieder nützlich machen und packte mit an. In Windeseile waren sämtliche Grillsachen verräumt und Maro verabschiedete sich von allen.

Kurz danach war Thomas nur noch mit den drei Hektikern seiner neuen Familie zusammen. Während sich Sirus und Eura zusammen im Badezimmer für den nächsten Tag frisch machten – Zähne putzen und vieles mehr – ging diesmal Wega zusammen mit Thomas teppenaufwärts in das für Thomas gedachte Gästezimmer. An der linken Seite des Zimmers steht ein großer Holzschrank, in der Nähe des Fensters liegt eine dicke, breite Matratze direkt auf dem Fußboden und vor dem Fenster selbst hängt ein dicker, schwerer, lichtundurchlässiger Vorhang.
Thomas' Augen suchten den Raum ab:
»Wo ist mein Bett, Wega?«
Wega zeigte auf die am Boden liegende Matratze:
»Hier ist dein Bett!«
»Sieht aber nicht so aus wie ein Bett«, antwortete Thomas.
»Bei uns sind alle Betten so, auch meines!«, antwortete Wega.
Dann ging sie zum Vorhang und zog ihn zu.
»Der Vorhang sollte geschlossen bleiben!«, sagte sie beiläufig. »Sonst kannst du nicht richtig schlafen.«

Thomas wunderte sich, da er noch nie im Leben Vorhänge gebraucht hatte, um ruhig schlafen zu können, dachte sich aber nichts dabei und ließ den Vorhang zugezogen. Nach einigem Hin- und Herlaufen der anderen drei, begleitet von Türenklappen, wurde es im ganzen Haus still. »Die drei liegen tatsächlich schon alle in ihren ›Betten‹«, dachte sich Thomas. Da er nicht deren Nachtruhe unangenehm stören wollte, legte auch er sich zum Schlafen auf die Matratze. Bevor er nach der Bettdecke griff, zog er noch seine Erdarmbanduhr ab und legte sie neben sich.

Plötzlich, nach nur kurzem Schlaf, wurde Thomas aus seinen Träumen gerissen. Wega stand in der Tür.
»Steh auf, Thomas!«, rief sie. »Die Sonne steht schon im Zenit!«
Dann lief sie zum Fenster und zog den Vorhang auf. Und tatsächlich, draußen war schon pralle Mittagssonne, wie Thomas feststellen musste, als er ungläubig durchs Fenster sah. Aber er war noch richtig müde, keineswegs ausgeschlafen!
»Das kann doch nicht wahr sein!«, rief Thomas entrüstet – obwohl er bereits wieder allein im Zimmer war –, als er auf seine Armbanduhr schaute. Er hatte gerade mal fünf Stunden geschlafen. Die Aussicht auf ein schönes, reichhaltiges Frühstück jedoch – Thomas Magen knurrte bereits – trieb ihn an.

Unten im Speisesaal war der Frühstückstisch reichlich gedeckt. Doch statt leckerem Kaffee mit Honigbrötchen, gab's nur Brot mit Salaten, dazu Tomatensaft, ersatzweise Mineralwasser. Genau diese Familie legt besonders großen Wert auf gesunde Ernährung und das fängt schon morgens beim Frühstück an. Diese Mahlzeiten am Tisch sind so gesund, dass Thomas sie im Geiste mit vegetarischem Essen verglich.

Thomas nahm dennoch, dem Hunger gehorchend, am Frühstückstisch Platz und wischte sich den Rest Müdigkeit aus den Augen. Die anderen drei am Tisch lachten hämisch, als sie ihm dabei zusahen. Genau das Gleiche kannten sie schon von Adamo und Eva.
»Bei uns ist das immer so mit der Sonne!«, belehrte ihn Sirus.
Mit »immer so« ist Folgendes gemeint: Der Planet Vetos dreht sich in ungefähr sechzehn Stunden einmal um seine eigene Achse. Auf der Vetos gibt es infolgedessen nur einen Sechzehn-Stunden-Tag! Die vetischen For-

scher waren sich zu der Zeit, als Thomas dort siedelte, noch uneins, mit welchen Naturgesetzen man diesen doch gewaltigen Zeitunterschied zum Vierundzwanzig-Stunden-Tag der Erde. hinreichend erklären kann:
- Liegt es an der größeren Nähe der Vetos zu ihren drei Vetosmonden?
- Liegt es an der kürzeren Entfernung der Vetos zu ihrer Heimatsonne? Man stelle sich vor, die Erde läge ungefähr in der Mitte der Strecke, die die heutige Wegstrecke von der Erde bis zur Venus ausmacht.
- Oder liegt es daran, dass die Vetossonne ungefähr ein Fünftel kleiner ist als unsere Erdsonne und dazugenommen eine viel schwächere Strahlkraft hat?

Egal woran es auch liegt, Thomas musste sich damit abfinden; ein Umstand, den Thomas heute noch als das unangenehmste Erlebnis auf der Vetos beschreibt! Zum Glück gibt's aber auch viel Positives zu berichten. So ist unter anderem die Gravitationkraft der Vetos einschließlich der Größe des Planeten Vetos selbst im Vergleich zur Erde ungefähr zwanzig Prozent kleiner. Und das macht viel aus! Alle Dinge dieses Planeten lassen sich viel leichter heben und wegschleppen! Auch wenn jemand einen Vorgarten auf der Vetos komplett umgräbt, geht dies bedeutend leichter!

Nach dem Frühstück ging Thomas ins Badezimmer der zweiten Etage, gegenüber seinem Gästezimmer gelegen. Kaum drinnen, kommt Eura ins Badezimmer. Sie hielt einen mechanischen Aufziehwecker in der Hand, den sie sogleich aufs Armaturenbrett stellte.

»Für dich, Thomas, ein Geschenk von uns! Auf diesem Wecker ist unsere Vetoszeit drauf. Deine Armbanduhr sieht zwar schön aus, doch hier bei uns ist sie nutzlos.«

»Habe ich schon gemerkt!«, sagte Thomas. »Aber was mache ich, wenn ich außer Haus gehen will. Muss ich dann diesen Wecker mitschleppen?«

»Hab keine Sorge«, beruhigte ihn Eura, »wenn du mal rausgehst, kannst du eine extra gefertigte Aufziehfingerringuhr benutzen.«

»Ihr mögt wohl keine Uhren ums Handgelenk?«, wollte Thomas genau wissen.

»So was mögen nur Erdlinge!«, scherzte Eura.

Solch ein mechanischer Aufziehwecker wie der, der auf dem Armaturenbrett stand, ist ein Nachbau vetischer Uhrmacher unter Zuhilfenahme eines von Adamo und Eva mitgebrachten Büchern.

Die ganze Idee dahinter stammt von einem der »seltenen«, genialen Einfälle von Egos:
Da Erdlinge nur einen Vierundzwanzig-Stunden-Tag kennen, aber wie jeder eine genaue Uhrzeit brauchen, um Dinge der Welten planen zu können, ist auf dem Ziffernblatt eines solchen Weckers ebenfalls eine Zeiteinteilung von vierundzwanzig Stunden. Das ist auch nicht weiter störend, da ein mechanischer Wecker einen ungemeinen Vorteil bietet. Mit einem Regulator, der über der Unruhe angebracht ist, lässt sich die Ganggeschwindigkeit eines solchen Weckers großzügig verstellen. Nach zwei Wochen des Herumexperimentierens, fanden vetische Uhrmacher heraus, dass der Regulator in Bezug auf einen genau gehenden Erdwecker, ungefähr dreißig Prozent mehr in Richtung Pluszeichen geschoben werden muss, damit nun so ein Aufzugswecker mit »Vetoszeit« läuft. Um dies zu überprüfen, warteten die Uhrmacher bis zum Mittag, wo die Vetossonne genau im Zenit steht. Dies lässt sich mit vetischen Spezialfernrohren genau bestimmen. Genau dann müssen beide Zeiger eines solchen Weckers exakt auf zwölf Uhr zeigen, ansonsten muss am Regulator nachgeregelt werden. Als man endlich raus hatte, wie so eine Ganggeschwindigkeit optimal zu verändern beziehungsweise einzustellen ist, bekamen alle Erdlinge der Vetos mehrere solcher Wecker als Geschenk.

Jetzt ist aber rechnerisch eine solche Stunde nur noch vierzig Minuten wert! Wenn sich Thomas im Badezimmer die Haare waschen und anschließend rasieren wollte, musste er die Zeit ganz anders einplanen. Dass sich die Vetossen unter anderem für die morgendliche Gesichtspflege schon immer und ewig viel weniger Zeit nehmen als Erdlinge, merkte Thomas bereits an seinem ersten Tag. Aber nicht nur deren Gewohnheiten, auch deren Sitten sind ganz anders als bei uns Erdbürgern. Denn kaum saß Thomas auf der Toilette, kam Wega ins Bad. Sie schaute ihn nur kurz an, trat vor den Spiegel und kämmte sich ihre Haare.
»Eure Badezimmertüren kann man ja gar nicht abschließen, die haben überhaupt kein Schloss«, beschwerte sich Thomas.
»Wieso sollen Badezimmertüren ein Schloss haben und abschließbar sein?«, fragte Wega sorglos zurück.
»Aber was ist, wenn einer den anderen im Bad völlig nackt antrifft?«, fragte Thomas ungläubig.
»Na und! Nacktheit ist innerhalb einer Familie keine Schande. Thomas,

beeil dich bitte«, setzte Wega noch nach, »ich möchte gleich mit dir in die Stadt gehen!«

»Ja, in zehn Minuten bin ich soweit«, rief Thomas hinterher, als Wega wieder das Bad verließ.

Thomas war kaum vom Klo runter und noch beim Händewaschen, da klopfte es schon wieder an der Badezimmertür:

»Thomas, komm endlich, wir wollen weg!«, hallte Wegas Stimme von draußen.

Thomas sah voller Verzweiflung auf den neuen Wecker des Armaturenbretts. Verdammt! Statt zehn Minuten war dort schon eine Viertelstunde vergangen.

Endlich gut angezogen, draußen vor der Haustür, holte Thomas seine Erdarmbanduhr aus seiner Tasche und zeigte sie Wega.

»Thomas, was machst du da?«, fragte sie.

»Ich will die Zeit messen«, antwortete Thomas. »Wenn wir in der Stadt angekommen sind, schaue ich noch mal drauf. Dann errechne ich den Zeitunterschied der bis dahin vergangenen Zeit. Schlussendlich kann man daraus die Wegstrecke in Erdkilometern berechnen!«

»Abzüglich zwanzig Prozent«, fügte Wega hinzu.

Thomas schaute ratlos hinüber:

»Warum?«

Wega schaute nun Thomas in die Augen:

»Unsere Beine laufen hier schneller durch die Landschaft!«

»Ach so, die geringere Gravitationskraft bei euch muss mit in die Rechnung«, bemerkte Thomas.

»Ganz genau«, betonte Wega.

Thomas wollte sich vergewissern:

»Wirklich zwanzig Prozent?«

Wega überlegte kurz:

»Haben unsere vetischen Forscher so errechnet!«

Der Tag fing mit dem Wecker im Bad schon kompliziert an, doch so etwas sollte sich in Zukunft noch steigern. Aber zuerst schauten beide auf die vielen Sehenswürdigkeiten, als sie in der Stadt ankamen. Dazu zählen auch die neuen Fabriken der Raumfahrtindustrie.

Nach einem langen Marsch kreuz und quer durch die ganze Stadt – Thomas taten schon die Füsse weh – machte Wega endlich an einem Straßencafé halt und nahm dort zusammen mit ihm Platz. Bei einem großen Pott Kaffee mit »Schuss« fing Wega an zu erzählen. Nach einer kurzen Wechselrede mit Thomas über unbedeutende Alltäglichkeiten kam Wega auf Adamo und Eva zu sprechen. Thomas saß nun aufrecht im Stuhl, hörte genau zu. Er war brennend daran interessiert, wie Adamo und Eva ihre ersten Tage verlebten.

Kapitel 6
Adamo und Eva bei ihrer Sinnsuche

Wega rekelte sich ein wenig im Stuhl des Straßencafés, stellte dann aber ihren Kaffeebecher auf den Tisch und schaute zu Thomas.

☽

Auch Adamo und Eva kamen zu uns in die Siedlung. Von nun an waren wir, die Betreuer der Siedlung, ihre neue Eingewöhnungsfamilie. Für uns Vetossen war es das erste Mal, zwei Erdlinge in ihren ersten Tagen auf ein zukünftiges, neues Leben vorzubereiten, das schon in Kürze alles andere als »erdähnlich« werden wird. Und von nun an waren alle gefordert, umsichtig miteinander umzugehen! Zu unserer Erleichterung gewöhnten sich die beiden Jungbauern recht schnell an unser vetisches, nahrhaftes Essen. Da war die Umgewöhnung an unsere Vetoszeit, damals noch ohne Aufziehwecker, für beide weitaus schwieriger! Erschwerend kam noch hinzu, dass der größte Teil der Verständigung mangels allgemeiner Sprachkenntnisse nur über Hoch- oder Abwärtsdaumen stattfinden konnte. Nicht zuletzt deswegen ließen wir aus der Eingewöhnungsfamilie die beiden am ersten Tag auf dem Grundstück der Siedlung. Das Endergebnis war fast schon vorhersehbar: Nach kurzer Zeit saßen Adamo und Eva auf der Parkbank vor der großen Wiese, starrten Löcher in die Luft und langweilten sich.

Sirus schaute durchs Küchenfenster:
»Die brauchen eine Beschäftigung, sonst gehen die uns kaputt!«
Eura, die ebenfalls in der Küche war, grübelte:
»Aber was für eine Art Beschäftigung?«
Dauerte aber nicht lange, bis von der Jury selbst ein guter Vorschlag kam. Hinten am Waldrand, in der Nähe des Forsthauses, steht ein altes Bauernhaus. In dem war einst ein Tante-Emma-Laden drin, zum Direktverkauf von selbst geernteten, biologisch angebauten, landwirtschaftlichen Erzeugnissen. Mittlerweile stritt sich eine Erbengemeinschaft um diesen Bauernhof. Die sind doch froh, wenn sie den Kasten loswerden – so damals die Mehrheitsmeinung der Jury –, erst recht, wenn das Geld vom Staat

fließt! Dieser Vorschlag wurde später vom Bürgermeister der Stadt Alos in die Tat umgesetzt. Doch bevor ein abschließender Plan richtig ausreifen konnte, sollte uns Betreuern von Adamo und Eva noch etwas Unerwartetes in die Quere kommen.

Am zweiten Tag kamen die beiden zum Frühstück die Treppe runter. Adamo war so fidel wie am Tag zuvor. Aber was war mit Eva? Sie ging im Schneckentempo die Treppe herunter und hielt sich dabei verkrampft am Geländer fest. Dann kam sie leichenblass an den Frühstückstisch. Selbst Adamo erschrak, erst jetzt fiel es ihm richtig auf. Sie setzte sich ganz dicht an den Tisch, schob Teller und Trinkglas zur Seite und legte dann ihren Kopf mit dem Gesicht nach unten in ihre verschränkten Arme.

Jetzt war höchste Eile geboten! Nach der ersten Schrecksekunde zückte Sirus sein Mobiltelefon und rief in der Jury, im Büro für außergewöhnliche Notlagen, an. Nur knappe drei Minuten später waren donnernde, mächtige Motorengeräusche von der Wiese zu hören. Draußen auf dem Grundstück landete ein Kipprotorflugzeug für spezielle Notrettungen. Ein Kipprotorflugzeug – von den Vetossen auch Flugschrauber genannt – ist ungefähr eine »Kreuzung« aus einem Propellerflugzeug und einem Hubschrauber. Zwei Rotorblätter, je eines links und eines rechts, sind vor den Tragflächen montiert. Diese Rotorblätter lassen sich entweder senkrecht nach oben ausrichten oder zur Frontseite des Fluggeräts runterkippen, je nach Bedarf.

Kurz darauf Sturmklingeln. Fünf Mann in hellblauen »Arbeitskombis« stürmten ins Haus. Das sind unsere Ärzte für Noteinsätze. Zwei von denen schleppten gleich eine Trage mit. Eva wurde behutsam vom Stuhl gehoben und auf die Trage gelegt. Genauso schnell legten die Ärzte gleich vier Manschetten um Evas Arme. Je zwei Stück pro Arm. Aus denen ragten Kabel, die mit zwei bereitstehenden Laptops verbunden wurden. Doch keiner der Laptops zeigte irgendwas Bedrohliches, Schlimmes an. Ihr Herz pochte zwar etwas schneller, aber noch innerhalb einer normalen Frequenz. Na ja, sie sollte sowieso mit ins Krankenhaus. Während Eva, auf der Trage liegend, in den Flugschrauber gehoben wurde, standen alle Familienmitglieder, Adamo mit eingeschlossen, draußen vor der Tür. Wenig später setzte dieser Flugschrauber seine Rotorblätter, zu der Zeit waren sie senkrecht aufgerichtet, in Bewegung. Kraftvoll und um einiges schneller als

Erdhubschrauber donnerte die Maschine nach oben, um nur kurze Zeit später auf dem Dach des Stadtkrankenhauses, dem beinah höchsten Gebäude der Stadt, aufzusetzen. Knapp zwei Flugkilometer von der Siedlung entfernt und deshalb auch gut zu sehen. Adamo gefiel's! Er schaute zu seiner neuen Familie, grinste erleichtert und zeigte demonstrativ seinen Hochdaumen.

Am nächsten Morgen kam von der Jury ein Anruf. Alle ehemaligen Astronauten sowie zwei Jurymitglieder wollten zur Siedlung kommen. Es war geplant, von dort aus in einer Gruppe mit elf Leuten zum Krankenhaus zu laufen.

☽

»Warum laufen?«, hakte Thomas nach.
»So bleibt mehr Zeit für jeden, den anderen zu beruhigen!«, erklärte Wega und fuhr mit der Geschichte fort.

☽

Alle, die Adamo und Eva kannten, machten sich große Sorgen um Eva, da vom Krankenhaus noch keine Nachricht gekommen war. Jedoch war auffällig, dass sich die beiden Jurymitglieder von der Gruppe die größten Sorgen machten!

Im Stadtkrankenhaus angekommen, kam ihnen der Chefarzt schon entgegen. Seine Analysen waren harmlos, wirkten eher beruhigend. Eva hatte eine Magen-Darm-Grippe. Mehr nicht! Mit vetischen Medikamenten gut zu behandeln. Doch ein Erdling muss vorab auf vetische Tabletten ausgiebig getestet werden! Deswegen hatte sich die ganze Zeit über auch niemand vom Krankenhaus gemeldet. Hermo, so heißt der Chefarzt des Krankenhauses, war dennoch verärgert:
»Wegen einer Grippe hätte keiner von euch den Flugschrauber anfordern müssen«, sagte er und sah beiläufig zu Küwall und Promtus, den Jurymitgliedern, rüber. »Der Flugschrauber ist für Notfälle vorgesehen, ihr hättet beinahe zu Fuß kommen können!«

»Dies ist ein Notfall!«, sagte Küwall überbetont. »Wir machen uns große Sorgen um Eva.«

»Wieso machen sich ausgerechnet die Leute von der Jury große Sorgen?«, wollte Hermo wissen.

»Wenn Eva gestorben wäre«, erklärte Küwall, »dann hätte uns der Adamo die Schuld am Tod seiner Frau gegeben und mit uns nicht mehr zusammengearbeitet. Dann wäre der Missionsflug zur Erde für die Katz gewesen und der war teuer!«

»So ne Unverschämtheit!«, Hermo ging mit erröteten Kopf auf Küwall zu. »Ich bin nicht Arzt geworden um ne Mission zu retten, sondern um Menschen zu heilen! Alle Menschen gleichermaßen, mit gleicher Sorgfalt!«

Kurz zur Erinnerung:
Für die Vetossen sind Außerirdische, also auch Erdlinge, Menschen mit einer zu achtenden Würde!

»Bitte mehr Ruhe, wir sind im Krankenhaus!«, mahnte der Leiter der Klinik, der herbeigeeilt kam. »Wenn Eva schnell genesen soll, dann geht jetzt alle, auf der Stelle! Eva braucht Ruhe!«

Klang überzeugend. Gleich darauf verließ die Gruppe, bis auf Adamo, das Krankenhaus. Der hatte ja mit dem Streit nichts zu tun und konnte, zum großen Glück der Jury, als Erdling auch nichts verstehen. Er sollte sogar seine Frau besuchen, ihr neue Kraft geben, da Eva ab und an den Namen Adamo gerufen hatte. Und dass Adamo als geübter Landwirt zwei popelige Kilometer auf einem zuvor begangenen Weg zur Siedlung zurückfindet, darüber machte sich nun wirklich keiner Sorgen.

Am nächsten Tag wurde per Telefon mitgeteilt, dass Adamo wieder ins Krankenhaus kommen sollte. Trotz aller Beschwichtigungsversuche unsererseits (Betreuer) – wir wollten den Verdacht ausräumen, geldgierige Marionetten der Jury zu sein – einigten wir uns alle an diesem Tag darauf, Adamo allein loszuschicken. Adamo wurde unten am Empfangsportal von einem Pfleger des Krankenhauses in ein Untersuchungszimmer des oberen Stockwerks geführt.

In diesem Zimmer hielt sich Eva bereits auf, neben ihr drei Ärzte und ein Beamter. Als erstes schoss der Beamte von Adamo und Eva Passfotos, die er, zuvor mit einem Stempelabdruck versehen, jeweils in ein kleines, dünnes Büchlein legte, diese dann mit Folie überzog und mit der ersten Seite verschweißte. Sah fast aus wie ein Führerschein mit eingebrachtem Passfoto. Im Anschluss zog einer der Ärzte unter Beobachtung des Beamten eine kleine Glaskapsel aus einer Medikamentenverpackung. Diese wurde in einen beweglichen Schlitten eines medizinischen Apparates gelegt und durch mechanisches Bewegen eines Schlittens ins Innere gebracht. Sieht aus, als würde jemand die Patrone eines Gewehres durchladen, zumal dieser ganze Apparat im Großen und Ganzen einem Nagelschussgerät für Zimmerleute ähnlich sieht.

Nun wurde es spannend. Während ein Arzt Eva abzulenken versuchte, ergriffen die beiden anderen Ärzte blitzschnell Evas Arm und drückten ihn auf den Untersuchungstisch. Nur einen Sekundenbruchteil später drückte nun der dritte Arzt die Spitze des »Nagelschussgeräts« auf eine von Evas Venen und betätigte den Abzug am Gerät. Es machte »puff«, woraufhin Adamo und Eva erschraken. Danach nahm der Beamte Evas Büchlein, setzte in das oberste Kästchen der ersten Seite einen Stempel, ergriff Evas Daumen, um unter ihrem zuvor verschweißten Passfoto einen Daumenabdruck zu setzen, schaute sich alles noch einmal in Ruhe an und übergab dann dieses »Buch« mit einem Lächeln der immer noch verdutzten Eva.

Eva sah auf den Einband des Buchs. Dort ist eine Kontur zu sehen, die der Form einer Schlange ziemlich ähnlich sieht. Nun sah sie zu ihrem Mann hoch, der sie völlig ratlos anblickte:
»Das ist ein Impfbuch, Adamo. Die wollen uns vor gefährlichen Krankheiten schützen!«
Noch bevor Adamo diesen Satz seiner Frau im Kopf richtig verarbeiten konnte, wurden blitzschnell seine Arme von zwei Ärzten auf den Untersuchungstisch gepresst. Während der dritte Arzt den »Nagelschussapparat« ebenso blitzschnell auf Adamos Arm drückte, schoss kurz danach erneut ein »puff« durch den Raum. Zuvor hatten die Ärzte, von den beiden unbemerkt, eine neue Glaskapsel eingelegt.

Geplant, ausgeführt und geschafft! Die Klinikärzte waren hochzufrieden, reagierten sie doch schneller, als Adamo gucken und Widerstand leisten konnte. Als Adamo im Anschluss das für ihn abgestempelte Buch überreicht wurde, ging er einen Schritt auf Eva zu und schaute ihr tief in die Augen:

»Wir müssen uns unbedingt mit diesen Leuten unterhalten können. Möglichst schnell! Nur, wie stellen wirs an?«, fragte er sich selbst ratlos. »Unsere Sprache ist kompliziert mit all den Redewendungen, den zahlreichen Grammatikregeln und den vielen Ausnahmeregelungen«, betonte er.

»Wie bei einem Baby!«, sagte Eva.

»Wie bei einem Baby?«, fragte er völlig verwirrt zurück.

»Ja, ein Baby, das auf die Welt kommt«, erklärte ihm Eva, »kennt auch keine deutsche Rechtschreibung, mit all ihren Grammatik- und Ausnahmeregeln und am Ende ...«

»Am Ende wird ein Mensch draus, der Deutsch kann!«, fuhr ihr Adamo ergänzend ins Wort.

Seit diesem gehaltvollen Zwiegespräch waren sich beide einig, dass es nicht schwer sein wird, den Vetossen die deutsche Sprache beizubringen.

An der Stelle noch ein kurzer Nachtrag zur vetischen Schutzimpfung: Bei der Apparatur, die die Ärzte einsetzten, handelt es um sich eine Spritze ohne Nadel. Eine zuvor per beweglichen Schlitten in die innere Kammer gebrachte Glaskapsel wird mechanisch angeritzt. Im Anschluss wird das Medikament der Glaskapsel in einen Hohlkörper im Inneren des Apparats gepumpt und dabei stark komprimiert. Nun wird eine große Kanüle des Geräts auf eine Vene gesetzt. Diese Hohlnadel hat eine stumpfe, breite Spitze, die nur aufgesetzt, aber nirgendwo hineingepiekt wird! Da bereits das Medikament unter starkem Pressdruck steht, wird nach dem Betätigen des Abzugs ein Impuls ausgelöst, welcher in einem kurzen aber sehr kräftigen Stoß das Medikament buchstäblich über die Hohlnadel des Apparats durch die Vene hindurch in die Blutbahn drückt. Aufgrund dieser für den Patienten wesentlich sanfteren Methode, Medikamente zu verabreichen, wird auf der Vetos nur noch in Ausnahmefällen oder beim Blutabnehmen mit »nadeligen« Spritzen gearbeitet.

Am Morgen des nächsten Tages sollten Adamo und Eva ausnahmsweise eine Erfahrung der angenehmeren Art machen. Seit gestern besitzen die beiden ja Impfpässe mit zahlreichen kleinen Quadraten, die noch von keinem Beamten abgestempelt worden sind. »Schöne Aussichten«, die daran erinnern, dass die zwei zukünftig noch etliche Male im Stadtkrankenhaus, zu Vorsorgeschutzimpfungen antreten müssen! Doch an diesem Tag gab's eine weitaus schönere Überraschung, als »Nagelschussapparate« mit Glaskapseln zu bestaunen. Gleich nach dem Frühstück hatten Sirus und Eura geplant, gemeinsam mit Adamo und Eva zu einer längeren Tour aufzubrechen. Während Sirus nach Kleinigkeiten kramte, die er in seinen Rucksack stecken wollte, ging Eura schon mal mit Adamo und Eva nach draußen. Wega hatte an diesem Morgen laut Plan allerlei Hausarbeit zu erledigen.

Wenig später gingen die übrigen vier einen Feldweg entlang, der zum Forsthaus am Waldrand führt. Dort steht das alte Bauernhaus in unmittelbarer Nähe vom Forsthaus auf einem Nachbargrundstück, von dem Adamo und Eva jedoch bisher nichts wussten. In der unteren Etage des Hauses befindet sich die kleine Verkaufsfläche, daneben ist noch ein zweiter Eingang, der in die Wohnung führt.

Nach längerem Marsch, vorbei an »Kuhwiesen«, standen alle vier auf dem Grundstück des verwaisten, alten Bauernhauses. Sie gingen auf den Hof, blieben aber vorn am Eingang stehen. Sirus griff Adamos Hand, zog einen Schlüssel aus der Tasche, hob ihn gut sichtbar bis in Augenhöhe, um ihn anschließend in Adamos Hand zu drücken, der sie bereits in weiser Voraussicht geöffnet hielt.

»Die haben uns ein Haus geschenkt!«, rief Eva außer sich vor Freude. »Einfach nur so, ein ganzes Haus geschenkt!«

Beide umarmten und küssten sich. Sirus und Eura sahen dem Treiben genau zu, ab jetzt wurde ihnen Folgendes klar:

Die Lippen der Erdlinge berühren sich nur dann, wenn vorher irgendein besonders gutes Ereignis eingetreten ist! Doch für umsonst gibt's nichts im Leben. Und auf der Vetos erst recht nicht!

Adamo, der neue Hausbesitzer, öffnete stolz die Tür. Alle betraten das Haus und besichtigten es. Im größten Raum dieses Hauses, eigentlich das Wohnzimmer, standen etliche einfache Tische und Stühle direkt nebensowie hintereinander. Vorne, an der Wand, war eine große, blaugrüne Kreidetafel an mächtigen Eisenwinkeln befestigt. Sah aus wie das ideale Klassenzimmer für Schüler. Und wenn es, einmal angenommen, Gedanken geben würde, die per telepathischer Energie von einem Hirn zum anderen

Hirn wandern könnten, genau in diesem Moment funktionierten wohl Dinge ähnlicher Art.

Eva nahm ein Stück Kreide und malte ein Abbild der Erde auf die Schultafel, während sich Eura dabei auf einen Stuhl setzte und so tat, als notiere sie etwas in einem Schreibblock. Und mit richtigem Gespür für den Moment holte Sirus aus einem Nebenraum Bücher und legte sie auf das Stehpult vor der Tafel. Adamo und Eva liefen interessiert drauf zu. Vor lauter Verwunderung erschraken sie ein wenig, als sie aufs Pult blickten. Sie schauten auf ihre eigenen Bücher von der Erde, die sie schon lange sehnsüchtig vermisst hatten! Darunter auch, zum Glück aller, ein Duden, ein Bildwörterbuch, ein Grammatiklexikon und viele, viele Lesebücher.

Am nächsten Morgen klingelte es schon in aller Frühe an der Haustür der neuen, frischgebackenen Hausbesitzer. Die wenigen Habseligkeiten, die beide in der Siedlung hatten, wurden noch am Abend zuvor, gemeinsam zu viert, ins Bauernhaus gebracht. Als Eva öffnete, standen Eura und Sirus vor der Tür. Adamo und Eva überlegten mangels alternativer Wahlmöglichkeiten nicht besonders lange und gingen mit ihnen zusammen in den Unterrichtsraum. Kurz nachdem Eura und Sirus auf den Stühlen Platz genommen hatten und Adamo mit Eva zur großen Schultafel gegangen war, drang von draußen das Röhren vieler Motorräder in diesen neuen Schulungsraum. Es waren vetische Motorräder mit Wasserstoffantrieb. Und wenn man es sich auch nur schwer vorstellen kann, zusammengenommen entwickelten diese vielen Motorräder eine Geräuschkulisse, die uns bekannten Erdmotorrädern ziemlich ähnelt. Adamo war begeistert, rannte als erster nach draußen. Ihm kamen jede Menge Leute – die neuen, zukünftigen Schüler – auf schweren Motorrädern entgegengefahren. In diesem unwegsamen Gelände sind Motorräder die bessere Wahl! Als Technikbegeisterter setzte sich Adamo gleich auf die erste Maschine, die vor dem Haus abgestellt wurde, und strahlte wie ein Kind kurz vor der Bescherung.

Im Nu standen im ganzen Hof wissbegierige Schüler. Später, im Unterrichtsraum, »gaben« Adamo und Eva den Lehrer. Da sich beide abwechselten, ergänzten und gegenseitig halfen, gelang es schon nach kurzer Zeit, Schulbuchwissen der deutschen Sprache zu vermitteln, wobei das bereitliegende Bildwörterbuch – in so einem Buch befinden sich etliche aufgemalte Gegenstände, die benannt werden – ein echter Segen war! Aber auch die anderen chronologisch aufgebauten Fachbücher brachten beiden »Lehrern«

ungemein schnelle Fortschritte. Ihre neuen Schüler konnten dem Unterricht so schnell folgen, so schnell vorankommen, dass es Adamo und Eva fast schon unheimlich vorkam.

Doch es gibt bei uns keine vetischen Wunder, damals gab es nur etwas, das beide nicht wussten:
In dem von der Jury bereits eingerichteten Unterrichtsraum war eine Kamera versteckt. Ganz bewusst heimlich versteckt, damit die beiden neuen »Lehrer« freier, ungezwungener reden konnten. Die Schüler waren zudem nicht irgendwelche von der Straße. Es sind Spezialisten aus den verschiedensten Branchen:
Sprachwissenschaftler, Schriftenforscher, Theaterwissenschaftler, Polizeipsychologen, Geschichtslehrer und viele andere.

Die versteckte Kamera übertrug alles, was sie aufzeichnete, per Funk in die Räume der Jury. Im Technikraum der Jury wurden alle »Funkwellen«, die dort ankamen, gleich auf eine Vielzahl elektronischer Datenträger abgespeichert und später in mehreren Arbeitsgruppen ausgewertet. Es gab so viel Neues zu lernen, dass Dutzende, im Drei-Schicht-System, wochenlang daran arbeiteten. Deswegen sind übrigens die Räume der Jury auch heute noch nachts hell erleuchtet!

Adamo und Eva gingen in ihrem neuen Job richtig auf, denn je mehr ihre neuen Schüler von den Eigenarten der Deutschen Sprache begriffen, umso leichter fiel es auch, ihnen neues Wissen zu vermitteln. Hinzu kommt, dass Unterrichten im Allgemeinen eine angenehme, körperlich leichte Arbeit ist, die im Gegensatz zu eintöniger, langweilender Feldarbeit auch große Selbstbestätigung geben kann. Bereits nach geschätzten zwei Erdmonaten konnte der Deutschunterricht weitgehend abgeschlossen werden. Von da an kamen nur noch vereinzelt wenige Schüler, die Fragen hatten. Es war geschafft! Die Vetossen hatten die deutsche Sprache entschlüsselt.

Von nun an begannen Zeiten längerer, ausgiebiger Befragungen. Zu diesem Zweck wurden im Gebäude der Jury spezielle Befragungsräume eingerichtet. Im Volksmund werden diese Räume, selbst heute noch, Verhörräume genannt.

)

»Warum?«, fragte Thomas nach langem, innigem Zuhören dazwischen. Wega griff zum Kaffeebecher, trank einen Schluck und gab dann Antwort.

☽

Unsere Jury suchte Leute, die in Zukunft Adamo und Eva befragen (aushorchen) sollten. Für so eine Aufgabe der besonderen Art eignet sich aber nicht jeder, es müssen schon Spezialisten sein! Daraufhin meldeten sich viele Ex-Kriminalbeamte, die schon viel zu lange im Vorruhestand waren und deshalb noch eine ausfüllende Tätigkeit suchten. Aus Sicht der Jury die besten Bewerber mit fachlicher Eignung. Manche von ihnen sind so gut, dass die sich nach einem »Beratungsgespräch« mit Adamo und Eva fragten, welche Motive beide hatten, auf einem Erdacker eines Aussiedlerhofs zu arbeiten.

Dennoch begann für uns langsam die Zeit der großen Aufklärung! Nicht nur Kripobeamte brannten darauf, die vielen Eigenarten und den aktuellen Wissensstand von Erdlingen durch »Endlosfragen« kennenzulernen, auch Adamo und Eva hatten längst Spaß daran gefunden, sich anderen mitzuteilen! Außerdem gab's nach jedem erfolgreichen »Beratungsgespräch« Leckerlis! Dieser Begriff wurde von einem Kripobeamten geprägt, der in seiner Zeit aktiver Polizeiarbeit unter anderem Wachhunde ausgebildet hatte. Die Leckerlis der Jury sind allerdings elektronische Einheiten, die bei erfolgreicher Arbeit auf eine Scheckkarte gebucht werden. Diese Scheckkarten können ganz normal zum Einkaufen benutzt werden. Und dies hatte noch einen tieferen, psychologischen Sinn. Je mehr und intensiver die beiden mitmachten, umso größer wurde die Belohnung, eben durch größere Leckerlis.

»Was ist bei allen Außerirdischen des Weltraums gleich?«, fragte Wega zum Scherz und grinste dabei Thomas an.

»Keiner von denen arbeitet für umsonst!«, gab Thomas folgerichtig als Antwort.

Da Thomas bisher aufmerksam, konzentriert zugehört hatte, fuhr Wega mit ihrer Geschichte fort.

☽

Anfangs noch trugen die Befragungen schnell Früchte, da die Kripobeamten Themen anschnitten wie Ackerbau, Viehzucht, Insekten und Ähnliches mehr. Dinge, die den beiden naturgemäß bestens bekannt sind! Auch viele Kopien aus den Büchern von Adamo und Eva halfen weiter, da die Beamten nun Deutsch verstehen und Deutsches lesen konnten. Deswegen wurden nach und nach komplexere Themen Kern eines Gesprächsinhalts. Eines Tages holte ein Kripobeamter zwei Bilder und legte sie Adamo und Eva auf den Tisch. Ein Bild zeigte den Jupiter, das andere den Saturn. Zwar wussten wir Vetossen dank eines Erdkundebuchs längst Bescheid, dennoch sollte Eva entscheiden, welcher Planet welchen Namen trägt. Doch in ihren eigenen Büchern fanden beide noch unendlich viele, ungelesene Seiten. Oftmals fehlte auf der Erde trotz spannender Themen die Zeit und Lust, ein Buch zu Ende zu lesen. Die harte, körperliche Feldarbeit stand vorn an! Eva druckste etwas herum:

»Da muss ich erst mal meinen Mann fragen!«

Adamo starrte auf die Bilder, brannte mit seinen Augen fast Löcher hinein und gab dann Antwort:

»Zu 50 Prozent ist auf dem ersten Bild der Jupiter und zu 50 Prozent ist dort der Saturn zu sehen. Genauso auf dem zweiten Bild. Aber ein Name von beiden passt, da bin ich mir ganz sicher!«

Zudem kamen manchmal von beiden merkwürdige Anfragen. Bei einer Befragung ärgerte sich Adamo über die gegenwärtige Feldarbeit:

»Jedes Mal, wenn ich mir eine Arbeit auf dem Feld vornehme, schaff ich diese nicht, weils vorher dunkel wird!«

»Die Tage der Vetos sind kürzer«, belehrte ihn der Beamte, »unser Planet dreht sich nun mal schneller um seine eigene Achse als die Erde!«

»Und was soll ich jetzt tun?«, fragte Adamo ideenlos.

Der Beamte konnte es kaum glauben:

»Teil dir die Arbeit anders ein, nimm dir weniger vor!«

Und trotz des Versprechens von Adamo und Eva, sie wollen in ihrer Freizeit mehr Bücher lesen, da sie nun durch die Zeit auf der Vetos anders geprägt werden, bildete bald folgendes Gespräch den Gipfel dusseliger Antworten. Diesmal saßen wieder beide am Tisch. Folgende Frage kam auf:

Was passiert, wenn sich ein Komet mit ungefähr zehn Kilometern Durchmesser der Erde bereits so angenähert hat, dass er mitten in den Atlantik zu stürzen droht?

Eva daraufhin voreilig:

»Davon habe ich schon gehört. Na, wenn so etwas passiert, dann macht's eben ›platsch‹!«

Adamo stimmte dem zu und nickte wortlos. Daraufhin wurde, mit folgender eilig hervorgezauberten fahlen Begründung, die Befragung vorzeitig abgebrochen:

»Das Wichtigste ist für heute geklärt. Ich danke euch!«

Anschließend gab's in der Jury Beratungsbedarf. Da es schon häufiger von beiden solche fantasievollen Antworten gab, wurde extra eine spezielle Arbeitsgruppe – darunter befanden sich zahlreiche Astronauten – zusammengestellt, die später mitentscheiden sollte, wie fortschrittlich die Erde ist.

»Diese Erdbauern wissen nix, die kannste nix fragen!«, erzürnte sich Urus.

»Was erwartest du von denen? Ist eben ne einfache Landbevölkerung«, analysierte Promtus.

»Und Abitur haben die auch nicht!«, ergänzte Küwall.

Mekos beteiligte sich nun aktiv am Gespräch:

»Ihr könnt doch nicht erwarten, ausgerechnet auf einem Aussiedlerhof die ›Einsteine‹« – gemeint ist ein Bezug auf Albert Einstein – »der Erde zu finden!«

Es war das erste Mal, dass die ganze »Mission Erde« hinterfragt wurde. Waren die paar mageren Ergebnisse all die Mühen wert?

Einige aus der Jury motzten bereits:

Wegen eines einzelnen Tropfens habe man eine ganze Zitrone ausgequetscht.

Zudem gab's wieder Neues, Nerviges über die beiden zu berichten:

Jedes Mal, wenn es an der Zeit ist, sich vorsorglich impfen zu lassen, gibt es von beiden Gezeter. Und jedes Mal braucht man viele gute Worte, um die zwei ins Krankenhaus zu bewegen. Bald darauf fielen erste Misstöne der Ärzte für Gesundheitsfürsorge:

»Mensch, wir meinen's doch nur gut mit denen!«

Laut Plan der rationellen Fusion gibt es neben einer Überprüfung des Gesundheitszustands sowie neben der geistigen und kreativen Erforschung durch Befragungen für Erdlinge auch eine Erforschung ihrer praktischen Fähigkeiten. Auch deshalb wurde entschieden, Adamo und Eva einen Biobauernhof mit integriertem, kleinen Verkaufsladen zu »schenken«. Da aber Eva bereits auf dem Weg zum Mond im Beisein ihres Mannes entspannt äußerte:»Wenn wir heute eine Reise unternehmen, dann tut mir wenigstens nicht morgen früh der Rücken weh«, wurde es dringend notwendig, deren wirtschaftliche Fehlplanungen auf der Erde durchzusprechen! Zumindest das gelang einigermaßen gut.

Trotzdem mussten wir Vetossen dabei sehr umsichtig und gefühlvoll umgehen. Um Haaresbreite hätten einmal gut gemeinte vetische Verbesserungsvorschläge uns alle zu ständig nörgelnden Oberlehrern abgestempelt. Adamo und Eva wollen keinesfalls bei allem was sie tun stets auf fremde Hilfe angewiesen sein! Mit der Zeit gewöhnten sie sich aber an uns Vetossen und wurden gelassener.

☽

Wega unternahm auch am zweiten Tag gemeinsam mit Thomas einen Ausflug in die Stadt Alos. Thomas freute sich. Laut seiner Aussage machte es immer großen Spaß, in ihrer Nähe zu sein. Wega ist niedlich und kann gut zuhören!

Wieder in der Stadt führte sie Thomas diesmal zur »großen« Jury. Thomas war schon auf dem ganzen Weg kribbelig, da diese große Institution eines Tages über die Zukunft seiner Erde entscheiden wird! Seine Erde – Thomas sah sie im Geiste schon auf ewig mit der Vetos verbunden. Nun endlich durfte auch er in einem dieser großartigen Befragungsräume Platz nehmen. Neben ihm befanden sich drei Leute im Raum. Ein Ex-Kriminalbeamter und zwei Astronauten, die Thomas aber nicht kannte. Schon nach üblichem Muster der Jury lag wieder ein Foto auf dem Tisch. Auf diesem war das Abbild der berühmten Plakette der Pioneersonde zu sehen, jenes mit den schematisch gezeichneten Menschen.

»Wir können eure Botschaften der Plakette nicht richtig interpretieren!«, sagte der Kriminalbeamte. »Jeder von uns sieht etwas anderes in den Botschaften auf der Plakette!«

»Was sagen die anderen Erdlinge?«, fragte Thomas und ertappte sich dabei. Es war das erste Mal, dass er sich selbst als Erdling sah.

»Die anderen Erdlinge sind noch schlimmer!«, antwortete Egos, einer der anwesenden Astronauten.

Thomas sah nun seine Chance, bei der Jury positiv aufzufallen. Genau jetzt konnte er einen kleinen Schwank aus seiner Schulzeit erzählen. Im Anschluss erklärte er bis ins Kleinste die wahren Botschaften dieser Plakette und welche Bedeutung sie seitens der Erdbürger haben. Nach seinem Beitrag merkte es Thomas diesen Leuten regelrecht an, wie erleichtert sie waren. Endlich konnte einer glaubwürdig überzeugend ein scheinbar ewiges Rätsel von den Erdlingen lösen.

Die zweite, wichtige Anschlussfrage war die nach einem idealen Präsentationsplatz auf der Erde für außerirdische Astronauten. Ein solcher Platz wäre, nach Auffassung vieler Vetossen, unter anderem ein Marktplatz einer Kleinstadt, auf dem sich die vetischen Astronauten einer größeren Menschenmenge präsentieren könnten. Im Zuge dessen gab der Beamte folgende Vorgaben, die für eine außerirdische Anlandung unbedingt erforderlich sind:

»Folgendes ist unstrittig«, sagte er. »Von der Vetos zur Erde ist es ein langer Weg durch den Weltraum, der nicht ganz ohne Risiken ist. Der logistische sowie der finanzielle Aufwand ergeben schon für sich gerechnet eine hohe Summe. Die meisten unserer Astronauten arbeiten daher, wenn auch nur für kurze Zeiträume, sogar ehrenamtlich! Fest in der Hoffnung, Pionierarbeit für ihre Kinder zu leisten!

Sollten sich unsere Astronauten eines Tages zur Erde aufmachen, dann bestehen sie darauf, als Freunde angesehen und wie Gäste behandelt zu werden! Es ist eine Frechheit, echte Gäste, wirkliche Freunde als Wesen zu bezeichnen! Doch das Allerwichtigste, das Nonplusultra ist, dass außerirdische Astronauten, die lediglich die Erde mit ihren Raumzubringern ausschließlich erkunden wollen, keinesfalls von feindlichen Flugzeugen (bei euch auch Abfangjäger genannt) mit todbringenden Luft-Luft-Raketen unter deren Tragflächen durch den Luftraum der Erdatmosphäre gehetzt werden! Mit jener bescheuerten Begründung, wir Vetossen verletzen den heiligen Luftraum der Erde, da wir uns trotz Aufforderung nicht zu erkennen geben. Ja Mensch, sollen wir denn vorerst eine Postkarte schicken mit etwa folgenden Sätzen:

Liebe Erdlinge, bitten untertänigst darum, euren heiligen Luftraum am

Tag XX, um Uhrzeit AA, am Breitengrad VV durchkreuzen zu dürfen. Für euer großes Erdverständnis vielen Dank im Voraus!

Thomas, in solchen Momenten staune ich allen Ernstes über eure Schwerfälligkeit beim Denken, die, geprägt von einer überbordenden Panikmache, euch daran hindert, einfachste logische Grundsätze miteinander zu verknüpfen:
- Können Erdlinge denn nicht ein scheibenförmiges Raumschiff von ihren eigenen Flugzeugen unterscheiden?
- Können Erdlinge denn nicht erkennen, dass außerirdische Insassen eines Raumschiffs nicht deren Feinde, sondern der Jackpot für die Zukunft (rationelle Fusion) sind?
- Können Erdlinge denn nicht erkennen, dass sie selbst von den bereits gemachten Lebenserfahrungen einer außerirdischen Zivilisation profitieren werden?
- Wir Vetossen sind mindestens vierhundert Jahre weiterentwickelt als ihr, ihr Erdlinge!«

Als Thomas diese Brandrede hörte, fiel ihm auf Anhieb ein geeignetes Land seiner Erde ein:
»Nehmt die Schweiz!«, betonte er. »Ein demokratiegeübtes, kleines Land. Jedoch eines mit eigenem Willen, das sich nicht von Resteuropa unterjochen lässt! Außerdem gibt es dort viele beschauliche Kleinstädte mitten in einer idyllischen Bergwelt. Ich selbst hatte einst in einer solchen Kleinstadt Urlaub gemacht. In der Schweiz ist es toll!«, schwärmte er.

Nachdem diese Befragung abgeschlossen wurde, sollte Thomas in einen Nebenraum gehen. Dort war der für Thomas bereits schriftlich aufgesetzte Siedlungsvertrag zu unterschreiben. Aber Thomas sah kein Problem darin, der trotz allem, das er sich soeben anhören konnte, seine Erde schon als zukünftigen Partnerplaneten der Vetos sah.

Thomas unterschrieb sofort, ohne sich den Vertrag genau durchzulesen und gab dann diesen Siedlungsvertrag an den Sachbearbeiter auf der gegenüberliegenden Seite des Tisches zurück.

»Thomas«, sagte der Sachbearbeiter und legte den Vertrag in eine Ablage, »es gibt noch eine Kleinigkeit, die von dir in Kürze zu erledigen ist.«

»Und die wäre?«, fragte Thomas zurück.

»Auf der Vetos existiert ein Seuchenschutzgesetz«, erklärte ihm der Sachbearbeiter. »In den Siedlungsverträgen ist dies der wichtigste Bestandteil. Lass dir morgen vom Rex einen Impfpass geben! Du brauchst dringend einen Impfpass!«, betonte er ausdrücklich.

Rex ist ein allgemeinmedizinischer, praktischer Arzt. Zudem ist Rex ein Erdling. Er wohnt zusammen mit seiner Frau Gliese, die Kräutermedizinerin ist, in einem großen, geräumigen Stadtschloss, genau in der Stadtmitte.

Wieso aber ein weiterer Erdling namens Rex zu Gast bei den Vetossen ist, wollte ihm keiner sagen. Auch Wega nicht. Thomas sollte neugierig bleiben!

Kapitel 7
In der Stadt

Am nächsten Tag sollte Thomas zum Arzt gehen. Es wurde höchste Zeit für eine allgemeine Vorsorgeuntersuchung. An diesem Tag sollte Thomas jedoch allein loslaufen. Dies war der erste Teil des Plans, der unter dem Begriff »rationelle Fusion« lief. Die Erdlinge sollten sich rasch auf der Vetos einleben und dies geht am einfachsten, je schneller jemand mehr und mehr in die eigene Hand nimmt.

Thomas brauchte schon auf den ersten zwei Kilometern hinunter in die Stadt ziemlich lange, weil er sich wieder von zahlreichen Blumen, Sträuchern und Büschen ablenken ließ. Als er dann endlich die Vororte der Stadt Alos erreichte, stellte sich ihm seine erste, große Herausforderung. Thomas konnte nichts lesen! Kein Straßenschild, keine Werbeplakate, keine Hinweisschilder vorbeifahrender Busse, einfach nichts. Er konnte sich lediglich an den Silhouetten der Häuser, der Kirchtürme, der Baukräne und Ähnlichem orientieren. »Aber seinen Verstand kann man immer und überall benutzen«, dachte er sich, während er auf einer Straße entlanglief. In der Innenstadt ist genau dort, wo am meisten Rummel ist, genau wie bei uns.

Nachdem Thomas einige Zeit herummarschiert ist, stand er genau vorm Stadtschloss. Am Gartenzaun ist ein Hinweisschild angebracht, auf dem er wenigstens den Namen Rex lesen konnte. Schließlich ist der Name Rex nur ein Wort mit drei Buchstaben. Hier, draußen vorm Zaun, war er richtig. Links vom Zauneingang sah er eine Türklingel, die sich genau wie eine Türklingel auf der Erde betätigen lässt. Man könnte beinahe auf die Idee kommen, die Vetossen hätten uns bereits die Erfindung einer Türklingel abgeguckt, um sie dann selbst zu nutzen.

Die Haustür öffnete sich und Gliese trat heraus. Gliese ist eine Einheimische, für die meisten ihrer Landsleute jemand mit sehr weichen Gesichtszügen. Manche behaupten, Gliese sehe fast wie ein Erdling aus. Natürlich haben auch die Vetosfrauen zartere Gesichtszüge als ihre Männer. Eine Erfindung der Evolution, da Frauen die zarten Babys bekommen! Mal ehrlich. Frauen kümmern sich ja doch intensiver um den Nachwuchs, den sie monatelang unter ihrem Herzen getragen haben, als deren Männer im Rollenbild eines Vaters.

Apropos erotisches Aussehen:
Die Größenverhältnisse der Augen, der Nase, der Ohren und des Mundes sowie deren verschiedene Abstände zueinander entsprechen exakt, wie bei uns Erdbürgern, den Regeln des goldenen Schnitts. Der goldene Schnitt ist eine allgemeine Bezeichnung eines perfekten Aufbaus symmetrischer Abstände sowie symmetrischer Größenordnungen von bestimmten Dingen, zu- oder untereinander.

Gliese lief Thomas entgegen:
»Wir haben schon auf dich gewartet, Thomas!«
»Bin ich zu spät?«, rief er.
»Viel zu spät!«, gab Gliese zu verstehen. »Die Praxis ist bereits geschlossen und mein Mann macht mittlerweile Besorgungen. Aber die Vorsorgeuntersuchung soll ich eh machen.«
»Wieso das?«, Thomas kam's merkwürdig vor, er runzelte die Stirn.
»Ich bin selbst Ärztin, Kräuterärztin!«, setzte Gliese nach.
»Kräuterärztin, du meinst wohl Homöopathin«, wollte Thomas sie verbessern.
»Nein, ich bin studierte Ärztin!«, berichtigte Gliese ihn, »Kräuterkunde ist ein schulmedizinischer Berufszweig.«
»So, das wusste ich noch gar nicht«, betonte Thomas.
»Ist auch nur bei uns auf der Vetos so«, ergänzte sie.
»Deswegen wusste ich es auch nicht!«, stellte Thomas fest.
Die zwei gingen in die Arztpraxis und Gliese begann mit der Vorsorgeuntersuchung. Da sie aber keine gesundheitlichen Probleme oder körperlichen Einschränkungen irgendeiner Art bei Thomas feststellen konnte und ihr Mann noch immer in der Stadt herumschwirrte, blieb noch Zeit zum Erzählen. Thomas war schon seit gestern auf die Folter gespannt, jetzt wollte er alles über dieses Ärzteehepaar wissen. Mit offenen Ohren saß er auf einem Praxisstuhl und schaute Gliese an, die ihm nun ihre Lebensgeschichte erzählte:

☽

Schon seit einiger Zeit saß man in der Jury zusammen und beriet über erste Ergebnisse bezüglich Adamo und Eva. Unzufriedenheit machte sich breit, da viele von diesen Erdlingen viel mehr erwartet hatten, als ihnen tatsächlich geboten wurde. In den Beratungsräumen der Jury entstanden recht schnell zwei Fronten, die der Optimisten und die der Nörgler und Zweifler.

Maro verteidigte damals seinen Missionseinsatz:
»Hat sich kaum gelohnt, könnt ihr nicht sagen! Die beiden haben uns in kurzer Zeit ihre eigene Sprache beigebracht und deren ›rationelle Fusion‹ ist immerhin zufriedenstellend.«

Unter diesem Begriff war in Bezug auf Adamo und Eva gemeint, dass beide schnell lernten, sich auf ihrem neuen Biobauernhof einzuarbeiten. Sogar der angeschlossene kleine Laden warf schon erste Gewinne ab.

»Dennoch gibt es ein Problem!«, betonte Promtus. »Die beiden sind zwar nett und hilfsbereit, wissen aber nicht viel!«

»Wir brauchen Leute, die mehr wissen, die viel mehr wissen!«, unterstrich Urus.

Pulo suchte nach Antworten:
»Ja, aber wie denn? In deren Städte sollen wir nicht fliegen, weil es zu ungewiss ist, darauf zu spekulieren, was uns erwarten wird!«

»Aber dort leben doch die schlauen Leute!«, rief Vennia von Emotionen getrieben in die Runde.

Und dann war wieder Stille im Gesprächskreis. Aber nicht lange! Egos, jener, der bei besonderen Einfällen immer so schief guckt, hatte wieder eine gute Idee:

»Neulich habe ich mit Adamo gesprochen, unserem Technikinteressierten. Im Laufe der Zeit kamen wir bei einem Gedankenaustausch auf das Thema Flugzeuge zu sprechen.«

Satina stellte eine Zwischenfrage:
»Große Flugzeuge?«

»Nein, nur ganz kleine«, fuhr Egos fort, »solche mit nur einem Propeller, ganz vorn anmontiert. Bei dieser Gelegenheit habe ich Adamo gefragt, ob er auch so ein Flugzeug besessen hat. Er ist doch technikinteressiert. Nein, sagte er, die wären viel zu teuer für ihn. So was können sich nur Leute mit gutem Einkommen leisten. Und diejenigen, die einfach nur viel Geld haben, fragte ich zurück, was ist mit denen? Viel Geld allein reicht nicht, sagte er, Leute, die fliegen, müssen schlau sein! Wieso müssen diese Leute unbedingt schlau sein, wollte ich wissen? Sonst rasseln die durch die Flugprüfung, betonte er, denn zum Fliegen brauchen Erdbürger eine Fluglizenz!«

»Oh nein, das kommt gar nicht infrage! Da mach ich nicht mit!«, rief Maro lauthals, der schon ungefähr ahnte, wie die Lösung des neuen angesprochenen Problems aussehen könnte.

Bei einem dann anschließenden zweiten Besuch auf der Erde flogen zwei unterschiedlich große Mannschaften mit ihren Raumschiffen durch die Erdatmosphäre. Eine Mannschaft mit einem gewöhnlichen Raumzubringer, die andere, größere Mannschaft mit einem Lastenzubringer. Ein Lastenzubringer sieht genauso aus wie ein euch Erdlingen bekanntes, scheibenförmiges Ufo. Nur viel, viel größer. Eben, um große Lasten zu transportieren!
Die Mannschaft im kleinen »Ufo« hielt Ausschau nach einmotorigen Propellerflugzeugen. Die Mannschaft im großen »Ufo« flog wie in einem Konvoi hinterher.

Zu der Zeit war Rex gerade mit seinem Propellerflugzeug in den Lüften. Mal richtig ausspannen! Die Spannung seines Lebens harmonierte damals mehr mit Albträumen als mit irgendetwas sonst. Seine Arbeit war lang und hart, seine Ehe war kurz und stressig und seine Arztpraxis war alt und renovierungsbedürftig.

Doch nun trat Licht in sein Leben! Licht in einer grellen, orangegelben Farbe. Die vetischen Astronauten hatten, mithilfe ihres Radars, Rex längst entdeckt und blinkten ihn an. Neugierig geworden, flog Rex aufs kleine »Ufo« zu. Bis zu diesem Zeitpunkt lief alles genau so, wie es die vetischen Astronauten erhofft hatten.
Da alles »perfekt« lief, konnten nächste Schritte, genau nach Plan, eingeleitet werden. Das große Lastenraumschiff flog direkt unter das kleine Raumschiff. Als nächstes öffnete sich die große Bugklappe des Lastenraumschiffes. Rex konnte von seinem Flugzeug aus ins Innere dieses riesigen Raumschiffs hineinschauen. Von der Kanzel seines Propellerflugzeugs sah es aus, als schaue man in eine überdimensional beleuchtete, große Garage. Im selben Moment wurden an den Wänden dieser »Garage«, links- und rechtsseitig montierte Luftsäcke aufgeblasen. Sah aus, als würden zahl-

reiche mittelgroße Airbags, wie an einer Perlenschnur aneinandergereiht, aufgeblasen. Das große geöffnete Tor kippte – so sah es zumindest für Rex aus – nun in einem etwa Fünfundvierzig-Grad-Winkel nach oben, sodass Rex von seiner Maschine aus direkt hineinsehen konnte. Um einiges neugieriger geworden, flog er noch näher an das große Tor heran. Dabei hatte sich das kleinere, von ihm gar nicht mehr beachtete Raumschiff längst in seine vorgesehene Position gebracht. Doch Rex konnte zu diesem Zeitpunkt weder ahnen noch erkennen, was die Astronauten in Wirklichkeit vorhatten.

Auf einmal sah er nur noch grelles, hellgrünes Licht. Ein mächtiger Scheinwerfer blendete auf, strahlte direkt in seine Pilotenkanzel, sodass Rex nichts anderes mehr sehen konnte. Er geriet in Panik. In seiner Not versuchte er sich am Kompass zu orientieren, nur um schnell wegzukommen. Doch kaum hatte Rex auf seine Bordinstrumente im Cockpit geschaut, da fing plötzlich seine Kompassnadel an, sich stockend, unkoordiniert im Kreis zu drehen.

»Verdammt, auch das noch! Was soll ich tun?«, fluchte er laut.

Rex war in Panik. Sein Herz pochte bis zum Hals. Hektisch kreisten seine Gedanken. »Irgendein Notfallplan, irgendeine Idee fällt mir bestimmt ein«, dachte er. Doch es war zu spät. Denn jetzt stockte auch noch sein Motor und fiel kurz darauf ganz aus. Seine Maschine verlor an Höhe, kippte ausgerechnet in den gleichen Fünfundvierzig-Grad-Winkel, den das untere große Raumschiff eingenommen hatte – war so ziemlich das einzige, was die Bordinstrumente noch hergaben – und rauschte hinunter, exakt auf dieses breite Tor, was Rex, trotz grünen Blendlichts, gerade noch schemenhaft erkennen konnte.

Ihm war so, als ob ein starker Magnet seine Maschine fortwährend anziehen würde. In dieser Situation konnte Rex gar keinen klaren Gedanken mehr fassen. In seinem Kopf pochte es vor Angst! Er schaltete mental ab und beobachtete nur noch, was als nächstes passieren wird.

Unmittelbar vor dieser »Garage«, die Rex mittlerweile wieder blendfrei sehen konnte, hörte er ein starkes Gebläse anlaufen, ähnlich dem Geräusch eines Staubsaugers. Rex vermutete, dass sein Flugzeug von solch einem Gerät hineingezogen wird. Doch nicht nur das! Kaum drinnen, verstummte kurzzeitig dieser »Staubsauger«, um gleich darauf noch lauter zu werden.

Seine Maschine bekam auf einmal Gegenwind, starken Gegenwind und wurde deutlich langsamer. Die Tragflächen seines Flugzeugs schlugen gegen die Luftsäcke, wurden zum Teil aus ihrer Verankerung herausgelöst und dabei nach hinten gebogen. Er hörte es knacken. Dann gab es einen riesigen Bums. So stark, dass Rex vornüberkippte. Beinah so, als sei eine Lok mit Schwung gegen einen Prellbock gefahren. Langsam schloss sich wieder das Tor. Er war in irgendeinem Raum gefangen, der sich fortbewegte. Er wusste nicht, was mit ihm geschehen ist oder später noch geschehen soll. Aber zum Glück lebte er noch. Allein das gab ihm Kraft!

Später berichteten die Astronauten vom gleichen Szenario aus ihrer Sicht: Wir sahen in dieser Propellermaschine ein ideales Opfer. Unser kleines Raumschiff richtete sich aus. Soll heißen, die Frontseite des kleinen Raumschiffs zeigte zur Kanzel des Propellerflugzeugs. Anschließend warfen wir mit unseren mächtigen Blendscheinwerfer den wir zuvor exakt ausgerichtet hatten, gezielt hellgrünes Licht direkt auf die Pilotenkanzel des Propellerflugzeugs. Das grellgrüne Licht spiegelte sich in den Glasscheiben dieses Kleinflugzeugs. Eine Spezialerfindung, extra für diesen Einsatz! Starkes, hellgrünes Licht blendet den Piloten der Kleinmaschine, damit der nicht mehr wegfliegt!

Ein Ergebnis unserer Vorversuche auf der Vetos hat Folgendes gezeigt:
Jemand, der in Panik gerät, da er von grellem Licht geblendet wird, bleibt, wo er ist. Genau wie Rehe, die nachts beim Wildwechsel geblendet werden. Warum ausgerechnet eine hellgrüne Farbe? Eine hellgrüne Farbe sendet Beruhigung aus, wenigstens ein bisschen. Diese Erkenntnis kommt aus der vetischen Schweinemast. Auf ihrem letzten Gang zur Schlachtbank laufen sie durch in grünes Licht getauchte Gänge. Ist ja auch logisch! Hellgrünes Licht signalisiert das Chlorophyll aus der Natur. Ein Gang mitten in der Natur, über eine grüne Wiese, durch einen grünen Wald, bringt Ruhe und Entspannung. Manche finden dort ihren Frieden nach einem stressigen Arbeitsalltag. Die Grundsätze der Psychologie und die Grundsätze der Physik liegen oft eng beieinander. Das wissen wir Vetossen schon lange.
Nach der Aufblendung setzten wir die Magnetstreuung ein. Wie das funktioniert, sagt schon der Name. Ein riesiger Elektromagnet beginnt im »Ufo« langsam zu rotieren. Durch die vom »Ufo« hinübertretenden Magnetfeldlinien dreht sich nach und nach die magnetische Kompassnadel

oder Ähnliches kreisförmig im Kleinflugzeug. Dieser Kompass ist dann quasi außer Funktion.

Später entfaltete die Strahlenkanone ihre volle Wirkung. Sieht aus wie ein dickes Kanonenrohr, das jemand aus Blei gegossen hat. Am hinteren, geschlossenen Ende eines solchen langen, dickwandigen Rohrs befindet sich radioaktives Material. Die Vorderseite dieses Bleirohrs lässt sich durch einen Klappmechanismus öffnen. Radioaktive Strahlung dringt aus. Durchdringt, auf Wunsch, die Zündkerzen sowie den restlichen Motor einer Propellermaschine und stört dabei deren Elektronik, die wenig später ganz ausfällt! Gewünschte Auswirkung des Ganzen:

Der Motor verstummt, scheint wie abgeschaltet zu sein, der Propeller dreht sich nicht mehr und die Maschine verliert, wie gewünscht, an Höhe.

Als nächstes kommt das Schwierigste, die Fangeinrichtung, zum Einsatz. So eine Fangeinrichtung ist schwer zu konstruieren, sie musste von unseren Technikern erst mühsam in den Lastenzubringer eingebaut werden, der von seinem Aufbau eigentlich nur zum Transport großer Lasten geeignet ist. Dennoch war es machbar, so eine eigenwillige Idee technisch umzusetzen.

Bei dieser Fangaktion steht das große Lastenraumschiff mit seinem großen, geöffneten Tor dem ausgesuchten Opfer gegenüber. Nun kommt es darauf an, die nachfolgenden Arbeitsschritte exakt einzuhalten! Dafür werden mehrere Personen gebraucht. Als erstes musste der Einlenker die Klappe des Lastenzubringers öffnen und das Raumschiff in eine Fünfundvierzig-Grad-Neige bringen. Danach sorgte ein Anfüller dafür, dass im unteren Teil des Raumschiffs sämtliche Airbags aufgeblasen werden. Währenddessen beobachtet ein Späher in der Kanzel des Lastenraumschiffs über ein Fernrohr den Propeller des Kleinflugzeugs. Ab dem Moment, wo der endlich zum Stehen kommt, muss der Zieher, der einst den Elektromagneten eingeschaltet hat, um den Kompass des Kleinflugzeugs außer Gefecht zu setzen, diesen Elektromagneten jetzt, mit einem seiner Pole auf das Tor ausrichten und anschließend auf volle Leistung hochfahren. Fast zeitgleich schaltet nun der Anfüller eine zig Megawatt starke Ansauganlage ein. Durchquert ein Kleinflugzeug die Lichtschranke kurz hinter dem Eingangstor, stellt sich der Umpoleffekt ein. Dies geht vollautomatisch. Die Sauganlage sowie der Elektromagnet schalten abrupt ab. Einen Augenblick später schaltet sich die Sauganlage erneut ein, diesmal aber als Gebläse. Geht ganz einfach. Das Schaufelrad dieses »Staubsaugers« dreht sich nun anders herum. Durch den jetzt entstehenden Gegenwind wird verhindert, dass das Opferflugzeug mit voller Wucht in das Raumschiff hineinstürzt. (Der erste Steuerpilot des Raumzubringers unterstützt dies zusätzlich, indem er das Raumschiff leicht wegbewegt.) Nachdem das Opferflugzeug wenige Meter im Raumschiff vorwärtsgekommen ist, fährt zusätzlich ein vom Computer gesteuerter Prellbock, ähnlich dem Prellbock eines Bahnhofs, von der Decke herunter und richtet sich auf das Seitenruder des zuvor abgebremsten, ankommenden Flugzeugs aus, um dies schlagartig zu stoppen. Leider ging bei den meisten Vorversuchen in den Versuchshallen auf der Vetos ein solches Seitenruder zu Bruch. Ansonsten aber, gab es bei diesen Probeläufen in den Versuchshallen keine weiteren Schäden mit Propellermaschinen. Ein kleines, kaputtes Seitenruder. Was soll's! Auch wir Vetossen sind nicht perfekt!

Viel schlimmer dagegen sind urplötzlich am Himmel auftauchende Feindflieger. Eine ernste Gefahr! Die Entführung von Rex blieb nicht unbemerkt. Zwei Abfangjäger traten am Himmel auf. Nahmen Kurs auf unsere beiden Raumschiffe. Gleich darauf kreischten Warnsignale in den Navigationsräumen unserer beiden »Ufos«. Unser technisch ausgefeiltes Radar ist in der Lage, die Wellenlängen, die ein jeder Computer verbreitet, der gerade in Aktion ist, genau zu orten und am Bildschirm sichtbar zu machen. Anbei zeigt uns ein weiteres, spezielles Computerprogramm – es wird zur Ortung feindlicher Abwehrraketen eingesetzt – die Gefahrenlage auf einem zweiten Bildschirm an, sobald ein solches feindliches Computerprogramm aktiviert wird, das die gegen uns gerichteten Abwehrraketen zum Abschuss bringen will.

Mekos, zu der Zeit im Navigationsraum des kleinen »Ufos«, griff zum Funkgerät:

»Feindflieger auf zwölf Uhr! Wir lenken sie ab.«

Urus, zur selben Zeit im großen »Ufo«:

»Haben verstanden!«

Die im kleinen »Ufo« steuerten genau auf beide Abfangjäger zu und flogen, dicht vor ihnen, in einer extrem steilen Kurve hoch. Für Erdabfangjäger sind solche Flugmanöver fliegerisch nicht umzusetzen. Die sahen nur zu und griffen selbst zu Funkgeräten, welche wiederum von beiden vetischen Mannschaften abgehört wurden.

Die abgefangenen Stimmen des linken Düsenjägers:
»Hast du das schon mal gesehen? Antikommunistische Patrioten auf fremdem Gebiet!«
Rechter Düsenjäger:
»Nein, bisher noch nie. Sind dies Spione mit modernen Flugkörpern?«
Linker Düsenjäger:
»Warum nicht? Wir haben selbst moderne Flugkörper, die ich nicht alle kenne!«
Rechter Düsenjäger:
»Verstehe, so wie Soldaten der Wehrmacht. Nur wenige kannten damals das modernste Düsenflugzeug aus den Produktionsstätten der letzten Kriegstage.«
Linker Düsenjäger:
»Korrekt! Wir sollten uns beide aufteilen. Komm schon, schnappen wir uns den dicken, langsamen Flugkörper hinter uns!«

Während die im kleinen »Ufo« erfolgreich entwischen konnten, war die Besatzung im großen »Ufo« noch beim Hochfahren der Antriebsmaschine für einen Katapultstart.

Zur selben Zeit sprach der Pilot des linken Düsenjägers mit der Bodenstation seines Militärs:
»Melde, habe unbekanntes Flugobjekt unserer Spione genau im Visier!«
Die aus der Bodenstation:
»Haben die sich identifiziert oder einen Notruf abgesetzt?«
Linker Düsenjäger:
»Nein! Nichts von beidem.«
Rechter Düsenjäger:
»Bitte um Feuererlaubnis!«
Bodenstation:
»Feuererlaubnis nach eigenem Ermessen stattgegeben!«
Linker Düsenjäger:
»Habe zugehört!«

Im großen »Ufo« zeigte der zweite Bildschirm in einer Trickdarstellung zwei unter den Tragflächen eines Militärfliegers aufblinkende Raketen. Begleitet von einem weiteren, sehr schrillen Sirenenalarmton.

Maro schaute panisch auf diesen zweiten Bildschirm oben an der Decke:

»Sie haben ihre Raketen scharfgemacht. Jetzt aber weg hier!«
Pulo, im Navigationsraum, ruft laut von hinten, damit es auch Maro versteht:
»Wie viel Kapazität haben wir?«
Urus, neben Pulo, schaut auf seine Anzeigetafel und ruft laut zurück:
»Sechzig Prozent!«
Maro sieht den Ernst einer bedrohlichen Lage:
»Egal! Wir müssen weg, weg, weg!«
Die Kapazität ist in dem Fall die Größe der Energie für einen Katapultstart, in diesem besonderen Fall aus einem stattfindenden Flug heraus. Auch für einen Katapultstart aus einem Flug heraus muss vorerst extra Energie erzeugt und angehäuft werden, ähnlich wie bei einem Fotoapparat, dessen Blitzlichtgerät einige Zeit Batteriestrom laden muss, um funktionieren zu können.
Erneut der linke Düsenjäger:
»Verdammt!«
Bodenstation:
»Was ist verdammt?«
Beide Stimmen der Düsenjäger fast synchron:
»Sie sind weg!«
Rechter Düsenjäger legt nach:
»Ganz plötzlich verschwunden!«
Bodenstation:
»Macht euch nix draus! Beim nächsten Mal habt ihr mehr Glück!«
Urus legte gerade noch einige Sekunden zuvor, im großen »Ufo« den Hebel um. Dennoch schoss das große Raumschiff, wenn auch ziemlich schwankend – sie hatten ja gerade mal sechzig Prozent Kapazität – blitzartig in Richtung Orbit. Nun endlich hatten alle ein wenig Ruhe. Satina, mit im Raumschiff, überlegte, schaute zu den anderen:
»Lasst uns nach dem Opfer sehen!«
Kaum ausgesprochen, fiel Egos wieder was Besonderes dazu ein:
»Wir sollten von Anfang an Deutsch reden, das stiftet bestimmt Verwirrung!«
»Gute Idee«, bekräftigte Satina.
Satina und Pulo wollten nach unten in den Transportraum gehen. Selbstverständlich nahmen sie Egos mit, der fast schon darum bettelte.

»Ach du je!«, rief Satina ganz erschüttert, als sie unten angekommen aufs Flugzeug schaute.

Die Tragflächen des Kleinflugzeugs sind durch die Airbags zum Rumpf der Maschine herübergedrückt worden.

Aus einer Vogelperspektive gesehen, nahmen jetzt beide Tragflächen zusammengenommen ungefähr die Form eines Geodreiecks ein. Das Seitenruder – besser gesagt waren noch kleine Reste davon erkennbar – ist vom Prellbock völlig zerfetzt worden. Die Tür der Pilotenkanzel stand weit offen. Und neben der Maschine lief Rex umher, der ziemlich sauer war, als er auf sein völlig ramponiertes Flugzeug schaute, sein ganzer Stolz!

»Herzlich willkommen an Bord unseres Raumschiffs!«, sagte Satina, der, selbst entsetzt über den Anblick des Flugzeugs, in diesem Moment nichts Besseres einfiel.

Mit hochrotem Kopf lief Rex allen dreien entgegen:
»Ihr Widerlinge habt meine schöne Maschine zerstört, wer immer ihr auch seid!«

Pulo versuchte sein Bestes zu geben:
»Bitte etwas mehr Ruhe! Uns liegt viel daran, dich vorerst rundherum in Augenschein zu nehmen. Bist du verletzt?«

Rex kochte über:
»Das ist ja das Letzte! Ich heiße Doktor Rex Schwarz und außerdem bin ich nicht verletzt, das weiß ich selbst am besten. Ich bin Arzt!«

Trotz der überhaupt nicht harmonischen Begegnung freuten sich die drei tierisch. Rex, immer noch oder schon wieder sauer:
»Was gibt's denn da zu lachen?!«

Egos wollte den nicht ganz entspannten Rex ein wenig abtropfen lassen:
»Wir freuen uns, dass du gesund bist! Und jetzt, komm mit nach oben. Oben gibt's Sekt für uns alle!«

Noch während Egos das aussprach, verschwanden alle drei Piloten recht zügig treppenaufwärts in den Navigationsraum. Die Rechnung von Egos ging auf. Da sie Rex weiterhin duzten und seiner Person samt seinem Doktortitel keine Beachtung schenkten, kam der, laut fluchend, mit folgenden Worten hinterher:

»Unerhört, so was!«

Als Rex oben im Navigationsraum ankam, blieb er zunächst einige Minuten still. Einerseits musste er das soeben Erlebte erst einmal verdauen, und andererseits durfte er sich auf alle zukünftigen Unwägbarkeiten sei-

nes Lebens, die in Kürze auf ihn hereinstürzen werden, schon mal geistig vorbereiten. Bei der Gelegenheit, boten die Astronauten Rex einen Stuhl an und drückten ihm ein Glas Sekt in die Hand, das er ausnahmsweise bereitwillig annahm. Jetzt kam Maro einen Schritt näher:
»Dürfen wir uns bitte erst einmal vorstellen?«
Nachdem sich alle Piloten Rex – er hörte immer noch staunend zu – namentlich vorgestellt hatten, erklärte Egos in wenigen kurzen Sätzen deren Aktionsplan:
»Wir Vetossen sind auf einem Missionsflug. Die Erde ist gegenwärtig unser Operationsziel. Dich an Bord zu haben ist unser größter Jackpot! Uns ging's noch nie besser! Zurzeit suchen wir händeringend einen außerirdischen Arzt. Apropos Arzt! Bei dieser Gelegenheit möchte ich noch etwas loswerden. Bei uns ist es nicht üblich, jemanden zu siezen oder mit einem Titel anzureden. Getreu unserem Motto: An deinen heutigen Taten sollst du dich messen lassen, nicht an den Heldentaten aus deiner Vergangenheit!«

Hierzu passend von mir (Gliese), noch eine kleine Ergänzung: Alle Bewohner der Vetos haben nur einen einzigen Rufnamen. Ein vetischer Familienname besteht nicht aus Buchstaben oder Wörtern, sondern aus einer mehrstelligen Zahl. Eine recht gute Idee, dies vereinfacht zahlreiche Verwaltungsarbeiten, zum Beispiel die der Finanzämter.

Rex taute langsam auf:
»Woher könnt ihr so gut Deutsch? Etwa von den vielen Erdenbürgern, die ihr verschleppt habt?«

Die Astronauten überlegten während einer kurzen Diskussion, ob sie die Geschichte der Siedlungsverträge anschneiden sollten. Schließlich ist Rex aus reiner Neugier an den Lastenzubringer herangeflogen. Er zeigte sich also interessiert an Außerirdischen, doch daraus einen Siedlungsvertrag zu stricken, war in dieser angespannten Situation einfach zu lächerlich. In diesem Zusammenhang erinnerten sie sich auch daran, wie peinlich es wurde, Adamo und Eva einen nachgeschobenen Siedlungsvertrag aufzuschwatzen, mit der Begründung, man habe ihnen ein Bauernhaus geschenkt, das beide ja freudig angenommen hätten. Aufgrund dessen blieben die Piloten ausnahmsweise bei der Wahrheit.
Satina redete auf Rex ein:

»Wir haben zu wenige Leute von euch Erdlingen und weil du Arzt bist, brauchen wir dich unbedingt. Ganz ehrlich!«
Rex erlangte wieder seine alte Form zurück:
»Ihr seid wohl verrückt geworden!«
Urus versuchte ein Machtwort zu sprechen:
»Du wirst sechs Erdmonate bei uns bleiben, ob es dir passt oder nicht!«
Rex wieder in Wut:
»Ihr seid es, die mir nicht passen! Ich will raus hier und zwar sofort!«
Maro, mittlerweile selbst ungehalten:
»Dann steig doch aus, da hinten ist die Tür!«, sagte er und zeigte dorthin.
Rex zeigte den Vogel:
»Ich kann doch nicht in den Weltraum aussteigen, dann ersticke ich ja und bin tot!«
Egos gab alles:
»Rex, überleg doch! Von uns bekommst du ein völlig neues Leben geschenkt. Gerade als Arzt kannst du auf der Vetos eine Menge hinzulernen. Arbeite mit uns zusammen! Du brauchst doch nur ganz normal mitreisen.«
Rex gab Antwort:
»Entführt habt ihr mich! So wie Verbrecher es tun. Was soll daran normal sein?«
Nun, da keine andere Wahl blieb, redete Egos nun Tacheles:
»Begreifst du nicht? Der Zweck heiligt die Mittel! Wir denken gar nicht daran, dich zurückzubringen! Wir müssen jemanden mitbringen, das ist unser Auftrag, den wir von unserem Präsidenten erhalten haben. Und zumal du Arzt bist, ist es ein guter Auftrag, für jeden von uns!«

Wahrscheinlich begriff Rex ab diesem Zeitpunkt, dass es keinen Sinn macht weiter zu mosern, sich das Leben unnötig schwer zu machen. Auf jeden Fall gab er klein bei. Später, im großen Reiseraumschiff, schmollte Rex zwar immer noch, kam aber in den Speisesaal und setzte sich zu den anderen an den wieder mit ausgewogenen, nahrhaften Speisen reichlich gedeckten Tisch, nicht zuletzt, weil er großen Hunger verspürte.

Nach den ersten Bissen – Rex' Magen hörte auf zu knurren – redete er sogar ein bisschen mit ihnen. So langsam, je mehr sie unterschiedliche Argumente austauschten, glätteten sich ein wenig die Wogen. Die Piloten entschuldigten sich wegen des kaputten Flugzeugs und versprachen hoch und heilig eine kostenlose Reparatur auf ihrem Heimatplaneten. Wenn es gar nicht anders ginge, würden die Piloten selbst ins Flugzeugmuseum der Stadt Alos gehen, um dort notwendige Ersatzteile »auszuborgen«. Urus am Tisch, druckste etwas, denn was er jetzt bringen wollte, waren ja doch Teile des Siedlungsvertrags:

»Unser Präsident garantiert uneingeschränkt jedem Erdling folgende Ansprüche:
- Nach Ablauf von sechs Erdmonaten darf jeder Erdling, der es wünscht – sofern er körperlich sowie geistig dazu in der Lage ist – wieder zurück auf die Erde.
- Die Flugkosten der Verbindung Vetos–Erde werden in voller Höhe vom Staat übernommen.
- Ebenso wird Erdlingen, die sich als Gäste auf der Vetos erkennbar aktiv einleben, eine angemessene Unterkunft und Verpflegung kostenlos zur Verfügung gestellt.
- Darüber hinaus erhält jeder Erdling bei nachweisbar rationellen Verdiensten, ein von der Jury dementsprechendes Taschengeld.

Trotz all dieser guten Angebote war Rex immer noch verärgert:
»So ist das also«, schlussfolgerte er, »ihr wollt mich für eure eigenen Zwecke kaufen. Und dazu soll ich noch, um euch zu gefallen, mein Bestes geben.«

Während des Flugs blieb Rex daher wortkarg, war in sich gekehrt und zeigte nicht viel Interesse an einem ansonsten spannenden Flug durch den Weltraum, der manchmal an zerklüfteten Planeten vorbeiführte. Selbst Satina schaffte es nicht, Rex mit Themen der vetischen Schulmedizin zu fesseln. Das Einzige, was als Ergebnis dieses Gesprächs rauskam, war die Tatsache, dass Adamo und Eva bisher die einzigen Erdlinge der Vetos waren. Das gefiel Rex überhaupt nicht. Logisch! Er ist Arzt und gewohnt, jede Menge Leute um sich zu haben.

Endlich, nach einer dreitägigen, eher unbequemen Reise auf der Vetos gelandet, gelang es den Astronauten mit viel Mühe, Rex ins Stadtkrankenhaus zu bringen. Sie redeten alle rhetorisch gekonnt um den heißen Brei herum. So gwann Rex den Eindruck, im Stadtkrankenhaus gäbe es, selbst für Vetossen, ziemlich neue Erkenntnisgewinne der Medizin, die extra für Rex aufgebaut, zur Präsentation bereitstünden. Begünstigend kam hinzu, dass die Vetos – ein fast erdähnlicher Planet, dazu einer mit vielen Andersartigkeiten – seinen Zorn, sein Desinteresse, nun doch ein wenig schmälerte.

Im Stadtkrankenhaus jedoch stand für Rex etwas ganz anderes bereit. Ärzte für eine Erstuntersuchung! Damit kein weiteres Mal – so wie bei Eva – unverhofft eine Krankheit auftritt, wurde von der Regierung vorsorglich – extra für Außerirdische (Erdlinge) – ein neues Seuchenschutzgesetz erlassen und als wichtiger Bestandteil im Siedlungsvertrag aufgenommen.

Als vor dem Untersuchungszimmer des Krankenhauses ein vetischer Arzt für die Erstuntersuchung heraustrat, blieb den Astronauten keine andere Wahl mehr. Jetzt mussten sie Rex reinen Wein einschenken.

Rex fühlte sich von der Wahrheit im Stich gelassen – soeben dachte er noch an einen spannenden Vortrag, über die Methoden der vetischen Schulmedizin –, wurde unheimlich sauer und plusterte sich auf:
»Siedlungsvertrag! Zwangsuntersuchung! Ich hör wohl nicht recht. Ich hab nichts, bin kerngesund. Als Arzt werde ich wohl Bescheid wissen. Ich lass mich von niemandem untersuchen!«

Jetzt reichte es endgültig. Alle Astronauten gaben sich größte Mühe nett zu sein, doch Rex hörte nicht auf zu motzen und blockierte dabei alles. Nun wurde er wegen Verstoßes gegen das Seuchenschutzgesetz zwangsverhaftet. Der eilig hinzugezogene Chefarzt sprach die Verhaftung höchstpersönlich aus. Kraft des neuen Gesetzes darf er dies, sofern er die Gesundheit großer Teile von uns Vetossen bedroht sieht.

Ausgerechnet die so »netten« Astronauten, denen er sich auf dem Weg zum Krankenhaus versöhnlich annähern wollte, stürzten sich auf ihn, packten seine Arme und schoben ihn im Polizeigriff, gegen seinen Willen, zum Quarantäneraum des Krankenhauses, der von innen fast wie eine Gefängniszelle aussieht. Der Chefarzt öffnete die dicke Stahltür des Quarantäneraums. Dann schubsten die Astronauten Rex mit voller Wucht dort hinein! Es war das erste Mal, dass die so ungezügelt ihrer eigenen Wut freien Lauf ließen.

Doch dieses repressive Handeln löste sofort eine Gegenreaktion aus. Die

Leute von der Jury fielen aus allen Wolken, als vom Stadtkrankenhaus die Nachricht kam, Rex sei in Zwangsquarantäne verbracht worden. Unmittelbar danach folgte für die vom Stadtkrankenhaus ein Aufruf aus der Gemeinde:

Man habe mit dem Präsidenten Rücksprache gehalten und eine Sondersitzung einberufen. Alle am Flug beteiligten Astronauten, der Chefarzt samt Stellvertreter sowie alle aus der Jury haben sich im Gemeindesaal des Rathauses unverzüglich einzufinden. Selbst der Präsident wollte kommen – er war mächtig in Panik –, denn er sah seine Wiederwahl gefährdet!

Kurze Zeit später stand der Marktplatz voller Autos. Alle, die angereist waren, stürmten aus ihren Fahrzeugen hinein ins Rathaus. Das sonst übliche Brimborium, was Koper, dem Präsidenten, bisher immer so gut gefallen hatte, sobald es um ihn ging, blieb aus. Als im Sitzungssaal, am großen ovalen Tisch, alle Platz genommen hatten, drehte sich Koper als erstes zu den beiden Ärzten:
»Seid ihr wahnsinnig? Was habt ihr mit Rex gemacht? Der redet von heute an kein Wort mehr mit uns!«
Der Chefarzt verteidigte sich:
»Wir haben nur nach deinem Gesetz gehandelt, das du selbst auf den Weg gebracht hast!«
»Gesetz, Gesetz«, empörte sich Koper, »ihr Ärzte hättet wenigstens vorher mit mir reden können, wenn ihr nicht wisst, was zu tun ist!«
Der Chefarzt schaute Koper aufgewühlt in die Augen:
»Das kann ja wohl nicht wahr sein! Ich weiß immer, was zu tun ist. Eva erkrankte schon nach zwei Tagen an einer Magen-Darm-Grippe. Zum Glück für uns alle war's nur eine Magenverstimmung!«
Der Bürgermeister versuchte krampfhaft etwas einzubringen:
»Rex sagte, er sei kerngesund und der ist selbst Arzt.«
Der Stellvertreter des Chefarztes meldete sich, versuchte aufzufallen:
»Rex als Erdling kann irren! Und dann haben wir eine Pandemie in unserer Stadt.«
»Und wenn Rex sterbenskrank wäre, nützt er uns auch nichts!«, bekräftigte Satina.
Koper schaute entschlossen in die Runde:
»So kommen wir nicht weiter! Ich suche einen Weg aus der Zwangs-

quarantäne. Mensch, das ist völlig beschämend. So können wir nicht mit Außerirdischen umgehen!«

Der Bürgermeister fühlte sich überfordert, sah alles auf seinen Schultern lasten:
»Als ob ich nicht schon genug Probleme hätte. Gliese«, sagte er, »nervt mich schon die ganze Zeit wegen des alten Stadtschlosses.«
»Die Kräuterärztin?«, fragte Vennia zurück.
»Ja, genau die«, betonte der Bürgermeister, »ich verbaue ihre Zukunft und vernichte Arbeitsplätze, weil ich die Miete unseres Stadtschlosses zu hoch ansetze.«
Küwall schwärmte:
»Gliese«, betonte er, »das ist doch die, die so gut aussieht!«
Danach drang es von mehreren Leuten der Gruppe fast wie im Kanon zu Küwall rüber:
»Was hat denn das damit zu tun?«
Küwall nun aufgekratzt:
»Ne ganze Menge! Gliese«, erklärte er, »ist studierte Kräuterärztin und könnte sich im Stadtschloss niederlassen. Doch sie ist fast blank und kann sich keinesfalls die hohe Schlossmiete leisten.«
Ein Zwischenruf von Vennia kam:
»Aber genau dort wäre eine attraktive Lage für eine Arztpraxis!«
Der Bürgermeister mittlerweile gelangweilt:
»Ja, das wissen wir, und nun?«
»Lasst mich ausreden!«, verteidigte sich Küwall. »Gliese«, sagte er überzeugend, »will auf jeden Fall ins Stadtschloss rein und ich glaube, dafür würde sie so ziemlich alles tun.«
Mittlerweile, schaute Küwall zu seinen Kollegen, aus der Jury rüber:
»Und jetzt mein Plan! Wir von der Jury«, betonte er, »nehmen zu Gliese Kontakt auf. Sie soll Rex in der Quarantänestation besuchen. Mit etwas Leckerem zu essen, das sie extra mitbringt. Auf die Art verschafft sie sich erleichterten Zugang zum steifen, verbohrten Rex. Danach soll sie, die selbst Ärztin ist, Rex auf gefährliche Krankheiten untersuchen. Eine Notwendigkeit, wir müssen unsere Stadt vor einer unerwartet ausbrechenden Pandemie schützen. Die Zeit«, sagte er hoffnungsvoll, »in der Gliese ihre Untersuchung durchführt, nutzt sie, um Rex anhand von praktischen Beispielen davon zu überzeugen, dass er jede Menge von uns Vetossen

dazulernen kann. Erst recht, was moderne Kräuterheilkunde angeht. Zur Belohnung«, sagte er zuversichtlich, »erhält Gliese das halbe Stadtschloss als Geschenk.«

Eine Zwischenfrage von Mekos:
»Warum nur die Hälfte?«
Küwall setzte seine Ausführungen fort:
»Die andere Hälfte bekommt Rex, sofern der mitmacht, denn auch er ist Arzt, hatte auf der Erde eine eigene Praxis. Auch ein Stück Wiedergutmachung von uns!«

Im Denken vertieft, meldete sich jetzt der Bürgermeister:
»Und wieso«, fragte er, »soll Rex vor Glieses Augen alles bereitwillig mitmachen? So, wie du es glaubst.«

Küwall wirkte erstaunt über die begriffsstutzige Frage:
»Na, weil die so gut aussieht!«

Im Sitzungssaal hörte man ein durch den Mund gehendes Zischen. Es war Koper, der erleichtert durchatmete. Mal wieder haben die Bürger seines Volkes eine gute Lösung gefunden!

»Wer ist für diesen Vorschlag?«, fragte Koper.

Sofort, ohne Zögern, meldeten sich alle, so wie Schüler während des Unterrichts, die im Raum gegenwärtig anwesend waren. Nur Koper selbst war der Einzige im Saal, der seinen Arm unten ließ. Als er dies sah – er wirkte ein wenig überfahren von der urplötzlichen Einigkeit aller anderen im Raum –, sagte er kurzentschlossen:
»Na wenn das so ist, bin ich auch dafür!«

Ich (Gliese) wurde schon am Folgetag vom Bürgermeister höchstpersönlich in dessen Büro eingeladen. Nichts ahnend traf ich am Nachmittag voller Vorfreude dort ein. Im Büro angekommen bot mir der Bürgermeister einen seiner besten Stühle an:
»Gliese«, fragte er mich, »du möchtest im Stadtschloss eine Arztpraxis eröffnen. Ich glaube, da geht ne ganze Menge!«
»Ich danke dir!«, sagte ich mit einem erleichterten Stoßseufzer.
»Da wäre aber noch eine Kleinigkeit«, fügte der Bürgermeister hinzu, »die du für mich noch tun müsstest, genauer gesagt, für die Jury.«
»Für die Jury?«, fragte ich erstaunt, »Die wollen mehr als nur Kleinigkeiten!«

»Es ist schon etwas mehr als eine Kleinigkeit«, betonte er, »aber machbar!«

Nun erzählte mir der Bürgermeister von dem zweiten Missionsflug zur Erde, diesmal mit einem samt Kleinflugzeug entführten Arzt namens Rex. Ich war schon ein wenig erstaunt. Für mich war es das erste Mal, von so einer unheimlich düsteren Entführung zu hören. Aber als er dann sagte, dass Rex wegen seiner Störrigkeit gegenüber den Regelungen im Siedlungsvertrag schon seit Stunden im Quarantäneraum unseres Krankenhauses eingesperrt ist, rutschte ich immer tiefer in den Stuhl.

»So, das habt ihr nun von euren aufgezwungenen Siedlungsverträgen!«, gab ich zurück.

»Gliese«, fing er an zu erbitten, »wir brauchten unbedingt noch einen weiteren Erdling. Adamo und Eva sind zwar nett, aber die kannste nix fragen!«

»Warum das?«, wollte ich wissen.

»Die beiden wissen über ihre eigene Erde zu wenig Bescheid. Viel zu wenig!«, setzte er nach.

»Und da schnappt ihr euch einfach ein kleines Flugzeug mit einem schlauen Arzt drin«, gab ich zur Antwort.

Der Bürgermeister versuchte, um Antworten verlegen, einen Appell an mich zu richten:

»Wie hätten wir es denn sonst tun sollen? Die Jury braucht mehr Informationen für tiefergehende Auswertungen der Erde. Gliese«, flehte er, »Rex ist selbst Arzt. Von dem kannst du was lernen!«

Als ich das hörte, konnte ich nicht mehr. Ich musste lachen:

»Dir ist aber bekannt, dass wir vierhundert Jahre weiter sind als diese Erdlinge.«

Trotzdem nahm ich den Deal an. Für mich bot sich die Chance meines Lebens, beruflich weiterzukommen. Als erstes durfte ich in die Räume der Jury. In einem extra dafür hergerichteten Raum wurde ich von Leuten aus der Jury geschminkt, die so etwas – für mich fast schon überzeugend – noch nie in ihrem Leben zuvor gemacht hatten. Hermos kam mit einer großen, nach Chemie stinkenden Farbdose an. Jetzt durfte ich meine beiden Hände flach auf den Tisch legen und ausbreiten. Auf das, was anschließend folgte, konnte ich mir beileibe keinen Reim machen. Ich sah zu Hermos, der einen Pinsel in seiner Hand hielt.

»Warum malst du meine Fingerspitzen mit Farbe voll?«, wollte ich wissen.

»Weil das gut aussieht!«, gab er als Antwort.

Mir genügte das nicht.

»Und wer behauptet so etwas?«

»Eva hat das gesagt«, antwortete er überzeugt, »ich habe sie selbst gefragt.«

»Okay!«, meinte ich. »Wenn das gut aussieht, dann mach ich im Anschluss das Gleiche bei dir!«

»Nein«, rief er in Panik, »das geht nicht. Das sieht ganz schlecht aus!«

»Warum das?«, fragte ich erstaunt.

»Weil Adamo das so gesagt hat«, betonte er ausdrücklich.

Nach diesen klar nachvollziehbaren, ausführlichen Erklärungen von Hermos durfte ich zu Adamo und Eva gehen. Auf Bitten der Jury hätte Eva bereits einen Walderdbeerkuchen gebacken, den ich von beiden entgegennehmen sollte. Ich war schon ganz aufgeregt, was Kuchen denn sein soll, da von der gesamten Jury nur achselzuckend erklärt wurde, Kuchen sei irgendwas Schönes zum Essen.

Ich kenne Adamo und Eva schon aus dem Deutschkurs, an dem ich – zuvor wurmte ich die Jury mit unzähligen Bitten – teilnehmen konnte. Als ich vor deren Bauernhaus stand, um den Kuchen abzuholen, waren Adamo und Eva recht angetan, wegen meines neuen Aussehens. Adamo starrte mich an, als hätte er mich noch nie gesehen:

»Man erkennt dich kaum wieder!«

»Ich will auch mal schön sein!«, antwortete ich stolz.

Eva schaute mich neugierig an, was aber für Eva nicht ungewöhnlich ist:

»Du willst Kuchen abholen, gibt's bei euch ein Fest? Komm, erzähl mal!«

»Für mich ist heute ein ganz besonderer Tag«, kürzte ich ab.

Ich musste von Anfang an diese ewig neugierige Eva bändigen, denn über den anstehenden Deal ist absolutes Stillschweigen vereinbart worden. Sonst gibt's kein Schloss, erst recht nicht zum »Nulltarif«! Zum Glück fielen mir gleich viele Fragen zum selbst gebackenen Walderdbeerkuchen ein, so konnte ich Eva schnell ablenken.

»Die roten Früchte Eva, stammen die ursprünglich von eurer Erde?«, fragte ich und freute mich selbst über diese rettende Frage.
Eva sah mich an und nickte.
»Und die wachsen hier?«, setzte ich nach.
»Die wachsen hier ganz prächtig!«, antwortete Eva. »Gleich hinterm Haus haben wir ein großes Erdbeerfeld angelegt.«
Adamo überreichte mir, völlig übertrieben besorgt, den Kuchen: »Aber sei vorsichtig! Kuchen ist zerbrechlich.«

Einige Zeit später, unmittelbar vorm Quarantäneraum, wurde mir etwas mulmig. Die Ärzte unten am Empfang, die mir den Erdbeerkuchen abnehmen sollten, hatten mich bereits vorgewarnt, Rex sei schwierig und wird schnell wütend. Doch als ich auf den duftenden Erdbeerkuchen sah, den ich überreichte, dachte ich, von dem kriegst du gleich ein Stück ab. Und dann ging es wieder.

Als ich den Quarantäneraum betrat, stand Rex auf, ging auf mich zu und reichte mir mit höflichem Gruß die Hand. Statt wieder zu toben, war Rex froh, endlich jemanden als Besucher zu haben, einen zum Reden. Schon im ersten Moment strahlte Rex mich an, betrachtete mich von oben bis unten. Man sagt mir ja nach, ich habe im Gegensatz zu den meisten meiner Landsleute weichere Gesichtszüge. Da mich viele von denen sowieso schon als eine Hübsche beschreiben, betonte meine damals aufgebrachte Schminke (einschließlich lackierter Fingernägel) diesen Umstand noch zusätzlich. Selbst Eva sagte schon einmal zu ihren Mann: »Die sieht fast wie eine von uns aus.«

Kurz und gut, ich hatte es viel leichter Rex einzuwickeln, als gedacht. Mit etwas weiblichem Charme gelang es mir im Nu, einen splitterfasernackten Rex genau nach den Richtlinien des Seuchenschutzgesetzes zu untersuchen. Da sich Rex auch in Sachen Siedlungsvertrag endlich einsichtig zeigte, durfte er nun diesen ziemlich öden Raum verlassen. Draußen, vor dem Quarantäneraum, schaute ich Rex tief in die Augen:
»Rex, lass uns in die Kantine gehen. Ich habe dort eine Überraschung für dich!«
Rex wurde anschmiegsam, fragte weich zurück:
»Eine Überraschung, für mich? Erzähl mal!«

Ich schmunzelte ihm zu:
»Wir sind noch nicht in der Kantine!«
Ein Stockwerk höher gab's in dieser großen, geräumigen Kantine endlich den mittlerweile von uns beiden ersehnten, herrlich nach frischen Erdbeeren schmeckenden Kuchen, passend zu einer Tasse Kaffee. In dieser ruhigen, angenehmen Atmosphäre ließ ich dann die Katze aus dem Sack, denn für Rex hatte ich eine weitaus größere Belohnung als nur Erdbeerkuchen.
»Rex, was hältst du davon, einmal im Leben Besitzer eines eigenen Stadtschlosses zu werden?«, fragte ich und strahlte ihn an.
»Gliiiese«, fragte Rex, er war völlig von den Socken, »ist in dem Erdbeerkuchen was drin, von dem ich nichts weiß?«
»Nein«, sagte ich und musste lachen, »die Jury hat uns beiden das Stadtschloss geschenkt!«
Rex war überwältigt:
»Waaas? Ein ganzes Schloss, mitten in der Stadt?«
Es war das erste Mal, dass sich Rex über uns Vetossen, über die Stadt Alos, über die Ärzte des Stadtkrankenhauses und vor allem über die so verhasste Jury so richtig freuen konnte. Von diesem Tag an wurde sein Frust über seine gewaltsame Entführung merklich kleiner, dennoch ist es bis heute eine tief in seiner Erinnerung sitzende Entführung geblieben. Eine Entführung, die im Auftrag des Präsidenten von der Jury gesteuert und von den Astronauten ausgeführt worden ist.

Dieses Schloss, im mittelalterlichen Stil erbaut (Gliese geriet bei diesem Teil des Gesprächs ins Schwärmen), steht auf einem großen Grundstück genau im Zentrum der Stadt. Ringsherum umgeben von einer großen, breiten Wiese, die mit einigen Obstbäumen geschmückt ist. Später wurde dort Rex reparierte Propellermaschine zwischen den Obstbäumen abgestellt. Zu Werbezwecken. Diese, in unseren vetischen Augen uralte Maschine, entpuppte sich als echter Hingucker. Sorgte zudem für neue Patienten!
Im Schloss selbst sind viele, große Zimmer. Ideal, um dort zwei Arztpraxen zu eröffnen. Bautechnisch gesehen ist alles Wesentliche bereits von Fachfirmen saniert worden, schließlich wollte der Bürgermeister der Stadt Alos das Schloss verkaufen, was er, seit ewigen Zeiten geduldig, jedoch vergeblich versuchte. Tapeten, Teppichfußboden und Ähnliches fehlten aber ganz bewusst, schließlich hat jeder einen anderen Geschmack.
Störte auch nicht weiter. Schon bei unserer ersten Besichtigung wurden

Rex und ich selbst mit dem Schloss sofort warm. Wir liefen durch alle Räume, inspizierten alles und planten bereits, wo später mal Teppiche liegen, Gardinen hängen und Tapeten die Wände verzieren sollten. Mittlerweile stand Rex vor einer mit etlichen Dübeln gespickten Wand:
»Fehlen noch die Handwerker, die alles hübsch herrichten!«
»Wir sind die Handwerker!«, antwortete ich keck.
»Was soll das heißen?«, fragte er zurück.
»Die schicken uns niemanden!«, antwortete ich. »Ich hab selbst nachgefragt.«
»Das alles herzurichten ist doch viel zu viel, für jeden von uns!«, beschwerte sich Rex.
»Die Jury sagt aber, wir haben schon genug bekommen«, ergänzte ich, »der Rest sei Eigenregie.«
Rex antwortete mit einem kurzen »Pfff!«
»Je eher wir anfangen, umso schneller sind wir, laut Aussage unseres Bürgermeisters, fertig«, beschwichtigte ich ihn.
Und in der Tat! Genau der Bürgermeister hat sich bei der Jury ganz besonders dafür eingesetzt, dass wir bloß keine Handwerker bekommen. Er wollte auch mal mit einer richtig guten Idee beim Präsidenten glänzen.

Anfangs teilten wir beide uns noch die Räume des Schlosses untereinander auf. Jeder bekam auf den Quadratmeter genau – Rex wollte es so – die Hälfte des Schlosses für seine Praxisräume zugesprochen. Anschließend wollten wir lossanieren. Jeder für sich!

Doch noch am selben Tag fiel Rex beim Tapezieren die Tapete von der Decke, außerdem sah alles schief aus. Ich holte mir beim Schleppen der schweren Teppichrollen fast einen Bruch und nach einiger Zeit tat mir beim Streichen vom vielen Strecken der Arm weh. Dauerte auch nicht lange, da kam Rex völlig geschafft in mein unfertiges, überall mit Farbflecken übersätes Zimmer:
»Wir sollten uns zusammentun! Allein schaff ich das nie!«
War ein guter Rat, der damals aus der Not geboren wurde. Als wir »Handwerker« uns zusammentaten, ging alles viel leichter. Unsere Arbeiten wurden genauer und vor allem ging alles wesentlich schneller, da nun zum Beispiel keine Tapeten mehr freiwillig von der Wand fielen. Beim anschließenden Malern ließ sich Rex von mir den Pinsel geben. Doch anstatt mir

was vorzumalen, betupfte er nur meinen Maleranzug und lachte dabei. Kurz darauf schloss mich Rex in seine Arme und berührte mit seinem Gesicht meinen Mund. Ich hatte damals keine Ahnung, wofür das gut ist.
»Was machst du, Rex?«, fragte ich verwundert.
»Das ist ein Zeichen meiner Liebe, man nennt es bei uns Kuss«, sagte er.
Kurzentschlossen antwortete ich:
»Wenn dem so ist, dann zeig mir mehr davon!«

Von da an wurde an diesem Abend zwar weder tapeziert noch gemalert, doch in diesen gemütlichen Stunden beschlossen wir, eine Gemeinschaftspraxis zu führen. Nur wenige Wochen später heirateten wir. Der Bürgermeister freute sich tierisch (vor allem, weil sein Plan aufging) und übernahm an diesem Tag höchstpersönlich die standesamtliche Trauung.

Gliese hätte wohl noch einige Geschichten dazu erzählt, doch in diesem Moment klingelte es. Rex war vom Einkaufen zurückgekommen und stieß nur wenig später, nachdem sie ihm die Tür geöffnet hatte, mit ihr gemeinsam in den Praxisraum.
Gliese schaute kurz zu Thomas rüber:
»Thomas ist gekommen, um geimpft zu werden.«
»Hast du meiner Frau auch schön zugehört?«, fragte Rex neugierig.
»Jetzt weiß ich mehr über euch!«, antwortet Thomas.
»So, dann können wir ja anfangen«, sagte Rex und trat zum Medizinschrank, um den Spritzapparat ohne Nadel hervorzuholen.
Zur Wiederholung erklärte er noch einmal Thomas im Groben die Funktionsweisen des gesamten Vorgangs, wenn ein solcher Spritzapparat in Betrieb ist. Thomas, der in letzter Zeit mit unendlich viel Neuem bombardiert worden ist, war dankbar, den Mechanismus eines solchen Apparats ein weiteres Mal erklärt zu bekommen und hörte aufmerksam zu.

An der Stelle noch ein Hinweis:
Rex muss, obwohl er Arzt ist, unbedingt nachgeschult werden, um auf der Vetos zukünftig vetische Patienten untersuchen und behandeln zu können! Momentan hat er noch gar keine vetische Zulassung, um eine Arztpraxis betreiben zu können. Momentan ist er nur die Sprechstundenhilfe seiner

Frau. Erdlinge aber sind ausgenommen, die darf Rex auch ohne Nachschulung behandeln. Logisch, oder?

Zur Nachschulung besucht Rex mehrmals in der Woche Aufbaukurse, die im Krankenhaus stattfinden. Als Gegenleistung muss er in den Befragungsräumen der Jury <u>ordentlich</u> mitmachen. Um das zu dokumentieren, durfte er als erstes den verhassten Siedlungsvertrag unterschreiben. Zudem war das der Deal, um aus dem Gitterraum rauszukommen. Weiterhin hat er auf Anforderung der Jury bei ihr zu erscheinen und dann auf alle Fragen rund um die Erde so gut, so präzise und so ausführlich wie möglich zu antworten.

»Wogegen werde ich eigentlich geimpft?«, fragte Thomas nach einer Weile.
»Gegen Wundstarrkrampf«, antwortete Rex.
»Gegen Wundstarrkrampf?«, wiederholte Thomas verwundert und konnte es kaum glauben. »Gegen Wundstarrkrampf bin ich bereits geimpft worden! Nach meiner Schulzeit habe ich als Pflegekraft im Krankenhaus meiner Heimatstadt ein Praktikum absolviert. Und das ist nur wenige Monate her!«
»Ja, Thomas, Erdwundstarrkrampf«, betonte Rex, »du bist gegen Erdwundstarrkrampf geimpft worden. Momentan befindest du dich aber auf der Vetos! Und auf der Vetos gibt's Wundstarrkrampferreger einer anderen Kategorie! Gegen die musst du extra geimpft werden!«
Thomas stöhnte:
»Oh je! Mir schwant Böses!«
»Wieso Böses?«, fragte Rex.
»Es gibt noch Keuchhusten und Diphtherie, gegen die bin ich auch im Krankenhaus geimpft worden«, stellte Thomas entsetzt fest.
»Nützt aber nichts!«, sagte Rex und zeigte Thomas seinen Impfpass, den er aber noch mit einem Passbild versehen sowie ausfüllen und abstempeln musste.

Dort stehen auf dem ersten Blatt, hübsch säuberlich untereinander in einer linken Spalte zwölf verschiedene Krankheiten, darunter auch Keuchhusten und Diphtherie, daneben zwölf leere Vierecke, bereit zum Abstempeln. Auf den folgenden zwei Seiten steht noch mal dasselbe, wieder jeweils zwölf aufgeführte, untereinanderstehende Krankheiten.

Natürlich bekam Thomas nach seiner ersten Impfung nur in das erste Viereck – Thomas wünschte sich zu jenem Zeitpunkt, dass bereits alle Vierecke längst abgestempelt worden wären –, also nur neben dieses eine Wort, »Wundstarrkrampf«, einen Stempel gesetzt. Als Arzt darf Rex, ab sofort, Impfbücher für Erdlinge abstempeln. Eine Gesetzesreform seitens des Präsidenten autorisiert ihn seitdem dazu. Der Präsident schloss damit eine Gesetzeslücke, denn Rex ist ja schon, großzügig ausgedrückt, seit »ewigen Zeiten« dazu berechtigt, Erdlinge zu untersuchen und zu behandeln!

Kapitel 8

Mitten im Leben

Als Thomas wieder in die Siedlung zurückgekehrt ist, hatte seine neue Familie bereits das Mittagessen fertig. Und da das Mittagessen, wie bisher in dieser Ökofamilie, außerordentlich arm an Fleisch und reich an Ballaststoffen war und eine gesunde Ernährung ohne Sport nur die Hälfte wert ist, sollte Thomas gleich nach dem Essen auf dem Sportplatz ein paar Runden drehen. Und weil zudem Gemeinsamkeiten mehr Spaß machen, wollten alle anderen aus dieser Familie mitlaufen.

Draußen auf dem Sportplatz angekommen, sah Thomas, wie unendlich lang eine Runde der Aschenbahn ist, die um diese lange, breite Wiese herumführt. Thomas schaute zu Wega und versuchte sie mit einem seiner Tricks zu überlisten:
»Warum soll ich hier immer im Kreis herumlaufen? Was hab ich davon?«
»Du läufst mit uns mit und leistest uns Gesellschaft!«, ermahnte ihn Wega. »Sport treiben hat noch nie jemandem geschadet. Erdlinge gehören auch dazu!«
So einem tollen Angebot konnte Thomas natürlich keine Absage erteilen, schließlich wollte er vor den anderen sein Gesicht wahren.
Beim Dauerlauf legten die anderen mächtig vor. Schon nach kurzer Zeit hätten sie Thomas fast das zweite Mal überrundet. Doch der hatte sich schon vorher auf die Wiese fallen lassen. Wega kam an, schaute auf ihn herunter:
»Von jetzt an machen wir das täglich, mein Lieber!«
Erschwerend kam hinzu, dass genau dieser Vorschlag von den anderen beiden bereitwillig akzeptiert wurde.

Zum Glück gab es aber auch andere, bessere Vorschläge. Die Erdkiefern standen zu der Zeit immer noch im Gewächshaus des Weltraumbahnhofs. Vorübergehend in großen Blumenkübeln, bereit zum Einpflanzen. Beim gemeinsamen Abendessen bot sich Thomas für diese Arbeit selbst an:
»Sirus«, sagte er, »ich möchte bei euch nicht, abgesehen von ein paar

Stadtgängen, meine Zeit vertrödeln. Ich habe vorhin intensiv darüber nachgedacht. Adamos und Evas rationelle Fusion ist hervorragend, wie ihr beide gesagt habt und meine Fusion soll auch nicht schlechter sein. Ich möchte als Waldhelfer Erdkiefern einpflanzen!«

»Sehr guter Vorschlag, Thomas! Ich werde Hans und Ruth fragen, ob die noch jemanden brauchen können.«

Eura sah zu Thomas und gab gleich darauf eine weitere Antwort:

»Hans und Ruth sind unsere neuen Förster, ebenfalls Erdlinge, so wie du!«

Thomas freute sich:

»Dann kann ja nix mehr schiefgehen. Ich bin mir sogar ziemlich sicher, dass die noch jemanden gebrauchen können.«

»So einen Erdling wie dich?«, scherzte Wega.

»Erdenbürger halten immer zu anderen Erdenbürgern, sofern sie außerhalb der Erde sind!«, philosophierte Thomas.

Am nächsten Morgen sollte Thomas zum Forsthaus kommen. Ein altes Gemäuer, das ziemlich dicht am Waldrand steht und zurzeit von Hans und Ruth bewohnt wird. Hans und Ruth wurden nach Rex – um es mit den Worten der Jury auszudrücken – als Gäste auf die Vetos geholt. Eigentlich eine beschauliche Gegend hier, so dicht am Waldrand, doch was Thomas sah, als er zum Wald schaute, erschütterte ihn regelrecht. Die meisten Bäume dieses Waldes hatten trockene Äste, die wenigsten hatten Nadeln und wenn doch Nadeln dran waren, dann sahen fast alle braun, wie verbrannt aus.

»Das sind die Holzkäfer!«, schallte es von hinten.

Hans war auf dem Hof, kam auf Thomas zu.

Thomas sah zu ihm herüber:

»Kann man nichts dagegen machen?«

»Zumindest nichts mit Chemie! Gegen die Holzkäfer scheint kein Kraut gewachsen zu sein«, antwortete Hans.

Ruth kam zur Tür raus:

»Aber es gibt eine Lösung der ganzen Misere!«

Thomas spekulierte:

»Ich ahne ungefähr, wie die aussehen wird!«

Im Flur des Forsthauses war es urig. Thomas sah sich um, bewunderte die Geweihe an den Wänden, fühlte sich sofort heimisch. Für einen Moment kam's ihm vor, als wäre er auf der Erde. An diesem heimeligen Ort war er wieder unter Erdenbürgern und allein dies reichte allemal aus, um sich sofort wohlzufühlen.

Ruth hantierte in der Küche:

»Frühstück, Thomas, der Tisch ist gedeckt!«, rief sie durch die halboffene Küchentür.

In der Küche kam Thomas aus dem Staunen nicht mehr heraus. Auf dem Küchentisch stand eine große Kanne Kaffee neben einem großen Glas selbst gekochter Walderdbeermarmelade, dazu gab es Honigbrötchen mit dick Butter bestrichen und etliche Schokoladenriegel, die auf dem ganzen Tisch verteilt herumlagen. Thomas grinste:

»Endlich mal was Ordentliches, das auch schmeckt!«

»Besser als Ökosalat mit Tomatensaft!«, schmunzelte Hans.

»Ihr wart auch bei den Ökos?«, fragte Thomas.

»Aber natürlich waren wir auch dort!«, erwiderte Ruth.

Thomas freute es, wie schnell die beiden mit ihm einer Meinung waren. Ebenso schnell waren Hans und Ruth mit Thomas auch in Sachen Kaffee, einer Meinung, soll heißen, Thomas konnte beim Frühstück so viel Kaffee trinken wie er wollte und an diesem Tag erst recht, denn Thomas sollte ihre Geschichte anhören, die Erklärung gibt, warum beide auf die Vetos geholt wurden. Unter diesen günstigen Voraussetzungen machte es Thomas richtig Spaß Hans zuzuhören, der als erster zu erzählen begann:

»Von Rex hast du schon gehört?«, fragte Hans.

Thomas nickte.

Als erstes beschrieb Hans, wie er Rex selbst sieht.

☽

Bis heute hat es Rex nicht überwunden, wie die Astronauten ihn behandelt haben. Gleich zu Anfang kam das schockierende Erlebnis, als seine Maschine ausfiel, später hatte er ein kaputtes Flugzeug und am Schluss wurde er genau von den Astronauten, die den ganzen Flug um ihn herum waren, mit Wucht in den Quarantäneraum des Krankenhauses geschubst. Sein Verhältnis zur Jury ist, trotz seiner Hochzeit mit Gliese, die ihm sehr gut tut, bis heute gespannt. Er geht zwar in die Befragungsräume und lässt sich von den Kriminalbeamten ausfragen, doch die haben den Eindruck, man müsse ihm die Würmer aus der Nase ziehen. Teilweise kommt es denen recht langatmig vor, gemeinsam mit Rex einfache Fragen aufzuklären. Manchmal wirkt Rex recht mürrisch und will nach kurzer Zeit wieder nach Hause.

Kurz und gut, die Jury berief wieder eine neue Sitzung ein. Natürlich war wieder der Präsident eingeladen – böse Zungen behaupten, er habe sich selbst eingeladen!

Mekos ergriff im Sitzungssaal als erster das Wort:
»Das mit Rex war nix, der arbeitet mit uns nicht richtig zusammen!«
»Wir haben ihn ja brutal entführt!«, verteidigte ihn Vennia. »Zudem haben wir gegen unsere innere Überzeugung gehandelt und einen für sich allein, also ohne Gesprächspartner zum Anlehnen, mitgenommen!«
»War wohl doch nicht so ne gute Idee mit dem Flugzeug!«, bemängelte Hermos.
Satina ging dazwischen:
»Jetzt mal langsam! Als Arzt ist Rex klasse! Nun gibt's endlich von Adamo und Eva kein ewiges Gezeter mehr, wenn die geimpft werden müssen.«
»Die Erdlinge scheinen vor unseren Ärzten Angst zu haben«, schlussfolgerte Eudo, »keine Ahnung warum?«
»Einfach nur, weil wir keine Erdlinge sind!«, warf Nepon ein. »Daran müssen wir alle noch arbeiten!«
Egos hatte mal wieder einen Einfall der besonderen Art:
»Wir müssen zudem an was ganz anderem arbeiten. Wir brauchen noch mal neue Erdlinge!«
»Nein! Nicht schon wieder!«, stöhnte Vennia.
Egos wirkte selbstüberzeugt:
»Diesmal entführen wir ein Schiff!«
»Bist du völlig verrückt«, fragte Maro fassungslos, »ein Schiff, wie soll das denn gehen?«
»Genauer gesagt meine ich nur deren Besatzung«, fügte Egos hinzu. »Aber lasst mich erzählen. Ihr kennt doch Hochseejachten?«
Alle in der Runde nickten.
»Und nun der Plan«, fuhr Egos fort, »wir fliegen durch die Erdatmosphäre, in Richtung Ostsee. Aber diesmal ohne den schwerfälligen, langsamen Lastenzubringer. Stattdessen aber mit zwei wendigen Kurzstre-

ckenzubringern. Während eine Mannschaft die Ostsee nach Feindfliegern absucht, hält die andere Mannschaft mittels Sonar Ausschau nach einer gekenterten Hochseejacht. In deren Nähe schwimmen ganz sicher Leute im kalten Ostseewasser. Die sind doch froh, wenn sie irgendjemand aus dem kalten Wasser rettet.«

»Selbst dann, wenn's Ufo-Nauten sind«, rief Potello spöttisch dazwischen.

»Ganz genau«, bestätigte Egos. »Ich meine« – Egos dreht sich zum Präsidenten – »wenn wir deren Leben retten, was spricht dagegen, wenn die uns, im Gegenzug ein halbes Erdjahr ihres Lebens schenken?«

Es zischte abermals. Wieder atmete Koper tief durch:

»Ich bin immer wieder erstaunt«, lobte er, »was ich für unermüdliche Leute mit hervorragenden Ideen habe!«

Bald darauf flogen zwei Mannschaften ein drittes Mal zur Erde. Nur knapp hundert Meter über der Wasseroberfläche einer tosenden Ostsee gingen beide Mannschaften in ihren Kurzstreckenzubringern den jeweiligen Aufgaben nach.

Zu der Zeit waren Osterferien. Ich wollte mit meiner Frau Ruth gemeinsam einen Segeltörn unternehmen. Vorbei an der Kurischen Nehrung bis an die russische Grenze. Da Ruth Lehrerin ist – unter anderem unterrichtet sie das Schulfach Erdkunde –, ist die Ferienzeit für uns die beste Zeit, um auf eine längere Segeltour zu gehen. Ich (Hans) bin Naturwissenschaftler und trete gelegentlich im Fernsehen auf. Obwohl wir beide zu der Zeit viel zu tun hatten, wurde Urlaub – kurz vorm Burnout – dringend nötig. Was anfangs noch romantisch begann, endete bald in einem »Blackout«!

Bedingt durch unsere beruflichen Tätigkeiten ziehen uns beide ungewöhnliche Naturphänomene in ihren Bann. Letztes Jahr beobachteten wir, begleitet von einer Expertengruppe, Tornados aus kurzer Entfernung und machten viele Fotos davon. Wir sind einige Gefahrensituationen gewöhnt, nicht zuletzt, weil wir allein durch unsere berufliche Tätigkeit ungewöhnliche Erlebnisse am Ende in Gesprächsrunden noch einmal aufarbeiten.

Deswegen machte uns der raue Wellengang auf der Ostsee auch vorerst nichts aus. Anfangs sahen wir's als großes Abenteuer, wild hin- und herzuschaukeln. Doch dann prisste (Prise) der Wind mächtig auf. Plötzlich sahen wir eine achtzehn Meter hohe Riesenwelle, die scheinbar aus dem Nichts aufgetaucht ist und auf unser Schiff zurollte. Jetzt bekamen wir es mit der Angst zu tun. War auch berechtigt! Die gewaltigen Wassermassen dieser Riesenwelle schlugen über unsere Jacht und spülten uns dabei von Bord.

Das war unser Glück, sofern man in diesem Zusammenhang überhaupt von Glück reden kann, denn nur wenig später sahen wir unsere Jacht kieloben abtreiben. Von nun an schwammen wir in der kalten, tosenden Ostsee. Wenigstens hielten uns unsere Schwimmwesten über Wasser. Wir gaben alles und schwammen, trotz heftigen Wellengangs aufeinander zu, fest in der Hoffnung, in Rufweite zu kommen. Wenigstens hielten wir uns dadurch warm.

Als Ruth mich sah, geriet sie in Panik:
»Das ist unser Ende! Wir müssen sterben!«, schrie sie.
Ich dagegen schaute gen Himmel. Verzweifelt, aber mit einem kleinen Schuss Hoffnung, denn irgendwas Rundes flog da oben rum, doch es war zu weit weg, um zu erkennen, was das sein könnte. Außerdem war ich zu aufgeregt, hatte keine Ruhe!
Ich schaute meine Frau an:
»Sieh nur Ruth, da ganz oben fliegt was!«
»Ja, jetzt sehe ich es auch. Aber was ist das?«, fragte sie. »Sieht nicht wie ein Flugzeug aus!«
»Ist mir völlig egal, was da fliegt«, sagte ich. »Hauptsache, die sehen uns!«
Einen kurzen Moment später flog eine dicke, kreisrunde Scheibe über unsere Köpfe, blieb senkrecht in der Luft stehen und senkte sich langsam ab. Knapp über der Wasseroberfläche öffneten sich dann zwei Schiebetüren und es schaute, eindeutig erkennbar ein Außerirdischer heraus.
»Nehmt uns mit!«, schrie Ruth aus Leibeskräften. "Wer immer ihr seid, nehmt uns mit, sonst werden wir ertrinken!«
Der, der zu der Zeit hinausschaute war Egos! Er grinste, schaute sich fast lachend zu seinen Kollegen um und sagte mit großer Freude folgenden Satz:
»Ihr habt alle gehört, was diese Frau zu uns gesagt hat!«

Gleich darauf ließen mehrere Außerirdische einen Rettungsgurt mittels einer elektrischen Gurtwinde von ihrem Raumschiff herunter – eine vetische Gurtwinde ist so ähnlich wie eine Erdseilwinde –, um uns in ihr

Raumschiff hineinzuziehen. Drinnen bekamen wir zuallererst warme Decken gereicht.

»Herzlich willkommen an Bord unseres Raumschiffs!«, tönte es enthusiastisch von Maro.

Wir beide waren völlig baff. Ruth war begeistert, konnte es kaum glauben:

»Mit euch kann man ja richtig reden!«, rief sie ihnen zu.

»Ganz genau, wir können Deutsch«, erklärte Maro. »Aber zieht euch zuerst trockene Sachen an!«

Die Anziehsachen waren uns beiden viel zu groß, dennoch ließen sie sich angenehm tragen und wärmten uns.

»Wo genau fliegen wir hin?«, wollte ich (Hans) wissen.

»Zum Mond!«, antwortete Plato.

»Zum Mond«, wiederholte ich, »da wohnen wir aber nicht!«

»Da steht auch nur unser Reiseraumschiff«, antwortete Nepon, »von dort aus geht's weiter.«

Jetzt war für die Astronauten der günstigste Zeitpunkt gekommen, vom mündlichen Siedlungsvertrag zu erzählen. Diesen Job übernahm Egos. Dabei betonte er ausdrücklich Ruths eindeutige Willensbekundung, mitreisen zu wollen.

»So haben wir das Ganze nicht gesehen«, entrüstete sie sich.

»Zu spät, wir sind schon im Orbit!«, grinste Helio.

»Lasst uns gefälligst raus!«, rief ich erzürnt.

»Ich glaube nicht, dass ihr genau hier raus wollt, ihr würdet ersticken, würdet sterben«, belehrte uns Nepon. »Wir haben euch beiden ein neues Leben geschenkt! Dafür könnt ihr ruhig mal Dank zeigen.«

»Ja schon«, bestätigte Ruth, »das war anständig von euch!«

»Ich meine echten Dank zeigen«, setzte Nepon nach, »auf eine für uns klar erkennbare Art, indem ihr bereitwillig mit uns mitkommt!«

»Das ist ja das Allerletzte, beides miteinander aufzurechnen«, fluchte ich.

Und schon wieder war im Raumschiff die gleiche, blöde Situation wie beim Rex. Deswegen dachte auch Maro an sein Machtwort, das er damals zu Rex gesprochen hatte.

»Wir lassen euch nicht gehen, wir brauchen euch auf unserem Planeten und damit basta!«, sprach Maro mit donnernder Stimme.

Daraufhin waren wir beide ziemlich sauer, fügten uns aber unserem

Schicksal und stiegen später, zusammen mit der ersten Gruppe, ins große Reiseraumschiff. Dort redeten – nachdem wir deren Mahlzeit mit den Worten, uns sei der Appetit bereits vergangen, verweigerten – nach und nach alle Gruppenmitglieder im ständigen Wechsel auf uns ein. Fast den ganzen Abend lang! Nach Maros unerbittlich hartem Machtwort, war die stets für alles verständnisvolle Vennia am Zug:

»Wir haben viel organisiert, um bis zur Erde reisen zu können, jetzt brauchen wir unbedingt geeignete Leute an Bord. Genau solche, wie ihr seid! Wir sollen nicht wieder ›leer‹ zurückfliegen, das seht ihr doch hoffentlich ein. Alle von uns haben gegenüber unserem Präsidenten, diese zuvor ausgehandelte »Hinbringschuld« zu erfüllen. Bitte macht mit, die teuren, aufwendigen Missionsflüge müssen sich rechnen!«

Als nächstes kam Nepon mit seinem Angebot:

»Wir haben auf unserem Planeten Vetos eine ganz tolle Aufgabe für euch. Ihr dürft dort Waldforschung betreiben. Und dabei lassen wir euch freie Hand! Glaubt mir, von dieser Aufgabe könnt ihr lebenslang profitieren. Und sämtliche anfallende Kosten übernehmen wir in voller Höhe!«

Später kam Satina:

»Wir haben bereits drei Erdlinge auf der Vetos. Ist doch toll, oder? Die machen bei uns super mit, fühlen sich richtig wohl! Wenn ihr wollt, erzähl ich euch alles über die drei. Ist doch spannend, oder?«

Dann kam Maro angekrochen:

»Entschuldigung. Tut mir leid wegen vorhin! Bei uns auf der Vetos werdet ihr alles andere als leiden und Angst haben müssen. Wir planen in Zukunft einen Missionsflug zu Sodia. Einen völlig neuen Planeten! Den kennen wir selbst nicht! Und ich, als Kapitän, ernenne euch beide zu Piloten und teile euch einer Gruppe zu. Dann dürft ihr mitfliegen. Garantiert!«

Weiß der Teufel, ob die uns verhext haben, aber noch während des Flugs verziehen wir ihnen ihr rabiates Vorgehen und setzten uns, spät am Abend, an den Speisetisch, um doch noch eine Kleinigkeit zu essen. Und von nun an erklärten wir uns bereit, bei allem, was auf uns zukommen wird, richtig mitzumachen.

Einige Tage später – wir wohnten bereits bei der Eingewöhnungsfamilie – war es an der Zeit unsere tolle, neue Lebensaufgabe kennenzulernen. Am Frühstückstisch schwärmte Eura von einem schicken Forsthaus am Waldrand.

Sirus setzte nach:
»Dort im Wald sind, für euch beide, neue Chancen zu finden. Wartet nur ab, ihr werdet staunen!«
Mit diesem Satz sollte Sirus recht behalten.

☽

Ruth wurde unruhig, rutschte auf dem Küchenstuhl hin und her. »Hans, lass mich weitererzählen«, wünschte sie sich und fuhr dann mit der Geschichte fort:

☽

Zuerst fanden wir dort ein altes, längst verlassenes Forsthaus. Der ehemalige Förster hatte bereits aus Verzweiflung gekündigt. Etwas, auf das uns bis zu diesem Tag niemand aufmerksam gemacht hatte.

Unmittelbar vor dem Wald kam der erst der Schock, einhergehend mit einer eindeutig passenden Selbsterkenntnis. Die meisten der großen, ausgewachsenen Nadelbäume waren bereits abgestorben und sahen beziehungsweise sehen braun und »nackt« aus. Dazwischen viele kahlen Stellen ohne Äste. Die wenigen jungen Nadelbäume, die vereinzelt nachgewachsen sind, haben auch schon überall kleine, braune Stellen. Hans blickte entsetzt zu mir:
»Kein Wunder, dass die ihr Forsthaus so schnell wie möglich an uns verschenken wollen!«
»Kein Wunder, dass hier kein Mensch als Förster arbeiten und wohnen will!«, fügte ich hinzu.
Hans schaute aufs Haus:
»Apropos wohnen, lass uns hineingehen!«
Schon an der Haustür wartete der nächste Schock auf uns. Aus dem Eingang miefte es nach draußen. In den Wohnräumen, falls man das überhaupt so nennen konnte, war an etlichen Stellen durch zum Teil abgerissene Tapeten das Mauerwerk zu sehen. Überall wo wir hingingen staubte es und überall auf den Fußböden des Hauses waren braune, schmutzige Stellen. Von den Decken sowie an zahlreichen Wänden hingen Spinnenweben,

oberhalb des Kamins waren schwarze Rauchflecken, es sah zum Fürchten aus!

Uns reichte es. Wir hatten genug gesehen. An diesem Tag vergaßen wir, dass die Zeit drängte, jene ausgeschriebenen Forststellen zügig anzutreten. Wir spürten regelrecht, wie in uns beiden wegen der unsäglichen Schönfärberei von Sirus und Eura die Wut hochstieg. Hans war mächtig sauer: »Die kriegen von mir was zu hören, denen sag ich ordentlich die Meinung!«
»Das ist kein Haus, das ist ne Schweinerei am Stück«, fügte ich hinzu.
»Komm, lass uns gehen! Bloß weg von hier!«

Bereits als wir das Grundstück der Siedlung betraten, öffneten Eura und Sirus die Haustür. Sie hatten schon damit gerechnet – da Begeisterungsfähigkeit nun mal aus verschiedensten Blickwinkeln betrachtet werden kann –, dass wir nicht lange im Forsthaus bleiben würden.
 »Ich könnte explodieren!«, schrie Hans, der auf Sirus zulief.
 »Das ist das Letzte, das kann es nicht sein!«, rief ich selbst Eura entgegen.
 So angeschuldigt, versuchte Eura nun zu vermitteln:
 »Kommt erst mal rein und setzt euch! Drinnen steht frisch gekochter Zitronentee.«
 Als wir vier drinnen im Haus am Esszimmertisch saßen, legte Hans los:
 »Seid ihr besoffen, das ist kein Wald, das ist ne Zumutung!«
 »Im ganzen Haus«, ergänzte ich, »ist Staub und Dreck, sind kaputte Tapeten und stinkende Teppiche und wisst ihr was, mir stinkt es auch gewaltig!«
 Sirus schaute uns beide an:
 »Ihr seid wütend, finde ich gut!«
 »Ich platze gleich!«, schrie Hans.
 »Warum tut ihr uns das an?«, fragte ich erschüttert. »Macht euch das Spaß, andere zu quälen? Wir sind beide stinksauer und Sirus amüsiert sich drüber!«
 Eura schaute zu ihrem Mann:
 »Sirus, ich glaube das reicht! Lass uns anfangen! Die beiden haben ein Recht auf die Wahrheit.«

Sirus versuchte nun die Wahrheit aus vetischer Sicht zu schildern:
 »Wut zu sehen ist immer gut! Sie zeigt, wenn sie ausbricht, den Schwach-

punkt eines Menschen, der sich ab diesem Zeitpunkt selbst aufgibt, anstatt über sich hinauszuwachsen. Zu dieser Zeit ist zwar noch genug kreatives Leistungsvermögen, mit dem man Probleme aller Art bewältigen könnte, vorhanden, wird aber nicht mehr abgerufen. Dies wird vom Betroffenen auch gar nicht mehr wahrgenommen, da eine cholerische Überemotion alles überstrahlt! Ihr beide seid nicht viel besser. Seht viel zu viel von einer einseitig emotionalen Sichtweise! Dazu steckt in euch eine tief geprägte Einbildung, nichts am Tag kann schnell genug gehen. Das hat Maro schon im Raumschiff festgestellt. Ihr müsst in neuen Lebensaufgaben neue Chancen sehen! Ihr müsst erkennen, dass ihr vieles eigenständig mit Kreativität verändern könnt. Hans, dieser Wald bietet neue, echte Chancen, völlig Neues zu erfinden. Ruth, in einem bereits eingerichteten Haus will man nichts mehr verändern. Sieh es positiv! Erfinde mit deiner Kreativität ein neues Design für Wände und Fußböden. Kitzle dabei alles aus dir heraus, sodass dir viele neue Ideen in den Sinn kommen können!«

Jetzt übernahm Eura den nächsten Part des Gesprächs:

»Tut mir leid wenn es hart klingt, aber ihr seid nicht auf der Vetos, um Urlaub zu machen. Ihr wisst bereits, dass eine Reise von der Vetos zur Erde und zurück sehr teuer ist. Da muss schon was bei rauskommen. Für den Präsidenten, für die Jury, für uns alle! Wir wollen euch beobachten und sehen wie ihr arbeitet, wie flexibel und einfallsreich ihr seid, ab wann euer Wutpunkt ist, wo einer alles hinwirft und ob die Jury etwas daran verbessern kann. Die Jury möchte zudem feststellen, wie schnell ihr mit neuer vetischer Technik, mit vetischen Menschen, die eine andere Lebenseinstellung haben und mit der Vetos selbst, die ganz andere Umweltbedingungen hat, zurechtkommt.«

Keine Ahnung, ob die uns verzaubert oder nur eingelullt haben, aber von da an wollten wir mit Schwung und Elan an unsere neuen Aufgaben herangehen. Eura holte nun eine Landkarte und legte sie auf den Tisch. Dort war, neben der Stadt Alos, die Großstadt Galaxia eingezeichnet, mit zahlreichen, umliegenden Waldgebieten. Eura tippte mit ihrem Finger auf solch einen eingezeichneten Wald:

»Genau dort ist vor einiger Zeit ein Feuerball eingeschlagen.«

Ich (Ruth) zog meine Stirnfalten hoch. Obwohl mir als Lehrerin der Name Feuerball schon mal zu Ohren gekommen ist, konnte ich diesen Begriff an dem Tag nirgendwo einordnen.

Eura sah es mir an, schaute rüber:

»Ruth«, sagte sie, »ich erklär es dir. Ein Feuerball ist um einiges größer als eine Sternschnuppe. Manche dieser kosmischen Felsbrocken sind so groß, dass sie ein ganzes Auto vollständig zertrümmern können. Aber eine Katastrophe lösen einschlagende Feuerbälle nicht aus.«

»Oder etwa doch?«, warf Hans ein.

»Wissen wir nicht«, fuhr Sirus fort, »niemand kann es mit Bestimmtheit sagen. Trotz eingehender Untersuchungen fanden unsere Wissenschaftler keine schlüssige Erklärung, warum ausgerechnet im Einschlagsgebiet die ersten Vetoskiefern von mutierten Holzkäfern befallen und später völlig zerfressen wurden. Mittlerweile können wir mindestens ein Drittel unserer Vetoskiefern verloren geben. Und bisher haben wir noch kein wirksames Mittel gegen diese alles zerstörerische Plage gefunden.«

»Kommt schon, Hans und Ruth!«, feuerte Eura uns an. »Erdlinge haben völlig neue, völlig gute, uns völlig unbekannte Ideen. Nur Mut! Gebt den Holzviechern den Rest!«

Trotz unseres neuen Engagements blieb das alte Problem weiterhin bestehen, obwohl wir ja Erdenbürger mit neuen »geerdeten« Ideen sein sollen. Egal was auch für Giftstoffe, teils durch uns allein, teils mithilfe vetischer Chemiker kreiert wurden, immer wieder bildete ein gewisser Prozentanteil Holzkäfer Resistenzen gegen das eingesetzte Gift. Jedes Mal, nach kurzer Zeit eines anscheinenden Erfolgs, vermehrten sich diese Holzviecher wieder so schlagartig, dass alle Bäume von diesen »neuen« Holzkäfern übersät waren.

An einem milden Frühlingsabend saßen wir beide auf der Terrasse. Hans blickte mich enttäuscht an:

»Ich schaff das Ganze einfach nicht, ich habe alles ausprobiert, was geht!«

Ich (Ruth) saß nachdenklich in meinem Balkonstuhl. Plötzlich schoss mir eine Idee durch den Kopf. Ich blickte zu Hans auf:

»Du hast eben nicht alles ausprobiert, was geht!«

»So, was denn?«, fragte er.

»Nimm Kiefern von der Erde und pflanz die hier ein! Die Gerbstoffe im Holz unserer Erdkiefern schmecken diesen Holzkäfern bestimmt nicht. Mit anderen Worten, die Holzkäfer lassen von unseren Erdkiefern ab.«

Die Vetoskiefern wären zwar, bei diesem Vorschlag, für immer verloren, aber trotzdem kam mein Einfall bei Hans so gut an, dass er für den Rest des Abends mit mir rumknutschte. Dieses ewig andauernde Problem war für uns beide nun endgültig gelöst.

Am nächsten Tag machte sich Hans auf den Weg zur Jury, um seine optimale Lösung der »Kiefernrettung« vorzutragen. Die Bäume der Erde konnten zwar mit den Vetossen keinen mündlichen Siedlungsvertrag abschließen, aber die brauchte man schließlich nur auszubuddeln. Und außerdem sollten sie, auf der Vetos angekommen, schon um einiges länger als nur sechs Erdmonate überdauern! Doch dies erforderte schon wieder einen neuen Flug zur Erde. Als Hans durch die Eingangstür der Jury ging, schickte man ihn unten bei der Rezeption eine Treppe höher in den Forschungsraum für zusammengeschlossene Denkweisen, (rationelle Fusion). Eudo blickte voller Zweifel über seinen Bürotisch:

»Wer weiß, ob der Präsident dies durchsetzen kann?«

Hans versuchte Eudo zu überzeugen:

»Wieso, ging doch bisher auch!«

»Wir haben aber bald eine Wahl und die Bevölkerung verlangt langsam nach Ergebnissen«, erklärte Eudo.

»Erdkiefern liefern gute Ergebnisse!«, bekräftigte Hans.

»Schulden liefern aber auch Ergebnisse!«, setzte Eudo nach. »Der Etat für Missionsflüge ist derzeit aufgebraucht. Ich kann nichts versprechen. Trotzdem ein guter Vorschlag von dir. Mach vorerst deine Arbeit als Förster weiter! Falls sich was Neues ergibt, werde ich mich bei dir melden.«

Wieder zu Hause, schaute mich Hans mit einem trüben Gesicht wie drei Tage Regenwetter an.

Ich versuchte, meinen Mann aufzubauen:

»Du musst Geduld haben, Hans! Manchmal geschehen Dinge, mit denen keiner zuvor gerechnet hat!«

»Die aus der Jury sagen, ich soll als Förster mit meiner Forschung weitermachen«, fügte er trostlos hinzu.

»Na und!«, sagte ich. »Dann inspizieren wir eben den ganzen Wald.«

Es war ja nur von »weitermachen« die Rede und da dies nun mal ein dehnbarer Begriff ist, unternahmen wir beide am nächsten Tag einen ausgedehnten Waldspaziergang, zumal sonniges Wetter dazu einlud.

Schon einen Tag später kamen gute Neuigkeiten. Recht früh am Morgen klingelte unser Telefon. Eudo meldete sich am anderen Ende der Leitung:
»Wir haben eine Lösung gefunden«, sagte er zu mir, »schick deinen Mann sofort vorbei!«
Als Hans das hörte, sprang er vor Freude hoch und beeilte sich, um schnell loszukommen.
Nachdem Hans in der Jury angekommen war, sah er Eudo völlig aufgeregt ins Gesicht. Eudo selbst machte einen gelösten, entspannten Eindruck:
»Unsere fünf Gelehrten haben unserem Präsidenten einen Vorschlag gemacht. In Kürze soll ein Missionsflug zu Phobos starten!«
»Phobos, das ist doch unser Marsmond!«, sagte Hans. »Da wachsen keine Bäume!«
»Nun mal langsam«, betonte Eudo, »von Phobos aus ist es nur ein kleiner Weg zur Erde, fast nicht erwähnenswert! Dort werden die Astronauten aus der Begleitmannschaft hinfliegen und Kiefern aus einem Wald ausbuddeln. Bis die wieder zurückkommen, ist die Hauptmannschaft mit ihrer Arbeit, auf dem Mars längst fertig.«
»Was für eine Arbeit?«, fragte Hans neugierig.
»Tut mir leid, Hans«, sagte Eudo, »das ist streng geheim! Ich selbst weiß Bescheid, doch ich musste meinem Boss versprechen, keinem davon zu erzählen.«
Jetzt wurde Hans erst recht neugierig. Um mehr zu erfahren, fiel ihm gleich eine weitere Frage ein:
»Und wo kommt auf einmal das ganze Geld her?«
»Zu einem Teil von der Stiftung der fünf Gelehrten, zum anderen Teil ließ sich doch noch was vom Staat auftreiben«, räumte Eudo ein.
»Aha!«, rief Hans erstaunt. »Also doch!«
»Unsere fünf besten Wissenschaftler sind bei der Bevölkerung hoch angesehen«, gab Eudo zu, »und wenn die eine gute Idee haben …«
»Dann geht da was!«, ergänzte Hans lachend.

☽

In diesen Tagen begann für Thomas die angenehmste Zeit auf der Vetos. Da die Vetos, im Gegensatz zur Erde, nur einen Sechzehn-Stunden-Tag hat und Thomas daher schon frühmorgens losmusste, durfte er bei den Forstleuten frühstücken. Nach Thomas' Meinung beginnt ein guter Tag mit einer guten Tasse Kaffee und Honigbrötchen mit dicker Butter. Und da sich alle drei am Frühstückstisch in dem Punkt schon längst einig waren, hatte jeder Start in den Tag einen guten Anfang. Schon allein, weil das lästige Dauerlaufen entfiel! Schließlich bewegte sich Thomas draußen an der frischen Luft. Und fachsimpeln konnte er auch reichlich. Bei Thomas' Hang zu Naturwissenschaften war es eine Kleinigkeit, mit einer Lehrerin und einem Wissenschaftler Informationen in Sachen Baumkunde auszutauschen. Es wurde für Thomas die tiefgründigste Zeit, in der er vieles hinzulernen konnte. Es kamen aber auch immer mehr Erfolgserlebnisse seiner praktizierten Arbeit hinzu. Doch nicht nur das! Die Rechnung mit den Erdkiefern ging auf. Es war in der Tat so, wie Ruth vorhergesagt hatte. Thomas freute es, denn dies lieferte endgültig den Beweis. Seinen persönlichen Beweis, dass die Erde gemeinsam mit der Vetos ein auf ewig verbundenes großes Ganzes bilden sollte. Unbedingt!

Thomas blühte richtig auf. Sprühend vor Begeisterung erzählte er in seiner Gastfamilie von den Erlebnissen seiner Arbeit. Von etlichen seiner eigenen Vorschläge, die er, aufgrund seiner mittlerweile erweiterten Naturkundekenntnisse, einbringen konnte und die zum Teil Verwendung fanden. Er fühlte sich im Verbund der Forstleute sehr wohl.

Doch was Thomas damals nicht bewusst war, ist der Grundsatz, dass Vorteile manchmal auch Nachteile verbergen können! Alle drei aus seiner Gastfamilie zogen nämlich aus Thomas' Aussagen folgenden Schluss:
Thomas hat sich auf der Vetos gefangen. Im Gegensatz zu seiner Arbeit auf der Erde sieht er sich als Person, die in einem Team wahrgenommen wird. Nicht zuletzt deshalb trägt er zu Fortschritten einer angestrebten Arbeit mit seiner Arbeitskraft bei.

Die drei der Gastfamilie waren mit Thomas sehr zufrieden, da selbst sein Dauerthema, die nie enden wollende Fusion seiner Erde mit der Vetos zu einem unvorstellbaren, märchenhaften, ewigen Verbund, in den Hintergrund trat. Kurze Zeit später, als Sirus eines Mittags mit Eura und Wega am Tisch saß, gab er seinen bereits gefassten Entschluss bekannt:
»Demnächst können wir mit unserem Plan beginnen!«

Eura und Wega erklärten sich ohne Zögern damit einverstanden, denn alle drei hatten mit Thomas noch Entscheidendes vor.

Eine Gastfamilie hat – nicht zuletzt auf Beschluss der Jury – mehr Aufgaben, als nur den Weg neu ankommender Außerirdischer in eine unbekannte, noch zu erforschende Welt zu ebnen. Ziel aller Vetossen ist es, dafür zu sorgen, dass jeder außerirdische Neuankömmling seinen individuellen Weg – dazu dient ja die rationelle Fusion – zu sich selbst findet. Diese vetische Fusion ist nichts anderes als eine Bündelung einzelner geistiger, sowie körperlicher Tätigkeiten, um eine bestimmte Arbeit zu einem erfolgreichen Abschluss zu bringen. Genau dafür interessiert sich ja die Jury! Die Vorstellung, während eines halbjährigen, tollen Urlaubs zwischendurch mal ein kleines Praktikum zu machen, um sich selbst sowie allen anderen um einen herum, den hart arbeitenden Menschen vorzugaukeln, ist ein Holzweg, auf dem höchstens Erdlinge entlangwandern!

Auf Thomas umgemünzt bedeutete dies Folgendes:
Thomas kommt mittlerweile auf der Vetos auch mit den Vetossen gut zurecht. Endlich ist es ihm gelungen, seine ewigen Selbstzweifel – er sei den Anforderungen eines Arbeitsalltages nie und nimmer im Leben gewachsen – ein für alle Mal abzulegen. Ab jetzt kann er für sich selbst sorgen und die Gastfamilie verlassen. Seinen eigenen Weg finden! Einer Arbeit nachgehen, die ihm Freude bereitet und in der er sich sinnvoll einbringen kann. Außerdem näherte sich sowieso die Arbeit mit den Erdkiefern ihrem Ende. Aber Thomas wusste von all dem nichts. Dachte, er könne auf ewig in der Gastfamilie wohnen bleiben und tagsüber, so wie es ihm gefällt, hier und da, mal ein bisschen arbeiten.
Schon die folgende Nacht war anders als sonst. Thomas schlief schlecht, wälzte sich unruhig umher, wachte zwischendurch immer wieder auf. Es war die Nacht der drei Monde. Alle Monde standen nur in geringem Abstand voneinander – fast an der gleichen Stelle – und schienen durch das Fenster seines Gästezimmers. Thomas hätte zwar den dicken Vorhang zuziehen können, wollte dies aber nicht. Wenn er das Fenster nicht auf Kipp stellen konnte, ohne dass etwas davorhängt, war es ihm zu stickig und das hätte fast denselben Effekt gehabt. Früh am Morgen ging er wieder, wie gewohnt, zum Förster. Als Thomas, der ziemlich gerädert – der Nacht

sei Dank – dort ankam, war er ziemlich froh, als Hans ihm auf dem Hof folgenden Satz zurief:

»Ist nicht mehr viel zu tun, mal sehen, was danach kommt!«

Die eingepflanzten Erdkiefern wuchsen im Vetosboden gut an, entwickelten sich prächtig, was auch daran lag, dass Hans, Ruth und Thomas mit Elan an die Sache herangegangen waren. An diesem Tag wanderten alle drei durch den Wald, betrachteten den Zustand einzelner Bäume, diskutierten darüber ausgiebig und nannten das Arbeit.

Als Thomas von seiner Arbeit zurückkam, traute er seinen Augen nicht. Sirus und Eura hatten in der Zwischenzeit sein Zimmer ausgeräumt, all seine Sachen standen bereits in einem Koffer gepackt auf dem Flur.

»Was soll das?«, fragte Thomas unangenehm überrascht, obwohl er längst ahnte, was dies zu bedeuten hatte.

Nun erzählten ihm die drei seiner »Noch-Eingewöhnungsfamilie« vom nächsten Programmpunkt für Thomas. Dieser weitere, vetische Programmpunkt läuft unter der Bezeichnung:

Aussteuerung in ein eigenes, selbstbestimmtes Leben!

Als Thomas das hörte, musste er sich erst mal setzen und trank in einem Zug ein ganzes Glas Tomatensaft aus, obwohl er nicht besonders auf Gemüsesäfte steht. Wega schaute erwartungsvoll zum staunend schweigenden Thomas:

»Wenn du so für uns bist, wie du vorgibst, dann musst du auch zustimmen!«

Das Schlimme ist, dass dieser Programmpunkt völlig zu Recht zur Lebensplanung eines Erdenbürgers dazugehören muss, der auf der Vetos zu Gast ist. Thomas konnte dem nur zustimmen, egal wie ihm zumute war, sonst hätte er sich selbst zum Affen gemacht! Und niemand hätte dann Thomas noch für voll genommen. Schweren Herzens entschloss er sich zum Umzug ins Forsthaus, zu Hans und Ruth, dort, wo er doch so gern gewesen ist!

Im Forsthaus ist eine Dachwohnung, die zu der Zeit noch unbewohnt war. Hans und Ruth lehnten es zuerst ab, diese Mansardenwohnung in ihrem hübsch hergerichteten Haus – sie bekamen es ja selbst kürzlich als Geschenk – an Thomas weiterzuverschenken und noch dazu hin und wieder auf ihn aufzupassen. Doch die emsigen Überredungskünste von Maro,

Satina, Vennia und nicht zuletzt von Nepon stimmten die beiden abermals um.

An dieser Stelle ist noch etwas richtigzustellen:
Alle Erdenbürger, mit denen Thomas sprach, redeten davon, die Vetossen hätten ganze Häuser oder halbe Stadtschlösser verschenkt. Und als Gäste der Vetossen hätten Erdenbürger einen Anspruch auf freie Kost, einschließlich Taschengeld. Das steht so nie im Siedlungsvertrag drin! Eben Gesagtes gilt nur für denjenigen und nur solange, wenn alle Programmpunkte des Siedlungsvertrags korrekt eingehalten werden! Erster, wichtiger Punkt:
- Jeder Erdling hat selbstständig dafür zu sorgen, sich gesund zu halten und alles zu tun, um niemanden anzustecken.

Zweiter wichtiger Punkt:
- Jeder Erdling hat sich so weiterzuentwickeln, dass er ein eigenes, selbstbestimmtes Leben führen kann.

Daneben gibt es noch ein paar andere, jedoch weniger wichtige Punkte. Bei Vertragsverletzungen des Siedlungsvertrags werden von der Jury unverzüglich Strafmaßnahmen eingeleitet. Die Jury versagt Erdlingen alle im Vertrag stehenden Dienstleistungen, wenn:
- Jemand wie Rex ärztliche Untersuchungen verweigert.
(Außerdem wissen wir von Rex, was dann noch für eine Zusatzstrafe folgen wird.)
- Jemand, der nicht arbeitet, an keinen Befragungen mit der notwendigen Ernsthaftigkeit teilnimmt oder den Befragungen ganz fernbleibt.

Sind Strafmaßnahmen gegen einen Erdling eingeleitet worden, kann der Bürgermeister einer Stadt Ersatzleistungen gewähren. Die Stadt Alos würde folgende Ersatzleistungen einbringen, wenn das Fehlverhalten eines Erdlings zum Versagen von Dienstleistungen seitens der Jury geführt hätte:
- Jemand, der keine Leistung mehr erhält, darf aus humanitären Gründen ins Armenhaus der Stadt Alos ziehen. Zurzeit hausen im Armenhaus einige wenige, extrem arbeitsscheue, oft alkoholisierte Vetossen. Die Bewohner des Armenhauses werden, einzig aus sozialen Gründen, mit Armenspeisen versorgt. Dadurch wird im Vorfeld aufkeimende Kriminalität verhindert, was gegenüber den arbeitenden Vetossen ja recht sozial ist!

Nachdem Thomas bei Hans und Ruth in die Mansardenwohnung eingezogen ist, musste er sich von der Jury Arbeit geben lassen. Da er sich während der bisherigen Zeit schwer damit tat, die vetische Sprache zu erlernen, kamen für ihn nur einfache Arbeitstätigkeiten infrage. Meistens handelte es sich dabei um Abrufarbeiten verschiedenster Art, die der Jury von verschiedenen Kunden telefonisch mitgeteilt wurden. Da Thomas kaum vetisch sprechen konnte, übernahm die Jury die Arbeitsvermittlung, so ähnlich wie es Zeitarbeitsfirmen bei uns auf der Erde tun. Als erstes standen leichte Gartenarbeiten an wie Rasenmähen oder bei der Obsternte helfen. Später folgten Putz- und Reinigungsarbeiten, darunter auch im Krankenhaus der Stadt. Es standen aber auch andere Dienstleistungen an.

Thomas packte an der Ladenkasse eines Supermarkts, Lebensmittel und Non-Food-Artikel in Papiertüten ein, nachdem die über ein Laufband von einem dreidimensionalen Scanner registriert worden waren. Bei dieser Gelegenheit sollte er gleich seine dürftigen, vetischen Sprachkenntnisse aufbessern. In jedem der vetischen Supermärkte gibt es auch eine Kasse für Bargeld. Damit beispielsweise auch Kinder dort einkaufen können. Doch auf der Vetos gibt es nur Münzgeld, keine Geldscheine. Für größere Beträge ist ja die Geldkarte da. Die Münzen zum Bezahlen der Waren sehen allesamt braun aus. So wie Schokolade für Kinder. Vielleicht alles ein Zufall. Vielleicht aber auch nicht!

Thomas machte bei seiner neuen Lebensaufgabe zwar mit, gab sich bei den unterschiedlichen Helfertätigkeiten erkennbar große Mühe, aber man sah es ihm schon an der Nasenspitze an, dass ihm diese Hilfsarbeiten einfachster Art nicht sonderlich zusagten. Nach Feierabend war Thomas in sich gekehrt, hielt sich stundenlang in seiner Mansardenwohnung auf, um, wie er sagte, Tagebuch zu schreiben. Und wenn er mal nach draußen ging und jemanden traf, dann redete er nur kurz mit ihm. Stattdessen unternahm er lange Streifzüge und grübelte dabei stundenlang auf Parkbänken rum.

Natürlich wurden und werden alle Erdlinge, was aber außer der Jury, dem Bürgermeister und den Präsidenten kaum einer weiß, heimlich von Leuten, eben aus dieser Jury, beobachtet. Die Vetossen wollen doch in »Echtzeit« sehen, wie sich die Erdlinge bereits an ihre neue Lebenssituation gewöhnt haben. Die besondere Art, wie sich Thomas zu der Zeit verhielt, wurde seiner ehemaligen Gastfamilie mitgeteilt.

Sirus, Eura und Wega saßen wieder am Tisch, da sie sich aufs Neue über Thomas unterhalten mussten, zumindest dann, wenn sie auch weiterhin eine kontaktstiftende Eingewöhnungsfamilie – so die offizielle Bezeichnung – für neue Außerirdische bleiben wollten!

Sirus begann das Gespräch:
»Thomas läuft Gefahr, wieder zurückzufallen! Was können wir dagegen tun?«

Dazu eine kleine Anmerkung:
Der labile Gemütszustand, den Thomas kurz vor Reiseantritt hatte, wurde seiner Gastfamilie bereits ausführlich mitgeteilt. Alle Familienmitglieder wollten, schon von Beginn an, Thomas nach Kräften bestmöglich weiterhelfen, neue Wege zu finden und zu gehen.

Eura wirkte besorgt:
»Ohne neuen Schwung wird's wohl nicht besser werden!«, sagte sie und schaute dabei auffällig zu Wega.

Wega ahnte, dass Ungemütliches auf sie zukommen wird:
»Oh nein!«, rief sie und verdeckte sich mit beiden Händen ihr Gesicht.
»Wega, bitte!«, appellierte Eura. »Thomas hält große Stücke auf dich!«
»Zu große Stücke, wie ich meine!«, antwortete Wega.

Es brauchte lange Zeit und viel Geduld, sie zu überreden, sich mit Thomas zu treffen. Wega sieht sich nur als eine Betreuerin, nicht als Freundin von Thomas!

Kapitel 9
Für die Seele

Es war wieder einmal Feierabend und Thomas hatte sich, wie etliche Tage zuvor, in seine Wohnung zurückgezogen, die langsam zu einem Schneckenhaus verkam. Aber Thomas saß nicht nur rum und starrte die Wände an. Er saß am Schreibtisch, vor ihm sein Tagebuch und schmiedete Pläne für seine Zukunft. Thomas wollte ein gutes, genaues Tagebuch schreiben. Daher berechnete er zurzeit die Zimmertemperatur mithilfe eines vetischen Grillthermometers. Dazu nahm er ein Stück Pappe und klebte dort dieses Grillthermometer auf, dass eigentlich dazu gedacht ist, um die Temperatur von Grillfleisch zu kontrollieren. Dann klemmte er sich die Pappe mit Grillthermometer unter seinen Arm. An der Stelle, wo die rote Flüssigkeit im Röhrchen stehen geblieben ist, zeichnete er einen Strich auf die Pappe. Danach steckte er dieses auf der Pappe klebende Thermometer in einen Becher, den er zuvor mit Eiswürfeln randvoll gefüllt hatte. Nun wiederholte er den Vorgang, zeichnete also erneut einen Strich auf die Pappe. Nachdem dies erledigt war, fertigte er eine komplette Skala mit einer selbst gezeichneten Gradeinteilung an. Zur Selbstkontrolle tauchte er das Thermometer für kurze Zeit in kochendes Wasser und schaute dann auf seine selbst gezeichnete Skala. Thomas hatte alles richtig gemacht, denn die Flüssigkeit im Röhrchen stand genau dort, wo er die Hundert-Grad-Marke eingezeichnet hatte. Für ihn war es wichtig, endlich die korrekte Raumtemperatur seines Zimmers, die ziemlich genau bei zwanzig Grad Celsius lag, für sein Tagebuch zu ermitteln.

Auf einmal klingelte es unten bei Hans und Ruth. Thomas horchte auf. Eigentlich wollte er schon seit Tagen draußen vor der Tür eine Klingel für seine eigene Wohnung anschrauben. Doch dafür blieb bisher nie Zeit. Thomas hatte am Feierabend viel wichtigere Aufgaben zu erledigen, wie etwa Raumtemperaturen für ein korrektes Tagebuch zu ermitteln.

Hans eilte vom Flur die Treppe hinauf, kam in Thomas Zimmer. Voller Freude über den gegenwärtigen Besuch schaute er zu Thomas:

»Möchtest du mit jemandem rausgehen, Thomas?«, fragte Hans vorsichtig nach.

Thomas gab sich, wie gewohnt, gelangweilt:

»Och, ich glaube nicht, ich hab noch zu tun!«

Doch jetzt strahlte Hans richtig, als wäre der Besuch für ihn persönlich:

»Wega ist da!«

»Was, Wega ist da, ich bin schon unterwegs!«, gab Thomas postwendend als Antwort.

Im Nu rannte er, passend angezogen, die Treppe herunter und kam nach unten in den Flur.

»Hallo Wega«, grüßte er.

»Hallo Thomas«, grüßte Wega zurück, »sollte eine Überraschung werden!«

Thomas strahlte:

»Die ist dir gelungen, Wega.«

Wenig später zogen beide los, in Richtung Stadt. Nachdem ein kurzer Regenschauer durchgezogen war – Thomas musste sich mit Wega den Regenschirm teilen, da er selbst keinen mitgenommen hatte –, wurde draußen herrliches Wetter. Die Sonne kroch langsam hinter den Wolken hervor. Und obwohl die Vetossonne einige Lux schwächer leuchtet als unsere Erdsonne, strahlte hinten ein mächtiger Berg in Goldfarbe. Thomas schaute wie gebannt dort hin:

»Glänzt wie Gold!«

»Glänzt nicht nur wie Gold, ist auch Gold«, erklärte Wega.

»Waaas?«, fragte Thomas mächtig erstaunt. »Du, da müssen wir unbedingt hin!«

Die beiden machten einen Schlenker zum Berg. Und je näher sie kamen, umso mehr strahlte das Golderz im Sonnenlicht, jedenfalls für Thomas! Als beide unmittelbar vor diesem Berg standen, nahm Wega einen größeren Gesteinsklumpen dieses Berges und reichte ihm zu Thomas herüber:

»Ist alles Gold, sieh selbst!«

Thomas schaute auf den Klumpen und konnte es kaum fassen:

»Aber wieso …?«

»Der Erzanteil ist zu gering, um den herauszulösen«, redete ihm Wega dazwischen, »das rechnet sich nicht!«

Thomas war immer noch ungläubig:

»Das hier ist nur eine Abraumhalde?«

»Ja, ganz genau«, bestätigte ihm Wega. »Unsere Bergleute fördern überall auf der Vetos Goldgestein mit weitaus höherem Erzanteil zutage.«

Um diese Erleuchtung der besonderen Art reicher geworden, ging's nun in Richtung Stadttheater. Alle Vetossen, mit denen Thomas des Öfteren zu tun hatte, haben schon längst bemerkt, dass sich Thomas für Kreatives und Schöngeistiges begeistern lässt.

Nach einer kurzen Besichtigung der Räumlichkeiten des Stadttheaters führte der Theaterregisseur Thomas auf die Bühne:
»Sprich uns irgendetwas vor, was immer dir auch einfällt, Thomas! Wir am Theater verstehen deine Sprache.«

Thomas, anfangs vom Lampenfieber gepackt, schaute sich nervös um. Suchte den ganzen Saal nach irgendetwas ab, schaute überall hin. Weit vor ihm, unter der dunklen Decke des weiträumigen, hohen Saals, hingen einige Scheinwerfer, die auf die Bühne leuchteten. Davon inspiriert fielen ihm ganz plötzlich Sätze ein, die er zu Versen formte:
»Am Himmel droben, bei dunkler Nacht,
ein Stern, er leuchtet, in voller Pracht.
Es ist, ich sag es voller Wonne,
eine unsrer Nachbarsonne.
Dort leben Menschen, wie du und ich,
und eines Tags, da sieht man sich.
Und ist der Weg auch noch so weit,
wir werden Freunde, durch Raum und Zeit!«
Nach diesem Gedicht wurde Thomas, der sowieso engagiert worden wäre, selbst wenn er nur seinen Namen gesagt hätte, vom Fleck weg als Komparse eingestellt. Ursprünglich gab es seitens der Jury einen Deal mit dem Stadttheater. Die Leute vom Stadttheater sollten Thomas irgendeine Beschäftigung geben, um ihn wieder richtig aufzubauen. Aber so war's noch besser. Thomas hatte sich die Komparsenstelle aus eigener Kraft ehrlich verdient.

Am nächsten Tag gab es wieder herrlichen Balsam für die Seele zu erspüren. Diesmal wollte Wega, gemeinsam mit Thomas, das Museum für

Luft- und Raumfahrt besichtigen, dort, wo bereits einige ausgemusterte »Ufos« stehen.

Bereits kurz nach Feierabend war Thomas so aufgewühlt, dass er, nachdem Wega ihn abgeholt hatte, mit ihr zusammen regelrecht in die Stadt eilte. Wega hatte gar keine Chance mehr, auf dem Weg dorthin mit Thomas über irgendetwas anderes als über Raumfahrt zu reden.

Endlich im Luftfahrtmuseum angekommen, eilte Thomas sofort zur »Ufo-Ecke« des letzten Ausstellungsraumes.

Unmittelbar vor einer monströsen und bereits technisch veralteten, »fliegenden Untertasse« blieb er wie angewurzelt stehen und strahlte sie an. Thomas betrachtete dieses Flugobjekt von allen Seiten, konnte sich kaum sattsehen. Wega hatte dies befürchtet, stand mittlerweile ziemlich gelangweilt neben ihm.

»Faszinierende Schönheit!«, sagte Thomas zu ihr. »Aber wieso haben eure Raumzubringer eigentlich kreisrunde Formen, ähnlich einer auf dem Kopf stehenden Suppenschüssel?«

Um die Frage zu beantworten, begann Wega über die allgemeine Entwicklungsgeschichte des »Ufos« zu erzählen:

Anfangs gab es auch bei uns nur Raketen. Dann kam von Siro die verbesserte Antriebstechnik für Raumfahrzeuge, wie dir bereits bekannt ist. Nun wurden Geschwindigkeiten erreicht, die eine völlig neue Aerodynamik erforderlich machten. Schon kurz nach dem Start erhitzten sich gewöhnliche Raketen – in der Zeit zu Testzwecken unbemannt – so stark, dass es kaum noch möglich war, mit ihnen in den Weltraum zu reisen. Jetzt schlug die Stunde der Techniker und Ingenieure. Als erstes wurden Computerprogramme zur Berechnung neuer Bauformen entwickelt. Das Endergebnis zahlreicher Computeranalysen war:
- Ein schwebender Flügel ohne Ecken und Kanten. Jedenfalls kam dieser Vorschlag in genau diesen Worten, von sprechenden Computern.

Daraufhin besuchte ein Techniker für Raumfahrt seinen Freund und Arbeitskollegen in dessen Haus. An diesem Tag waren auch Frau und Kinder dieses Arbeitskollegen anwesend. Die Kinder konnte man vom Speisezim-

mer aus beobachten, wie sie auf dem Rasen mit einer runden Plastikscheibe Frisbee spielten. Da bereits kurze Zeit später das Mittagessen auf dem Tisch stand, rief die Frau des Arbeitskollegen beide Kinder rein. Drinnen schaute der Familienvater zu seinen Kindern und grübelte rum:
»So, so, ein schwebender Flügel, ohne Ecken und Kanten«, er sprach mit sich selbst.
Dann ließ er sich vom Sohn eine Frisbeescheibe herübergeben. Er hielt sie hoch, genau in Gesichtsnähe und schaute zum Kollegen:
»Wie wär's hiermit? Dieses Ding erfüllt doch die Vorgaben der Computeranalysen!«
»Ob das fliegt?«, fragte sein Arbeitskollege, der zu Besuch war.
»Warum nicht? Meine Kinder lassen es bereits fliegen!«, antwortete der Familienvater.

Dieser Vorschlag wurde später so aufgegriffen und kurz darauf begannen die Ingenieure in den Forschungshallen für Weltraumfahrt mit ihren bisherigen Kenntnissen über Flug- und Raketentechnik die allererste fliegende, reisetaugliche Weltraumscheibe zu bauen. Dann fanden erste Testläufe statt. Man war ziemlich angespannt, da andere Forschergruppen Raumfahrzeuge mit ganz anderen aerodynamischen Bauformen, entwickelt hatten. Doch diese kreisförmige Raumscheibe zeigte bei allen Testläufen stets die besten Ergebnisse. Sowohl beim Start vom Boden aus als auch beim Wiedereintritt in die Vetosatmosphäre.

Jedoch reichte eine ausgeklügelte, aerodynamische Bauform für Langstreckenreisen bei Weitem nicht aus. Bei neuen, längeren Testflügen durch den Weltraum traten neue Probleme auf! Während solcher Flüge entstanden schnell Verbeulungen am ganzen Flugkörper. Schon kleinste Staubkörner reichten aus, um bei diesen nun erreichbaren, hohen Fluggeschwindigkeiten verheerende Auswirkungen anzurichten. Um dieses Problem endgültig zu lösen, wurde mithilfe modernster Nanotechnologie ein metallisches Material entwickelt, dass aus einem elastischen Molekülverbund besteht. Dieses neu erfundene Metall zieht sich bei kleineren Verbeulungen, die durch aufprasselnde Staubkörner des Weltalls entstehen können, wieder glatt. Im Groben so ähnlich, wie eure in den Sechzigern erfundenen Nylonstrümpfe, die so formstabil waren, dass sie keine Laufmaschen zogen. Da dieses Zurückbeulen ungefähr den Bewegungen einer Ziehharmonika entspricht, sprechen wir bei diesem Material, aus dem unsere heutigen, zukünftigen Raumschiffe gebaut werden, von Ziehharmonikametall.

Aber dies reichte immer noch nicht für weite Weltraumflüge aus. Jetzt hatte man zwar das perfekte Raumschiff gebaut, aber dennoch konnten die Astronauten nicht einmal zu den Vetosmonden fliegen! In so einem Raumschiff sah man einfach nicht weit genug, um mit diesen weitaus höheren Geschwindigkeiten lange, weite Strecken sicher durch den dunklen Weltraum fliegen zu können. In der Vetosumlaufbahn, in etwa vergleichbar mit der Erdumlaufbahn, konnten sich die Astronauten noch an den Umrissen der Vetos orientieren, um einigermaßen sicher zurückzukommen. Das war gerade noch einigermaßen, verbunden mit großen Anstrengungen, zu schaffen.

Aber dann kam endlich die lang ersehnte Erfindung der Supragleiße. Eine komplizierte Technologie, die nicht einfach zu beschreiben ist. Als erstes werden auf engstem Raum mehrere hellbläuliche, grell leuchtende Lichtbögen erzeugt. Ähnlich denen, die bei euch Erdlingen beim Verschweißen von Metallen entstehen.
Mit modernster Computertechnologie werden die vetischen Lichtbögen, bildlich gesprochen, miteinander verwoben. Auf die Weise entsteht eine Art »Laserstrahl«. Mit dieser neu entwickelten Technologie erhält man punktgenau leicht bläuliches, aber extrem helles Licht. Durch ihren Einsatz wurde es endlich möglich, weite Strecken durch den Weltraum zu fliegen. Alternativ kann dieses Licht aber auch, beispielsweise bei nächtlichen Erdmissionsflügen, zur Abwehr einer gegen uns gerichteten Gefahr eingesetzt werden!

Um beim Thema zu bleiben:
Anschließend wurde noch der Katapultstart, von dem du schon mehrmals gehört hast, entwickelt. Für Weltraumreisen eigentlich nicht nötig! Mehrere mittlere Energiepakete werden in kurzer Zeit angereichert. Auch, wenn dieser Vorgang extra Kernenergie kostet! Ein daraus entstehendes riesiges Kraftpaket wird nach Erreichen einer bestimmten Energiedichte per Hebelbewegung des Piloten, katapultartig hinausgeschleudert. Mit folgendem Endergebnis:
Es entsteht eine fast explosionsartige, ungeheure Schubkraft. Ein wir-

kungsvoller Schutz vor Feindradaren, ebenso vor feindlichen Abfangjägern. Genau die sind uns schon mehr als nur einmal mit ihren Abfangraketen an Bord sprichwörtlich in die Quere gekommen!

☽

Tags darauf stand ein Treff mit Maro an. Damit Thomas nicht wieder mit butterweichen Erklärungen den Zeitpunkt des Treffs nach hinten verschiebt, besuchte Maro am Vormittag dieses Tages Thomas in dessen Wohnung, um von dort aus zu seinem selbst angelegten Schrebergarten zu gehen. Genau die richtige Gegend, dort kann man in Ruhe bei einer Tasse Kaffee mit Schuss und Honigbrötchen alle möglichen Probleme unserer gemeinsamen Milchstraße durchdiskutieren.

Auf dem Grundstück des Schrebergartens steht, umrandet von einer gepflegten, großen Wiese mit selbst gezüchteten Blumen, ein in Blockhausbauweise errichtetes, großes Gartenhaus. Drinnen rustikal eingerichtet mit einem Tisch sowie Stühlen aus massivem Echtholz. In der Mitte der Wand hängt ein Bärenfell, davor ein einfacher Flitzebogen zur Zierde.

Nach einer zweiten, »würzigen« Tasse Kaffee war Thomas wieder in seinem Element. Sein Lieblingsthema, Erde-Vetos, kam zur Sprache. Aber auch Maro hatte sein Lieblingsthema:
Kosmische Bomben.

Nun stand einer langen, ausgiebigen Diskussion nichts mehr im Wege. Thomas fing als Erster an zu erzählen.
Schon nach wenigen Sätzen schwärmte er wieder, wie schön ein dauerhafter, nachhaltiger Kontakt beider Planeten zueinander wäre. Nur wenige Prozent eingesetzter außerirdischer Technologie, würden das Leben auf seiner Erde entscheidend verbessern! Krankheiten, körperliche Schmerzen würden über Nacht verschwinden, der Umweltschutz auf der Erde hätte endlich mal seinen Namen verdient, außerdem gäbe es, bedingt durch diese Fortschritte, für sämtliche Erdenbürger mehr Kaufkraft, selbst bei einem gleichbleibenden Einkommen!
Thomas wäre wohl endlos ins Schwärmen geraten, doch Maro stellte ihm eine entscheidende Zwischenfrage:

»Was haben wir eigentlich davon, wenn wir euch besuchen?«

Der sonst so lebhafte Thomas verstummte. Zuerst fand er gar keine Antwort. Dann fielen ihm die Erdkiefern ein, die auf der Vetos gut angingen und ihn auf eine Idee brachten:

»Unsere Erdkiefern gehen hier auf der Vetos gut an, ich war selbst dabei, vielleicht können beide Zivilisationen Grünpflanzen aller Art untereinander austauschen.«

War aber nicht wirklich überzeugend, um die Erde den Vetossen schmackhaft zu machen. Zu seinem Glück konnte er noch die mitgebrachten Fliegenpilze nennen. Die Chemiker im Stadtkrankenhaus lösten aus diesen Pilzen einige Substanzen heraus und stellten mithilfe dieser neu gewonnenen Giftstoffe eine synthetische, bewusstseinsverändernde Superdroge her, in ihrer Wirkung »schlimmer« als Kokain! Vor schweren Operationen können daraus hergestellte, angstlösende Tabletten vorab gegeben werden.

»Das sind nur Winzigkeiten«, betonte Maro, »die finden wir auch auf anderen, erdähnlichen Exoplaneten. Neben euch Erdlingen gibt's etliche potenzielle Partnerplaneten. Sodia, zum Beispiel, ist ganz in unserer Nähe!«

Da war sie wieder! Die Angst vor Sodia. Dem erdähnlichen Planeten, der in Konkurrenz zu Thomas' Erde viel zu dicht an der Vetos dran ist! Die Planungen dorthin zu reisen waren auf der Vetos bereits im vollen Gange. Gestützt durch neueste Forschungsergebnisse mehrten sich in letzter Zeit Vermutungen, man könne dort auf eine überaus intelligente Zivilisation treffen.

»Sodia, immer nur Sodia«, stöhnte Thomas, »was ist mit uns? Nehmt uns, Maro! Macht meine Erde zu eurem Partnerplaneten!«

»Genauso wie wir«, ergänzte Maro, »werden wohl andere Zivilisationen da draußen im All nicht wesentlich mehr als nur einen Planeten zu ihrem Partnerplaneten machen wollen. Zumindest für eine lange Zeit. Rechnet man dies im Kopf durch, so finden immer mehr Zivilisationen ihren Traumpartnerplaneten, je mehr Zeit vergeht! Am Schluss bleiben nur noch wenige, alleinstehende Chaosplaneten übrig, die keiner haben wollte oder in Zukunft haben will. Ihr müsst euch also ranhalten, ihr Erdlinge, sonst seid ihr zwar nicht allein im Weltraum, bleibt aber alleingelassen!«

Zur Ehrenrettung seiner Erde wollte Thomas, der schon fast verzweifelte, wenigstens in Bezug auf kosmische Bomben etwas »Intelligentes« vorschlagen. Thomas stellte zum dritten Mal seinen leergetrunkenen Kaffeebecher weg und schaute zu Maro:

»Ich denke gerade über dein Lieblingsthema nach, Maro. Dazu hätte ich eine gute, passende Lösung!«

»Wie sehen alle Erdlinge zusammengenommen das Problem kosmischer Bomben?«, fragte Maro zuerst. »War früher einmal unsere Kernfrage!«

»Fast alle von uns Erdenbürgern sehen überhaupt kein Problem darin«, gab Thomas ehrlich zur Antwort, »schauen einfach weg!«

»Ach so!«, schlussfolgerte Maro. »Bei euch werden große Probleme auf die Art gelöst, indem sie einfach, von fast allen, konsequent ignoriert werden!«

»Ist bei uns so üblich«, ergänzte Thomas, »mit Atombomben …«

»Ich weiß, Thomas«, fuhr Maro ihm ins Wort, »mit Atombomben macht ihrs genauso! Aber was wolltest du vorhin noch vorschlagen?«

»Dein Problem mit kosmischen Bomben, lässt sich doch lösen, zumindest ansatzweise!«, sagte Thomas stolz.

Dann griff er zum Flitzebogen an der Wand. Vor dem staunenden Maro spannte er einen Pfeil und schoss ihn ab.

»Nun pass mal auf!«, sagte Thomas und ließ Maro weiter in Neugierde.

Er nahm einen zweiten Pfeil, spannte abermals damit den Bogen, streckte seine Arme weit nach oben in die Luft, dreht sich einmal um sich selbst und schoss währenddessen den Pfeil ab. Der landete dann irgendwo auf der Wiese, weitab vom ersten Pfeil gelegen. Diesen Versuch mit dem zweiten Pfeil wiederholte Thomas noch dreimal, stets mit gleichem Ergebnis.

»Siehst du, Maro«, erklärte Thomas, »egal, wie oft ich den zweiten Pfeil abschieße, er landet noch nicht mal in der Nähe des ersten Pfeils.«

»Sehe ich, aber was soll das?«, wollte Maro wissen.

Passend zu dieser Vorführung erzählte Thomas vom Nördlinger Ries. Ein Gebiet in Deutschland in dem einst ein gewaltiger Meteorid einschlug. Dieser Meteorid durchschlug das Deckgebirge bis er zum Grundgebirge gelangte. Dabei erzeugte er gewaltige Druckwellen, von der Wirkung Tausender Atombomben. Währenddessen verdampfte der Meteorid. Nachdem ein gewaltiger Krater entstanden ist, federte das Gestein dieses Kraters ruckartig zurück und schleuderte dadurch bedingt zertrümmertes und geschmolzenes Material empor. Später, im Mittelalter, sammelte man solche Bruchstücke des Grundgebirges, um sie als Baumaterial zu nutzen.

Die Kirche von Nördlingen ist beispielsweise zu großen Teilen aus solchen Bruchstücken des Grundgebirges aufgebaut worden.

»Wer dort wohnt, lebt heute sicher!«, betonte Thomas voller Überzeugung.

Maro blieb ratlos:

»Warum das?«

»So einen Zufall, Maro«, sagte Thomas, »dass genau an diesem Ort, irgendwann wieder einmal ein großer Felsbrocken einschlägt, den kann es rein statistisch gesehen kein zweites Mal geben. Niemals mehr!«

Als Maro selbst den Flitzebogen in der Hand hielt – er wollte ihn gerade für eigene »Schussübungen« spannen –, kamen seine Kollegen vorbei und traten an den Gartenzaun:

»Da seid ihr ja, wir haben euch schon gesucht«, rief Mekos.

»Habt ihr beiden Philosophen das Beratungsgespräch bei der Jury vergessen?«, mahnte Urus zur Erinnerung an.

»Nun kommt mit, wir kommen sonst zu spät!«, forderte Vennia die beiden auf.

Zu der Zeit fanden bereits verstärkt Beratungsgespräche gemeinsam mit Erdlingen statt. Mittlerweile waren, nach Meinung des Präsidenten, genug Erdgäste auf der Vetos, um in den Beratungsräumen der Jury viel mehr Erkenntnisgewinne über alles »Erdliche« abzufragen und niederzuschreiben, als bisher geschehen war. Im Zuge dessen sollten noch zahlreiche neue »Erdakten« angelegt werden.

Am Ende dieser Beratungsgespräche kam Maro wieder zurück in seinen Schrebergarten, um in aller Ruhe alles, was noch draußen war, wieder ordentlich an seinen Platz zu stellen. Auf der Wiese seines Gartens beschlichen Maro erste Zweifel an Thomas' Aussage über Statistiken. Maro nahm einen Pfeil von der Wiese, drehte sich, genauso wie Thomas es vorgeführt hatte, einmal um sich selbst und schoss dann diesen Pfeil in die Höhe. Gefolgt von einem kurz danach deutlich hörbaren »Klack«. Neugierig geworden lief er dorthin, wo das Geräusch zu hören war und sah diesmal den zweiten Pfeil gekreuzt über dem ersten liegen.

»Erdlinge!«, protestierte Maro laut vor sich hin. Dann schüttelte er seinen Kopf und brachte anschließend alles, was noch draußen war, wieder ins Gartenhaus.

Etwa zur gleichen Zeit übte sich Thomas in Sachen Selbstfindung. Er schrieb in seinem Zimmer wieder mal intensiv an seinem Tagebuch. Damit diese Texte auch richtig prickelnd werden, unternahm Thomas hin und wieder sporadisch Streifzüge. Dieser Tag war wieder so ein Tag des Selbststudiums, besser gesagt, ein später Abend. Draußen war es schon seit Stunden dunkel, viel zu lange saß Thomas schon am Tisch und »feilte« mittlerweile an seinen beruflichen Zukunftsplänen.

Plötzlich hatte er ganz spontan einen super Einfall, stand auf und machte sich auf den Weg zum Gebäude der Jury. Unmittelbar vor diesem großen Haus blieb er stehen und schaute es von oben bis unten an. Es kam fast einer Huldigung gleich. Da es spät am Abend und somit außerhalb üblicher Sprechzeiten gewesen ist, war die Eingangstür abgeschlossen. Trotzdem sah Thomas von dort viele Fenster, aus denen Licht nach draußen schien. Dass so spät noch gearbeitet wird, fragte er sich ganz erstaunt und wurde neugierig. Leise streifte er an der Wand entlang um das ganze Gebäude. Er wollte ganz genau wissen, aus wie vielen Räumen auf der hinteren Seite des Gebäudes noch Licht scheint.

Oben, in der zweiten Etage der Jury, wo alle Fenster auf Kipp standen, hörte man Blätter, die ums Haus »raschelten«. Nepon ging nach vorn und schaute nach draußen:
»Irgendwer schleicht ums Haus!«
Vennia kam hinzu. Sie erkannte sofort die Silhouette von Thomas, ebenso seine typische Gangart.
»Ich weiß, wer das ist, erkennt man daran, wie der geht!«
»So, wer ist es denn?«, fragte Pulo.
Vennia war zum Scherzen aufgelegt und grinste:
»Das ist die umherwandernde Fusion zweier Planeten!«
Jeder im Raum wusste sofort, wer damit gemeint war.
Eudo schaute vom Schreibtisch hoch:
»Zieht bloß die Vorhänge zu, fehlt auch noch, dass der hier reinkommt!«
»Brauchen wir nicht!«, rief Satina. »Unten ist bereits abgeschlossen.«
»Ein Glück auch!«, kam gleich von mehreren, kurz nacheinander.
Zur der Zeit wurde in der Jury bis spät in die Nacht gearbeitet, ständig hatte jemand neue Einfälle, was noch alles überprüft werden müsse, um

sicher zu sein, dem Präsidenten am Ende sämtlicher Arbeiten die exakt richtigen Beurteilungsbögen über die Erde abgeben zu können.

Da die bisherigen Mitarbeiter »nie« fertig wurden, schickte der Präsident zudem immer wieder neue Leute, die mit dem Projekt »Erde« betraut wurden. Und jeder von denen wollte seinen ultimativ, perfekten Vorschlag einbringen, der selbstverständlich zuvor mit allen Mitarbeitern durchdiskutiert werden musste. Als Endergebnis dieser »Ewigdiskussionen« kamen komplizierte Wahrscheinlichkeitsberechnungen auf den Plan, die unbedingt erforderlich waren, um weiterzukommen! Bald waren alle Räume des Gebäudes komplett von oben bis unten belegt. Selbst die Betriebskantine wurde zum Arbeitsraum umfunktioniert. Überall surrten Drucker, die an zahlreichen Computern angeschlossen waren, mit dem Endergebnis, dass fast jeder eine völlig andere Meinung über Erdlinge hatte!

Kapitel 10

Zeit der Entscheidung

Langsam machte sich Unmut in der Bevölkerung breit. Mit Thomas hatte man bereits sechs Erdlinge als »Gäste« auf der Vetos, doch jetzt kamen die Mitarbeiter der Jury überhaupt nicht mehr zurecht. Selbst die Erdgäste fragten zu der Zeit nach, was in den Sternen steht.

Kurzerhand bestellte der Präsident sämtliche Mitarbeiter der Jury in sein Regierungsgebäude. Er machte Druck. Forderte von denen brauchbare Ergebnisse und keine weiteren mathematischen Rechenmodelle mehr. Im Verlauf dieser Sitzung einigte man sich auf eine Verdichtung der Beratungsgespräche in den sogenannten Verhörräumen, in denen die Erdlinge zu spezifischen Themen befragt und beurteilt werden sollten. Nachdem dies geklärt war, wurden die letzten Handlungsschritte vor einer großen Entscheidung – für oder gegen nachhaltige Besuche auf der Erde – endgültig festgelegt.

Diese Verdichtung der Beratungsgespräche war von nun an für die Erdgäste spürbar. Seit diesem Zeitpunkt wurde mindestens einer von ihnen täglich zu einem detailgenauen, entscheidenden Gespräch – der aushorchenden Art – eingeladen. Von nun an spürte es jeder:
  Das ist die Endphase, kurz vor einer endgültigen Entscheidung, für oder gegen die Erde. Ab diesem Zeitpunkt preisten alle Erdgäste ihre Erde als etwas ganz Besonderes an.

Eva sagte, auf der Erde gebe es etliche wichtige Rezepte, um mit vollwertigen Bioprodukten vitaminreiche, ausgewogene Mahlzeiten zubereiten zu können. Bei der Fülle an Erdrezepten sind noch einige Überraschungen für Außerirdische drin!

Adamo schwärmte von biologisch schonenden Anbaumethoden, von Feldfrüchten aller Art, fast ohne Chemie, die man üblicherweise massenhaft zur Schädlingsbekämpfung einsetzt. Da hätte seine Erde ganz bestimmt Neuigkeiten für Außerirdische auf Lager!

Rex dankte allen Astronauten (auf Bitten seiner Frau), da er ohne die Reise zur Vetos, Gliese nie kennen- und liebengelernt hätte. Dann machte er auf wichtige Erdviren aufmerksam, die man doch auf der Vetos in Laboratorien eingehend untersuchen könne. Aus den Unterschieden, zum Beispiel von Erdwundstarrkrampf- und Vetoswundstarrkrampferregern, könne man, seiner Meinung nach, so viele Erkenntnisgewinne ziehen, das reiche bestimmt aus, um völlig andersartige Krankheiten zu heilen und später zu besiegen. Selbst Gliese, die kein Erdgast ist, sehe es genauso!

Hans und Ruth sahen fast schon eine zwingende Notwendigkeit, die vielfältigen Grundsätze der Erdwissenschaftler sowie die vielfältigen Lehrmethoden und den Wissensstand der Vetossen untereinander auszutauschen. Dabei neu entdeckte Fehler, egal von wem, sowie dabei neu geformte, möglicherweise völlig unterschiedliche, vielleicht auch widersprüchliche Weltanschauungen, gäben Raum für neue, bahnbrechende Ideen! Dies sei auf ihrer Erde schon zig Mal in ähnlicher Weise passiert.

Thomas machte es sich am einfachsten. Seiner festen Überzeugung ist eine »geistige Verschmelzung« zweier Planeten so was gewaltig Schönes, dass daraus das große Glück aller, auf beiden Planeten, gefunden wird! Allein schon aus statistischen Gründen, da es niemals so einen unwahrscheinlichen Zufall geben wird, dass man aus einer derartigen Verschmelzung zweier Planeten nichts Gutes »herausquetschen« kann.

Aufgrund dieser gemachten Aussagen bildete sich damals die einhellige Meinung der Astronauten, der Jurymitglieder und aller anderen Vetossen, sofern die irgendetwas mit Erdlingen zu tun hatten:
    Jetzt werden die alle so wie Thomas, wir sollten langsam zu einem Endurteil für die Erde kommen!

Kurz darauf beschloss man, alle Erdlinge zu einem informellen Abend einzuladen, um denen die neuesten vetischen Formeln über die Zivilisation ihrer Erde vorzutragen. Dies war auch als Ansporn gedacht, damit sich alle

Erdlinge bei den anstehenden Befragungen die größtmögliche Mühe geben und alles aus sich herausholen, was in ihnen drinsteckt.

Am frühen Abend fing Egos als Erster mit einem Vortrag an:
»Auch Außerirdische haben Ängste, sobald sie auf einem ihnen unbekannten Planeten gelandet sind!«, gab er betont deutlich zu verstehen.
Nun begann Egos mit seinem eigentlichen Vortrag:

❯

Damit solche Ängste nicht überhand nehmen und es für uns beim Erforschen außerirdischer Planeten zu keiner Katastrophe kommt, wurden von unseren Forschern der geistigen Fusion einige Formeln erstellt. Die erste Formel, die von ihnen gefunden wurde, ist die der »kritischen Erdmasse«: Wie viel Prozent der Erdlinge müssen genug ausgereift sein, wenn es um den wahrheitsgemäßen Grundsatz geht – wir Vetossen bringen Wohl und Fortschritt zur Erde –, damit die dann, in recht kurzer Zeit, alle übrigen unausgereiften Erdlinge davon eindeutig überzeugen können?

Die zweite Formel ist die Reifeprozessprüfung:
Wie hoch muss die allgemeine Grundbildung (der Intelligenzquotient in Prozent) eines Erdlings sein und wie stark muss seine Mentalität ausgeprägt sein – seinen Nächsten zu achten und zu schätzen –, damit dieser Erdling uns Vetossen als Freunde sieht?

Zum besseren Verständnis möchte ich Folgendes ergänzen: Ein schlauer Mensch kann trotzdem rassistisch denken und ein Mensch voller Nächstenliebe muss nicht unbedingt schlau sein!

Die wichtigste Formel aber ist die des allgemeinen Erfolgswertes:
Der Prozentanteil der »kritischen Erdmasse« zusammengerechnet mit den Prozentanteilen des Reifeprozesses, ergibt schlussendlich diesen Erfolgswert.

❯

Nun fingen Adamo, Eva und Thomas an, laut miteinander zu reden, wobei Eva zu Egos herüberschaute und ihn ansprach:

»Egos, wir drei verstehen gar nichts mehr!«
Egos überlegte kurz, fand aber ein Beispiel, um alles besser verständlich zu machen:

☽

Gäbe es, bei einer voll umfänglichen Präsentation von uns Vetossen auf eurer Erde, bereits eine Milliarde gut gebildete, menschlich nächstenliebende Erdlinge, die tiefgläubig von den Vorzügen außerirdischer Menschen überzeugt sind und die in – sage und schreibe – einer Woche, alle anderen misstrauischen, voller Zweifel steckenden, ständig unzufriedenen, nörgelnden Erdlinge von der nackten Wahrheit überzeugen könnten, nämlich, dass Besucher des Alls der größte Jackpot aller Zeiten sind, gäbe dies einen ziemlich hohen Erfolgswert!

Der Durchschnittswert dieses Erfolgswerts wurde durch unsere akribischen vetischen Lebenserfahrungen mithilfe komplexer Computerberechnungen von unseren Psychologieforschern eindeutig festgelegt. Jetzt aber das Entscheidende:

Liegt dieser Erfolgswert unter einer bestimmten prozentualen Mindestanzahl, kann man sich gleich einen anderen Planeten als Partnerplaneten aussuchen!

☽

Auf dem Weg nach Hause diskutierten alle Erdenbürger miteinander über den gehörten Vortrag. Irgendwie, so glaubte jeder von ihnen, hörte man einen Schuss Überheblichkeit heraus. Macht sich eben doch bemerkbar, Außerirdische vor sich zu haben, die uns entwicklungsgeschichtlich vierhundert Jahre im Voraus sind!

Als nächster Programmplan der Urteilsfindung standen spezifische, mentale Befragungen der Erdlinge an. Da ein jeder bei seinen Lieblingsthemen die intensivsten Erfahrungen gesammelt hatte, ist derjenige, nach Meinung der Jury, auch am meisten dabei, wenn über diese Themen gezielte Fragen gestellt werden.

Als erstes wurde der »dahinschmelzende« Thomas in die Jury eingeladen. Zu der Zeit saß unter anderem Maro am Tisch des Befragungsraums, der selbst seit einiger Zeit zum Thema einer fest geplanten, aber ungewollten Abtrennung diverser Gebiete eigene, negative Erfahrungen sammeln konnte:

»Beim Landeanflug auf die Erde«, sagte Maro, »als wir bereits nichtsahnend über Deutschland schwebten, sahen wir von oben mehrere langgezogene, hintereinanderstehende Maschendrahtzäune, mit Türmen drum herum. Sah von oben nicht gut aus! Wir sind dann postwendend wieder hinter diese Zäune zurückgeflogen.«

Thomas erklärte, was den Astronauten damals zu Recht so ungeheuer vorkam:

»Habt ihr genau richtig entschieden, dort nicht zu landen! Bei diesen monströsen, menschenverachtenden Maschendrahtzäunen handelt es sich um die DDR-Grenze. Gottlob, nur noch ein gutes Jahr vor ihrer Auflösung. Zu der Zeit hatte eine friedliche Revolution des DDR-Volkes gegen ihren eigenen Staat bereits ihren Anfang genommen.«

Da Thomas aber im Spätsommer 1989 mit den Vetossen mitgeflogen ist, konnte er nur ahnen, wie sich der Sozialismus wohl fortentwickelt haben mag. Und obwohl Thomas keinen Bezug zu dieser DDR hat, zum Beispiel durch Verwandtschaft, sollte er weiterspekulieren, wie seiner Meinung nach eine mögliche Annäherung beider deutscher Staaten zu einem gemeinsamen, großen Ganzen wohl aussehen würde. Nun wusste auch Thomas, worauf die Vetossen hinauswollten, warum genau er zu diesem Thema etwas sagen sollte.

Manchmal aber tauchten auch Fragen auf, bei denen Thomas erst nach Antworten suchen musste. So eine wie die, die Egos ihm stellte:

»Thomas, hättest du es gut gefunden, wenn in den 1950er Jahren die Amerikaner den Russen bei deren erstem großen Vorhaben, ihren Erdsatelliten namens Sputnik in die Erdumlaufbahn zu schießen, zum anschließenden verdienten, großen Erfolg herzlich gratuliert hätten?«

Thomas überlegte, schaute nach oben an die Decke, suchte nach einer passenden Lösung, schaute dann wieder urplötzlich zu Egos und gab ein kurzes, knappes »Ja!« zur Antwort.

Es gab aber auch eklige Fragen, wie die von Eudo:

»Thomas, würdest du den Bürgersteig wechseln, einmal angenommen, es käme dir eine Gruppe Schwarzafrikaner entgegen?«
Thomas rastete aus:
»Was fällt euch ein, mich das zu fragen! Glaubt ihr etwa, ich bin ein rassistisches Charakterschwein?«
Doch die verblüffende Antwort kam sofort.
»Thomas«, erklärte Eudo, »wenn ihr Erdlinge euch selbst nicht mögt, nur wegen einer anderen Hautfarbe oder einer anderen Religion oder einer anderen Kultur mit unterschiedlichen Lebensweisen, was wäre dann erst, wenn wir euch eines Tages besuchen? Bei uns ist alles soeben genannte gleichermaßen anders. Völlig anders!«

Als man später Adamo und Eva einlud, erzählte man ihnen eine kurze, knappe Einleitung über den amerikanischen Bürgerkrieg.
»Wenigstens hatte der die Abschaffung der Sklaverei zur Folge!«, betonte Adamo.
»Manchmal, als wir noch Bauern der Erde waren, fühlten wir uns selbst wie Sklaven, auf unserem eigenen Acker«, stöhnte Eva.
Neopon grinste:
»Euch beiden müsste es bei uns auf der Vetos so ergehen, als hättet ihr euch selbst aus eurer eigenen Sklaverei der Selbstausbeutung befreit, oder?«
Als beide ohne zu zögern die Frage eindeutig mit »Ja« beantworteten, wurden sie noch zu schlecht bezahlten Erdbeschäftigungsverhältnissen befragt.
Dazu nannte Mekos folgendes Beispiel:
»Im Rahmen von Scheinselbstständigkeit beschäftigen dubiose Firmen auffällig viele Mitarbeiter, die schlecht bezahlt werden und oft zu ethnischen Minderheiten gerechnet werden. Zuvor wurden viele dieser Leute solcher ethnischer Minderheiten oft genug mit falschen Versprechungen angelockt. Ich habe dazu eine spezielle Frage an euch beide. Gesetzt den Fall, dass wir Vetossen auf der Erde eine Arbeit suchen würden, bei wem würden wir, nach eurer persönlichen Einschätzung, eine Arbeit finden und wie würde die entlohnt werden?«
Adamo und Eva überlegten kurz, kamen dann aber auf eine Antwort:
»Macht euch selbstständig!«, antwortete Adamo. »Sonst werdet ihr nur abgezockt!«

»Aber passt auf, dass für euch selbst noch genug übrig bleibt!«, betonte Eva.

Im Anschluss wurden Rex, Hans und Ruth befragt, die, selbst aus Sicht der Vetossen, zur Elite gezählt wurden. Von deren Aussagen versprach man sich das meiste an gewichtigen Argumenten für ein späteres Endurteil über die Erde.

Rex musste ohne seine Frau zu den Befragungen kommen. Er durfte Gliese nicht mitbringen, da sie kein Erdling ist! Das wurde ausdrücklich so verlangt. Deswegen schloss sich Rex bei den Befragungen Hans und Ruth an. Normalerweise bestimmen die aus der Jury, in welcher organisierten Gruppe die Erdlinge zu Befragungen erscheinen sollen und nicht Rex. Da er aber immer noch nicht besonders gut auf die Jury zu sprechen ist, ließ man das ausnahmsweise zu.

Als Einleitung wurde noch einmal über das Schicksal der Indianer nach der Entdeckung Amerikas durch Christoph Kolumbus – diesmal aus medizinischer Sicht – gesprochen. Mekos, der Mathematiker, damals im Kreis der Gesprächsrunde, fing an zu erzählen:

»Es ist eindeutig historisch belegt, dass mehr indianische Ureinwohner durch eingeschleppte Krankheiten des weißen Mannes gestorben sind als durch kriegerische Auseinandersetzungen! Man könnte fast sagen, dies war die erste biologische Massenvernichtung auf dem amerikanischen Kontinent, die beinahe ganze Indianerstämme der Ureinwohner niederstreckte.«

In solchen Momenten waren die aus der Jury froh, dass sich Rex freimütig Hans und Ruth angeschlossen hatte. Denn beim Thema notwendiger Vorsorgeuntersuchungen zur Verhinderung plötzlich auftretender Pandemien bekamen die Leute aus der Jury von Hans und Ruth große Zustimmung. Hans und Ruth redeten sogar auf Rex ein, der immer noch unschlüssig war und zögerte, denen aus der Jury auch einmal Recht zu geben. Es wäre doch eine Schande, wenn ausgerechnet ein leichtfüßiger Erdarzt auf ihrer Vetos unverhofft an einer zu spät erkannten, heimtückischen Krankheit sterben würde. Womöglich noch als Einziger aller Erdlinge!

Um zum eigentlichen Kern des Gesprächs zu kommen, wurde jetzt über die militärische Überrüstung des Planeten Erde gesprochen. Erstes Thema zu diesem Komplex war Japan gegen Ende des Zweiten Weltkriegs.

»Als wir das erste Mal von einer Massenvernichtung durch den Abwurf zweier Atombomben hörten«, sagte Mekos mit spürbar erregter Stimme, »begann am selben Tag eine Sondergruppe aus Sprachwissenschaftlern, die Entschlüsselung der deutschen Sprache nochmals zu überprüfen. Zu der Zeit gab's Zweifel, ob wir eure Sprache richtig beherrschen würden. Doch unsere Sprachwissenschaftler irrten nicht! Dem nicht genug, hörten wir später von Massenvernichtungen großer Teile ethnischer Bevölkerungsgruppen während des Zweiten Weltkriegs. Es war erschütternd, dies zu erfahren! Danach, das wisst ihr Erdlinge selbst, gab es eine ganze Zeit lang keine Befragungen. Aber es kam noch schlimmer! Trotz zweier verheerender Weltkriege setzten sich neue Weltkriege auf der Erde weithin fort.«

Ruth schüttelte den Kopf, Rex sah sie an und zuckte nur mit den Schultern und Hans protestierte laut:

»Bei uns haben sich keine weiteren Weltkriege fortgesetzt, Mekos!«, betonte Hans.

»Doch, das haben sie!«, warf Mekos ein. »Der Koreakrieg, der nur wenige Jahre später, nach Beendigung des Zweiten Weltkriegs, vom Zaun gebrochen wurde, ist so ein Weltkrieg!«

»Das sind aber eure Ansichten!«, gab Ruth zu verstehen.

»Ja, ganz genau«, sagte Mekos, »für uns ist der Koreakrieg in seiner Art ähnlich brutal gewesen wie der Zweite Weltkrieg!«

Jetzt meldete sich Pulo zu Wort:

»Aber mindestens genauso schlimm wie Kriege an sich, wenn nicht schlimmer, ist es, dass selbst heute immer noch viele wegen ihrer Art Religion auszuüben auf eurer Erde getötet werden! Und es gibt noch genug Erd-Extremisten, die eine Religion zu einer Rasse ummodeln wollen, umso mehr radikales Gehör zu finden!«

»Dennoch schöpfen wir Hoffnung für euch Erdlinge«, warf Promtus ein, »da erst vor Kurzem die Berliner Mauer und etwas später der Eiserne Vorhang gefallen ist. Eine schöne Nachricht, die wir erst kürzlich erfahren haben und die wir euch beiden« – Promtus schaute Hans und Ruth ins Gesicht – »bereits mitgeteilt haben. Lasst mich für Rex, der zu dieser Zeit bereits lange bei uns auf der Vetos war, das Wesentliche noch einmal zusammenfassen!«

»Selbstverständlich«, sagte Ruth.
»Natürlich, Rex soll alles verstehen können!«, pflichtete Hans bei.
»In der ehemaligen DDR«, erzählte Promtus, »hatte deren Bevölkerung, was ich mit großer Freude erzähle, mit einer friedlichen, unblutigen Revolution ihre ehemaligen Machthaber vom Thron gestürzt. Später fand eine Wiedervereinigung beider deutscher Einzelstaaten statt. Im Zuge dieses politischen Umbruchs fielen nach und nach alle anderen kommunistischen Regime des Ostblocks.«
Rex pustete durch:
»Endlich sind die Kommunisten weg! Jetzt wird alles besser!«
»Du denkst zu schnell!«, sagte Pulo.
»Wieso das denn?«, wollte Ruth wissen.
»Das war nur ein Eiserner Vorhang eurer Erde, der gefallen ist! Der ›Zweite Eiserne Vorhang‹ ist immer noch da!«
Rex verstand jetzt gar nichts mehr:
»Was denn bloß für ein ›Zweiter Vorhang‹, wo soll der denn sein?«
»Lasst mich Folgendes zum besseren Verständnis erklären«, sagte Pulo. »Zu einem Krieg gehören zuvor gemachte Fehler und mindestens zwei Parteien, die sich spinnefeind sind! Eine Partei allein kann gegen sich selbst keinen Krieg führen! Zu eurem Kalten Krieg gehören auch mindestens zwei Parteien, bei denen beide und nicht nur eine einzige Partei Fehler gemacht haben und sich deshalb spinnefeind sind. Also müssen auch diese beiden Parteien ihre Fehler zugeben! Offen und ehrlich. Nur so kann es eine wirkliche und nicht nur eine scheinbare Beendigung eines Kalten Kriegs geben, denn derjenige, der sich als Sieger eines solchen Kriegs sieht, kann nicht mit sich allein einen Frieden aushandeln! Entsteht keine Offenheit und Ehrlichkeit von wohlgemerkt beiden Politsystemen flammt ein tot geglaubter Kalter Krieg erneut zu einem späteren Zeitpunkt wieder auf!«
»Das soll also heißen, dass ein ›Zweiter Vorhang‹ noch existiert?«, fragte Rex.
»Aber natürlich!«, sagte Mekos. »Kein wirklicher Vorhang aus Eisen, nein, es ist noch schlimmer, es gibt einen ›Versteckten Vorhang‹, der aus unzähligen Goldbarren reicher Leute besteht. Die Reichen der westlichen Welt, die immer noch nach mehr Reichtum gieren und den Ärmeren davon nix abgeben wollen, ganz egal um welchen Preis, der später dafür zu zahlen ist!«

Zu der Zeit hofften die Vetossen, dass es jenseits aller selbst erstellten Matheformeln über Erdlinge nach dem Fall des ersten Eisernen Vorhangs doch noch viele friedlich hinzulernende Erdlinge geben wird. Erdlinge, die, in einer überschaubaren Zeit, keine Weltkriege, keine Massenvernichtungswaffen und keine Parteiparolen mehr brauchen werden. Erdlinge, die anders Glaubende und anders Denkende fortan nie mehr als Rasse oder als Feind bezeichnen und dadurch bedingt nicht mehr in Zukunft ausrotten wollen!

Jetzt galt es, wie Rex, Hans und Ruth – man zählte sie immer noch zu einer Elite der Erdlinge – die nun folgende, wichtigste Frage beantworten würden, die jeder von ihnen der Reihe nach offen und ehrlich beantworten sollte.

Mekos wurde richtig unruhig, als er nun die alles entscheidende Frage stellte:

»Was haltet ihr drei von der, mit etlichen Atombomben aufgerüsteten Erde?«

Rex war als Erster dran:

»Die Hochrüstung der Erde ist ein Segen für unsere Menschheit! Keiner kommt mehr auf die Idee, große Kriege zu führen. Die Menschheit hat von Japan gelernt! Jeder konnte sich nach den Atombombenabwürfen die vielen, schwer verletzten Menschen ansehen.«

Hans gab als Nächster seinen Kommentar:

»Schön, dass endlich die Atombombe erfunden wurde! Ich kann Rex nur Recht geben. Seit Jahrzehnten gibt es keine großen Kriege mehr! Auch die zerstörerische radioaktive Strahlung schafft Respekt bei einem denkbaren uns angreifenden Feind!«

Ruth gab den Abschlusskommentar:

»Diese Massenvernichtungswaffen mit verheerender Wirkung werden uns den ewigen Frieden garantieren, ihr seht es doch selbst, die Kommunisten sind endlich weg, ohne dass es zu einem Weltkrieg gekommen ist!«

»Und das haben wir alles der Atombombe zu verdanken!«, untermauerte Hans.

Eudo hielt es kaum noch auf seinem Stuhl. Am liebsten hätte er mit der Faust auf den Tisch gehauen. Ziemlich aufgebracht schaute er alle drei an: »Seid ihr da wirklich so sicher? Ihr Erdlinge!«

Danach wurde die Befragung beendet. Seitdem sprach kein einziger Vetosse mehr von einer Elite unter den Erdlingen! Von einer Elite erwarten Außerirdische mehr. Viel mehr!

Kapitel 11
Endurteil für die Erde

Nun war endlich der große Tag gekommen, an dem die Jury ihr Urteil abgeben wollte. In der gesamten Stadt waren alle schon ziemlich gespannt, wie das Urteil wohl ausfallen wird.

Seit gut einem Jahr gibt es in der Stadt Alos große Industriekonzerne zum Bau von Raumschiffen, von Erkundungssonden, von Forschungsstationen wie die auf den Vetosmonden, sowie zahlreiche Zulieferer für Weltraumtechnik aller Art. Mittlerweile hat sich fast die gesamte Stadt wirtschaftlich auf Missionsflüge zu anderen Sternen eingestellt. Sonst aber war normaler Alltag. Keine bunten Fähnchen, kein zuvor aufgebauter Schützenplatz zum Feiern, keine Videoleinwände zum Verfolgen der anstehenden Rede, einfach nichts!

Um wenigstens ein bisschen Feierlaune aufkommen zu lassen, trafen sich alle Erdlinge im kleinen Verkaufsladen von Adamo und Eva. An diesem Tag arbeitete keiner von ihnen, stattdessen hatten Adamo und Eva noch bis zuletzt ihren kleinen Verkaufsladen mit Konfetti und Luftschlangen ausgeschmückt.

Etwa um die Mittagszeit nahmen alle gemeinsam am großen Tisch in der Mitte des Raumes Platz. In unmittelbarer Nähe des Tisches stand ein Sideboard, darauf ein großer Fernseher. Alle waren nervös und verfolgten, nur bei einem Glas Mineralwasser, die nun anstehende Rede.
  Da Eva mit der vetischen Sprache besonders gut zurechtkommt, saß sie direkt neben Thomas und übersetzte leise, was zu hören war. Thomas tat sich auch jetzt noch reichlich schwer, der vetischen Sprache folgen zu können.

Nun begann die Ansprache. Der Präsident trat vor die Mikrofone. Als erstes bedankte er sich bei allen Erdlingen für deren konstruktive Mitarbeit. Dazu zählte er einige für sein Volk wichtige Punkte auf, welche in den

Beratungsräumen vorgebracht worden sind, die nun jedermann ein klares Bild über die Erde geben und auch im Alltag aller Vetossen von Nutzen sein werden. Nun lobte er einzelne Leute der Jury. Er dankte den Astronauten, die bereitwillig mehrere Missionsflüge zur Erde unternommen hatten, für deren Engagement, für deren unermüdliche Arbeit, die, gepaart mit dem richtigen Timing, alle Missionsflüge zum Erfolg geführt hätte. Als nächstes dankte er der gesamten Stadt Alos, die sich logistisch und technisch bereits auf Weltraumflüge der Zukunft eingestellt hat. Zum Schluss dankte er allen, die bis spät abends unerbittlich die Mentalitäten, die Kulturen, Religionen und Weltanschauungen beider Welten genauestens studiert hatten, um so zu einem gerechten Endurteil für die Erde zu kommen.

»Die Mitarbeiter der Jury haben es sich nicht leicht gemacht«, sagte Koper, »haben teils miteinander gerungen, doch am Schluss sind alle gemeinsam zu einem Urteil gekommen.«

»Den Planeten Erde zum Partnerplaneten der Vetos zu machen, ist eine Wahl«, Koper hielt für einen Moment inne, holte tief Luft, fuhr dann aber fort, »die alle Mitarbeiter der Jury gemeinsam ablehnen!«

Dieser Satz traf alle Erdgäste wie ein Blitz aus heiterem Himmel. Begleitet von einem lang anhaltenden Raunen, das aus dem Fernseher trat. Wie in Schockstarre schauten alle fast regungslos auf den Bildschirm. Thomas selbst fühlte sich in dem Moment wie besoffen. In seinem Kopf pochte es laut. Dann redete der Präsident weiter:

)

Nun möchte ich noch die Ablehnungsgründe für eine Planetenpartnerschaft mit der Erde nennen. Am Schrecklichsten finden wir deren mangelnde Toleranz gegenüber Außerirdischen im Allgemeinen. Viele Erdlinge bezeichnen uns heute noch als irgendwelche Wesen, sprechen uns das Menschsein ab!

Auch Gastfreundschaft in Bezug auf Außerirdische, die mit eben Gesagtem einhergeht, ist auf der Erde weder gewollt noch vorhanden! Bei unseren Erkundungsflügen in der Atmosphäre der Erde wurden wir von Abfangjägern gejagt, da wir, nur durch bloße Lust Unbekanntes zu überfliegen, deren »heiligen« Luftraum verletzen würden. Anstatt sich zu freuen, was eigentlich logischem Denken geschuldet sein sollte, sprechen Erdlinge von einer Besorgnis, wenn sie unsere Raumschiffe am Himmel sehen.

Sie sprechen davon, obwohl wir nie Grund dazu geliefert haben, dass wir deren Heimatplaneten in Schutt und Asche bomben wollen. Die Jury geht davon aus, dass dieser militärisch sowie atomar völlig überrüstete Planet auch in Zukunft gegenüber außerirdischen Menschen kaum toleranzfähig sein wird!

Größte Probleme haben Erdlinge auch bei Dingen, mit denen sie sich von uns unterscheiden. Da wären einmal optische Dinge, zum Beispiel eine andere Hautfarbe, aber auch das allgemeine, andersartige Aussehen Außerirdischer. Doch auch andere Religionen, andere Kulturen, neue, nicht irdische Weltanschauungen, insbesondere die über einen organisatorisch und zeitlich gestalteten Arbeitsalltag, stoßen bei Erdlingen sofort auf eine extrem anfeindende Ablehnung.

In diesem Zusammenhang noch einige Sätze aus der jüngsten Vergangenheit der Erde:
Als der Eiserne Vorhang gefallen ist, haben wenigstens die nachfolgenden Regierungen, im Einklang mit ihrer Bevölkerung, zugegeben, relevante, politische Fehler gemacht zu haben. Doch der »goldene Westvorhang« steht immer noch und wird auch von allen in den westlichen Ländern lebenden Leuten eisern verteidigt. Keiner von denen, egal wer auch immer, gibt jemals systemrelevante Fehler zu, da man in einem perfekt überwachten Westsystem lebe, das zweifelsfrei den sozialen Frieden garantiert.

Zudem wird dies auch noch durch eine regelrechte Inflation von immer mehr, immer gewaltigeren, immer heimtückischeren sogenannten Verteidigungswaffen untermauert! Natürlich werden, deren Meinung nach, Kriegswaffen nur für den Frieden gebaut. Klingt so, als wolle man einen Waldbrand mit einem Flammenwerfer löschen!

Da aber alle bei uns lebenden Erdlinge trotzdem einen guten Eindruck gemacht haben, können die auf Wunsch von mir persönlich zu Bürgern der Vetos erklärt werden!

☽

Das glättete ein wenig die Wogen – Thomas mal außen vor gelassen – bei sämtlichen Erdgästen. Sie atmeten erleichtert durch. Viel zu sehr hatte sich schon jeder, auf seine Art und Weise, an die Vetos gewöhnt. Aber Thomas atmete nicht durch, ganz im Gegenteil, er schnaufte vor Wut. Wortlos stand er auf, griff sich ein Sechserträger Bier und ging einfach.
»Thomas, Thomas«, rief Eva ihm nach.
Doch er schaute sich nicht einmal um, lief einfach weiter.
»Lass ihn, der findet sich schon wieder!«, munterte Adamo sie auf.
Draußen setzte sich Thomas auf die Gartenbank vor der grünen Wiese. Kaum hatte er Platz genommen, griff er zu einer Flasche Bier und setzte sie an. Dann heulte er, gefolgt von lautem Schluchzen. War schon lange her, dass Thomas mit seinen Nerven so fertig war. Er konnte einfach nicht mehr! Wusste keine Antworten! Doch in seiner größten Verzweiflung sah er auf einmal ein kleines Bäumchen auf der Wiese stehen. Eine Erdkiefer. Der Wind musste den Samen bis hierher gestreut haben. Jetzt erinnerte sich Thomas an die Zeit damals im Wald, kurz vor seinem ersten Reiseantritt in einem »Ufo«. Heute kam es Thomas ähnlich schlimm vor. Doch damals ging es weiter. Weil er wollte, dass es weiterging!

Thomas fing sich wieder und ging ins Haus zu den anderen, die immer noch alle am Tisch saßen. Sie diskutierten wild durcheinander, was von nun an für jeden zu tun sein wird. Thomas stellte den Sechserträger – er hatte gerade mal eine Flasche Bier leergetrunken – wieder auf dem Tisch ab.
»Ich muss mal nach draußen gehen, brauch einfach frische Luft!« Mehr sagte Thomas nicht, als er ging.
Erst irrte Thomas ziellos umher, doch dabei steigerte sich nur seine Wut. Als er es kaum noch aushielt, tauchte er in den Räumen der Jury auf. Er musste sich Klarheit verschaffen. Die hatten ihn dort schon fast erwartet und so schickte man ihn in einen der »Noch-Beratungsräume«. Thomas wollte nun unbedingt ein Gespräch führen, egal mit wem. Eudo nahm sich Thomas an:
»Dies ist lediglich eine Empfehlung von uns an den Präsidenten, mehr nicht!«
»Der übernimmt doch alles, was ihr empfiehlt«, grollte Thomas, »und somit sind alle Missionsflüge zur Erde in Zukunft gestrichen!«
»Fast alle, ein Flug zum Mars steht noch an!«, warf Eudo ein.

»Warum jetzt noch, nach diesem negativen Endurteil?«, wollte Thomas wissen.

»Ist geheim! Darf ich nicht sagen!«, betonte Eudo. »Außerdem bietet das die Möglichkeit eines Rückflugs zur Erde.«

»Steht auch so im Siedlungsvertrag drin, ein garantierter Rückflug nach einem halben Erdjahr«, unterstrich Thomas, der sich, mittlerweile etwas ruhiger geworden, wieder daran erinnerte.

»Ganz genau«, pflichtete Eudo bei, »im Übrigen steht nur in unserem Urteil, dass der vetische Staat keine weiteren Missionsflüge mehr finanzieren soll. Gäbe es eine Privatorganisation mit jeder Menge Geld, dann könnten deren Leute, wann immer sie wollen, ab sofort zur Erde fliegen!«

»Aber da findet sich doch keiner«, schlussfolgerte Thomas, »und das wird für immer so bleiben!«

»Zur Zeit findet sich auch keiner«, ergänzte Eudo, »aber es ist noch nie etwas für immer und alle Zeiten geblieben!«

Großzügigerweise bot man Thomas Folgendes an:

Würden seine Erdforscher irgendwann einmal mit ihrem eigenen »Ufo« in den Atmosphären der Vetos auftauchen, so werden die als Gäste angesehen und dürften auch landen! Man wolle ja mit gutem Beispiel vorangehen und denen keine Abfangjäger oder sonstige Feindflieger in den Weg stellen.

Wieder draußen, irrte Thomas immer noch ziemlich unbefriedigt umher. Fast die halbe Nacht lang! Wirre und wütende Gedanken marterten ihn. Thomas hatte es von allen Erdlingen am schlechtesten getroffen. Er hatte die kleinste Wohnung, die schlechteste Arbeit und auch für die Zukunft keine rechte Perspektive mehr auf dieser Vetos!

Lag es daran, dass er regelrecht darum bettelte, in einem Raumschiff mitgenommen zu werden? Lag es daran, dass er die Vetossen anhimmelte, was alle anderen Erdenbürger nicht taten? Lag es daran, dass er sich zu schnell mit Angeboten seitens der Vetossen zufrieden gab, zum Beispiel bei Arbeitsangeboten? Hätte er mehr kritisieren und mehr fordern sollen, so wie die anderen, die alle mehr bekamen? Oder lag es einfach daran, dass er sich zu wenig mit dem beschäftigte, was die Vetossen eigentlich von ihm erwarteten?

Nicht zuletzt deswegen hatte er sich erst vor Kurzem neue Zukunftspläne erdacht. Er wollte bei dieser Jury anfangen zu arbeiten. Mithelfen als selbsternannter Reiseleiter, zwischen den Welten neue Erdenbürger auf der Vetos einzugliedern, die Thomas' Meinung nach zukünftig in Scharen kommen sollten. Er hatte sich ja neulich im Dunkeln das Gebäude aus der Nähe angesehen. Er wollte seine Erde vor dem Alleinsein retten! Und nun? Sollte er hier bis zur Rente Gartenzäune reparieren, im Supermarkt die Einkaufstüten anderer Leute vollstopfen, als Erntehelfer arbeiten oder Ähnliches tun? Thomas war an diesem Abend ziemlich ratlos, aber eines wollte er bestimmt nicht: so weitermachen wie bisher!

Als er später im Dunkeln ganz alleine auf einer kalten Parkbank saß, fasste er mit kühlem Kopf folgenden Entschluss: Ich will und muss wieder zurück. Die Erde retten! Wer soll es denn sonst tun? Die anderen bleiben ja alle hier!

Kapitel 12
Zeit des Abschieds

Am nächsten Tag ging Thomas ins Krankenhaus. Dort befindet sich im obersten Stockwerk die Station für Psychologie und psychiatrische Erkrankungen. Nicht, dass Thomas von nun an durchgedreht war, aber wer zur Erde zurückwollte, musste sich vorher einer psychologischen Eignungsuntersuchung unterziehen. Stand so im Siedlungsvertrag drin. Eine Schutzklausel! Die Vetossen wollten sichergehen, dass rückgeführte Erdlinge nicht aus heiterem Himmel Selbstmord begehen. Ansonsten hätten sie ein schlechtes Gewissen gehabt, ständig befürchten müssen, dass ein Rückgeführter am Leben verzweifelt, der sich immerhin sechs Erdmonate lang an eine völlig andere Welt bereits gewöhnt hat!

Im Krankenhaus angekommen, betrat Thomas den Raum für psychologische Lebensberatung. Thomas erzählte von seinen Beweggründen und legte zugleich dar, die Vetos zu verlassen. Aus seiner Sicht – die Erde darf im All nicht allein bleiben – sah er sich dazu berufen. Die Psychologen waren völlig von den Socken, hatten aber kein Patentrezept in der Hand, mit dem Thomas seine augenblickliche Situation, erst recht was seine gegenwärtige Arbeit angeht, auf der Vetos demnächst ändern könnte.

Ein letzter Versuch, Thomas doch noch umzustimmen, war die nackte, ungeschönte Wahrheit auf den Tisch zu legen. Achilla, die Psychologin, sah eine Möglichkeit, Thomas umzustimmen:

»Wenn die Jury künftig keine Zukunft für eine konstruktive Zusammenarbeit mit der Erde sieht, wie willst du deinen Plan einer Zusammenführung unser beider Planeten denn umsetzen? Bist du schon so weit und so gut, große Massen deiner zukünftigen ›erdlichen‹ Zuhörer zu überzeugen? Alle anderen Erdlinge haben sich bereits entschieden, bei uns zu bleiben! Vielleicht bietet sich später, in einigen Jahren, doch noch die Möglichkeit zu eurer Erde zu stoßen. Im Moment geht da gar nichts nach dem resoluten Urteil seitens der Jury!«

Doch Thomas ließ sich nicht abbringen:

»Das ist meine Mission, zur rechten Zeit! Für dieses Vorhaben bin ich in den besten Jahren!«

Sie sahen, es war sinnlos, Thomas umzustimmen. Nun kam der psychologische Teil. Thomas hatte eindeutig einen verzweifelten Eindruck hinterlassen, als er die Astronauten regelrecht angebettelt hatte, ihn im Raumschiff mitzunehmen. Das dies damals ziemlich schnell in die Tat umgesetzt wurde, ist schon recht bedenklich. Jetzt hörte Thomas zum ersten Mal von dem, was die Astronauten einst in ihrer vetischen, für Thomas damals unverständlichen, Sprache diskutiert hatten:

»Bei dieser Diskussion, spätabends im Wald«, sagte Spartos, der neben Achilla saß, »kristallisierten sich folgende Kernpunkte heraus:
- Sie wollten dich damals nicht allein im dunklen Gestrüpp zurücklassen, aus Sorge du könntest dir etwas antun.
- Zudem waren sie interessiert, einen depressiven Erdling psychologisch völlig neu aufzubauen.
- Sie wollten dir neuen Lebensmut geben. Zu der Zeit war es für uns Neuland, so etwas bei einem, in unseren Augen, Außerirdischen durchzuführen. All dies zusammengenommen war für uns eine große, neue Herausforderung, also genug Gründe, dich mitzunehmen.«

Thomas wurde launisch, fragte nach:

»Es ging also nicht um mich als Person, sondern nur darum, der Jury positive Ergebnisse zu liefern!«

»Thomas, bitte hab Verständnis, zu der Zeit ist die rationelle Fusion gerade ins Leben gerufen worden.«

»Echt super!«, antwortete Thomas zynisch.

»Thomas«, antwortete Spartos, »unsere Astronauten haben zwar einen Ermessensspielraum, wenn sie Erdlinge mitnehmen wollen, brauchen aber später einen stichhaltigen, unwiderlegbaren Grund für ihre Entscheidung. Unsere Jury muss diese Gründe dem vetischen Steuerzahler, der all dies bezahlen muss, glaubhaft darlegen können!«

Nichtsdestotrotz sah Thomas seine Schwierigkeiten überwunden und gab selbstbewusst seine Verlautbarung:

»Nun bin ich aber psychologisch genug aufgebaut, schließlich ist damals, in einer schweren Lebensphase, jede Menge Neues, kaum Vorstellbares, völlig überraschend auf mich eingeprasselt. Lasst mich ziehen! Ich überzeuge die Völker der Erde, dass sich Erdenbürger im Allgemeinen außerirdischen Menschen stärker öffnen sollen. Glaubt mir, es ist für uns alle die beste Wahl.«

Da dies für beide Psychologen zweifelsfrei überzeugend klang, wurde nun der beste Zeitpunkt für eine Rückführung zur Erde gesucht.
»In welchen Wochen eines Erdjahres bist du am glücklichsten?«, fragte Achilla. »Thomas, nenn mir gleich mehrere Tage hintereinander, an denen du in bester Stimmung bist! Am besten, wenn möglich, immer um dieselbe Jahreszeit.«
Thomas überlegte nicht lange, antwortete sofort:
»Dies wäre an Weihnachten, aber ich bin auch schon in der ganzen Vorweihnachtszeit richtig glücklich!«

Da die Vetossen mittlerweile schon ziemlich viele Informationen über die Erde sammeln konnten und die zudem über deren vetisches Internet verfügbar waren, schaute man dort in die Beschreibungen über das Weihnachtsfest und rechnete nach. Thomas hatte Glück! In Kürze findet auf seiner Erde wieder das Weihnachtsfest statt.

Jetzt, nachdem Thomas in aller Kürze diesen heiklen Punkt abhaken konnte, bekam er ein positives, psychologisches Gutachten. Es besagte, dass er sich bei einer Rückführung auf der Erde wieder gut einleben wird. Mit diesem Gutachten musste Thomas aber noch zur Jury gehen, denn mit denen hatte er einen Siedlungsvertrag abgeschlossen, der immer noch gültig war, da er von Thomas nie offiziell gekündigt worden ist!

In der Jury angekommen, erzählte Thomas, er sei fest entschlossen, wieder zur Erde zurückzukehren. Laut psychologischem Gutachten gab es ja keine Bedenken mehr! Um alles in Form zu bringen, musste Thomas eine vetische Einbürgerung per Unterschrift – darauf legte man ganz besonders großen Wert – ablehnen. Da noch ein letztmaliger Missionsflug zum Mars in Kürze anstand und der Präsident versprochen hatte, bei Rückkehrwilligen für eine Rückführung zur Erde persönlich zu garantieren – eingebürgerte Erdlinge auf der Vetos sollen sich ihr Leben lang _richtig_ wohlfühlen – wurde es Thomas, wenn auch mit ziemlich enttäuschten Gesichtern, genehmigt, auf dem vorläufig letzten Flug in Richtung Erde mitzureisen.

Nun war alles geklärt! Thomas konnte wieder zurück auf seine Erde. Was aber Thomas zu dem Zeitpunkt nicht sah oder sehen wollte, sollte ihm in Kürze noch klar werden. Mit diesem Entschluss machte er sich keine Freunde. Er wagte es, die schöne Vetos, den besten Planeten der Milchstraße, einfach zu verlassen, weil es dort für ihn nicht gut genug war! Thomas ahnte gar nicht, wie schnell sich das rumsprach. Seitdem waren überall ziemlich viele Vetossen, die er antraf, kurz angebunden!

Nachdem Thomas kurzzeitig in seiner Wohnung war, die ersten vetischen Sachen zusammenpackte, die er in Kürze an Hans übergeben sollte – er durfte nichts von dem, was er sich gekauft oder von den Vetossen geschenkt bekommen hatte, mitnehmen, schließlich war er mit der Vetos unzufrieden –, ging er zu Rex. Er musste dorthin. Eine Abschlussuntersuchung stand noch an, denn laut Siedlungsvertrag war Thomas dazu verpflichtet, dafür zu sorgen, völlig gesund auf der Erde einzukehren und dies bei seiner Abreise auch nachzuweisen.

In der Arztpraxis sah ihn Gliese ziemlich grimmig an, grüßte ihn nicht einmal und verschwand sofort in einem Nebenraum. Zum Glück hatte wenigstens Rex großes Verständnis für Thomas' Entschluss. Und gerade weil ihn Rex besonders leiden mag, redete er zusammen mit Thomas noch einmal Tacheles:

»Zur Kontaktfamilie«, betonte Rex, »brauchst du gar nicht erst gehen, um Tschüss zu sagen. Bei denen bist du unten durch! Das gleiche gilt auch fürs Theater!

Thomas, all diese Leute, auch Wega, haben dich mühevoll aufgebaut, als du es sichtbar nötig hattest und nun das. Jetzt, wo es dir besser geht – das haben diese Leute jedenfalls so gesagt – kehrst du ihnen den Rücken. Selbst die Astronauten, die dich wieder mitnehmen sollen, sehen das genauso, mit Ausnahme von Maro. Thomas, ich gebe dir einen guten Rat, wende dich gleich an Maro, um den Rückflug organisatorisch zu besprechen.«

Danach ging Thomas erst mal zu Adamo und Eva. Die beiden waren zwar auch überrascht – Eva findet die Vetos einfach schön, Adamo gefallen seine mittlerweile vetischen Mitbürger – aber der pfiffigen Eva fiel nun ihrerseits eine Überraschung ein. Um ihn auf die Folter zu spannen, behielt sie die aber für sich:

»Du musst dich noch etwas gedulden, Thomas. Ich komm auf dich zu, wenn die Zeit dafür reif ist, sonst ist es ja keine Überraschung mehr«, scherzte sie.

Hans und Ruth fassten Thomas Entschluss' eher neutral auf. Wenn er dies unbedingt so will, dann soll er doch gehen, war deren Meinung. (Hinzu kommt, dass Thomas bei Rückkehrwilligkeit aus eigenem Entschluss das Eigentumsrecht an seiner Wohnung verliert, er »durfte« sie wieder, neben den anderen Sachen, die er mittlerweile besaß, an Hans und Ruth zurückschenken!)

Später traf sich Thomas noch mit Maro. Der verstand ihn wenigstens und war nicht sauer, weil Thomas von der Vetos weg wollte. Ein Glück für Thomas! Maro war der Einzige, der ihn am Reisebahnhof für die spätere Abreise abholen wollte. Die anderen Astronauten waren froh drüber. Für die war Thomas jetzt der Schwarze Peter, den keiner mehr haben wollte, genau der, der wie bei dem gleichnamigen Kartenspiel von einem zum anderen geschoben wird, weggelobt wird, denn irgendeiner musste Thomas vom Bahnhof abholen und zum Raumschiff begleiten.

Doch zuvor kamen für Thomas seine letzten, schönen Stunden. Nun kam Eva mit ihrer Überraschung. Thomas solle zum Abschied noch einmal in ihren kleinen Laden kommen. Mehr sagte sie aber auch diesmal nicht! Es soll ja eine Überraschung bleiben. Thomas dachte nach: vielleicht eine kleine Abschiedsfeier für ihn? Doch dann hörte er auf zu grübeln und ging einfach los.

Im Verkaufsraum des kleinen Ladens saßen wieder alle Erdenbürger gemeinsam am großen Tisch. Der war reichlich gedeckt. Aber diesmal ohne Fernseher, der auf einem Sideboard im Raum gestanden hat, nein, diesmal standen Kaffee und Walderdbeerkuchen auf dem Tisch, neben etlichen Honigbrötchen. Thomas staunte, war beglückt:
»Kein Salat und kein Tomatensaft?«, fragte er zum Scherz.
»Davon bekommst du noch reichlich während des Rückflugs!«, sagte Rex.
War ein netter Einfall von Eva, sie hatte alles in die Wege geleitet, dass

alle Erdgäste ein letztes Mal zusammen mit Thomas speisen werden. Alle Erdgäste wohlgemerkt! Gliese war nicht mit am Tisch!

»Ich konnte sie nicht überreden, mitzukommen«, musste Rex ziemlich verschämt einräumen.

»Du kannst nichts dafür, Rex!«, beruhigte ihn Thomas. »Ich find es prima, dass ihr alle gekommen seid. Ich danke euch! Ein letztes Mal möchte ich mit euch gemeinsam einen schönen Abend verbringen, der uns allen noch lange in Erinnerung bleiben soll. Die, die nicht gekommen sind, wollen, dass ich bleibe! Denen bin ich nicht böse! Ich hoffe nur, dass diese Leute eines Tages mein Handeln verstehen werden. Nur wer von Herzen geht, kann auch anderorts herzlich empfangen werden! Ich werde mit Freude und voller Hoffnung von euch gehen, voller Überzeugung, dass sich meine Pläne in Zukunft erfüllen mögen.«

Aber das gute, süße Essen war längst nicht alles. Für Thomas sollte es noch besser werden. Nachdem alle gegessen hatten, legte Hans einen von Ruth selbst genähten Stoffbeutel auf den Tisch.

»Das ist dein Abschiedsgeschenk«, sagte Hans.

Neugierig sah Thomas in den Beutel:

»Ihr seid verrückt«, sagte er voller Freude, »das glaube ich einfach nicht!«

In dem Stoffbeutel befanden sich neben einem Schreibblock mit Kugelschreiber ein Dutzend Goldherzen. Jawohl! Herzen aus echtem Gold.

Die »Erdmänner« schafften sich im Laufe der Zeit einen Schmelzofen an. Gold gab's reichlich vom Goldberg, der Abraumhalde vor der Stadt Alos. Ursprünglich war gedacht, ihre Ehefrauen zu einem besonderen Anlass mit Goldherzen zu überraschen. Außerdem machte es allen »Erdmännern« Spaß, aus den Abfallbrocken der Halde Gold zu gewinnen. Als Anleitung nutzten sie dazu Adamos Geschichtsbuch über das Leben der Inkas.

Passend hierzu eine notwendige Erklärung: Da es auf der Vetos kein Gesetz gibt, welches verbietet, dass sich Erdlinge untereinander selbst gefertigte oder geringwertige Waren schenken dürfen, blieb wenigstens der Stoffsack mit Inhalt Thomas' rechtmäßiges Eigentum!

»Damit dir der Neuanfang auf der Erde nicht so schwerfällt!«, sagte Eva. Zudem sind Goldherzen ein ewiger Verkaufsschlager. Sie lassen sich bei einem Juwelier auf der Erde besser verkaufen als irgendwelche geprägten

Fantasiemünzen. Thomas hatte sonst, neben einigen Groschen, kein weiteres Geld im Portemonnaie. Bei seinem Abschiedsgang von Konstanze hatte er das meiste Geld, das noch in seinem Portemonnaie vorhanden war, am Kiosk für Bierdosen und Currywurst ausgegeben.

Thomas war zu Tränen gerührt:

»Das hätte ich nie von euch erwartet!«

»Du hängst doch so an Herzen, wie jedermann sehen kann«, scherzte Adamo und deutete auf Thomas' Anhänger, den er ständig um seinen Hals trug.

Am Ende der Abschiedsfeier gab's noch einen kleinen Abschiedswitz. Ausgerechnet Rex bestand darauf, ihn zu erzählen:

»Sieht ein Erdling ein Ufo. Läuft weg und holt eine Kamera. Wieder zurück, wartet er und schaut sich um. Sucht überall mit seinen Augen. Dann sieht er endlich ein Schild an einem Ast hängen. Auf dem steht:

›Tut uns leid, wir haben unsere Expedition schon beendet!‹«

Etwas später, wieder zurück in seiner Wohnung, brach für Thomas die letzte Nacht an. Diesmal brauchte er aber lange, um einzuschlafen. Doch diesmal waren keine Vetosmonde schuld, die durchs Fenster schienen. Nein, es war die Stille im Raum! Jetzt, so allein im Bett, grübelte er lange:
- Ist es die richtige Entscheidung, zu gehen?
- Wird der Abschied von den anderen Erdgästen, die alle so wahnsinnig nett sind, für immer sein?

Doch sein Entschluss stand fest. Thomas war noch nie der wacklige Typ, der kurz vorm Ziel wieder umkehrt!

Kapitel 13

Abreise zur Erde

Frühmorgens – Thomas hatte die ganze Nacht über leichten Schlaf – brach er mit seinem Stoffbeutel in der Hand zur Abreise auf. Draußen war alles ruhig. Keine Leute draußen auf dem Bürgersteig, kein Vogelgezwitscher, die Natur schlief noch. Bis zur Abreise blieb daher genug Zeit, um ein letztes Mal durch die Stadt Alos zu schlendern. Ein innerer Abschied vom Planeten Vetos!

Später, als Thomas am Reisebahnhof angekommen war, musste er sogar noch eine Zeit lang auf Maro warten. Es war das allererste Mal, dass Thomas, der immer Schwierigkeiten mit der vetischen Uhrzeit gehabt hatte, überpünktlich gewesen ist. Endlich, nach quälend langen Minuten des Wartens, tauchte Maro auf. »Wird wohl der Einzige bleiben, der auf der Abreise nett zu mir ist«, dachte sich Thomas. Ihm wurde bei dem Gedanken an die anderen Astronauten, die er gleich noch zu sehen bekommen würde, richtig mulmig. Um sich davon irgendwie abzulenken, sprachen Maro und Thomas während der gesamten Zugfahrt zum Weltraumbahnhof instinktiv in aller Ausgiebigkeit über die ersten Schritte beim Reiseantritt eines Weltraumflugs.

Am Weltraumbahnhof gab's nur eine kurze, knappe Begrüßung der anderen Astronauten, sie schienen an diesem Tag unheimlich mit sich selbst beschäftigt zu sein. Thomas kam es vor, als würden sie das erste Mal in den Weltraum fliegen. Während des Abflugs zum Vetosmond, diesmal sehr gemächlich ohne Katapultstart, griff Thomas zu seinem Tagebuch und versuchte darin zu lesen. Aber nur, um sich von seiner Scham wegen dieser kurz angebunden Leute – diese hatte sich bereits in Thomas' Unterbewusstsein breitgemacht – möglichst schnell auf irgendeine Art und Weise abzulenken. Genau in diesem Moment kam es Thomas vor, der einsamste Mensch zu sein. Er dachte, er flöge ganz allein zum Vetosmond!

Auf dem Vetosmond trat Thomas zügig und ziemlich wortkarg, als sei er von etwas angetrieben, ins große Reiseraumschiff. Da er schon die ganze Zeit den lesenden Schriftsteller vorgespielt hatte, boten ihm die Astronauten einen kurz zuvor extra abgetrennten Raum zum Lesen und Schreiben an.

»Hier, Thomas, hast du genug Zeit, um all dein Erlebtes niederzuschreiben!«, grinste Mekos.

»Oh wie nett!«, rief Thomas noch zynisch hinterher, bevor Mekos die Tür vor seinen Augen zuschlug.

Aber Thomas konnte weder etwas lesen noch etwas niederschreiben, er war zu sauer, um all dies zu tun!

Lange Zeit später, das Reiseraumschiff hatte mittlerweile das vetische Sonnensystem verlassen, die wichtigsten Handgriffe der Mannschaft, die das Raumschiff auf Kurs hielten, waren mittlerweile erledigt, trat Maro direkt vor seine Kollegen:

»Das könnt ihr nicht machen!«, protestierte er.

»Was können wir nicht machen?«, fragte Urus angestrengt unwissend.

»Ich meine, wir können Thomas nicht die ganze Zeit über hinten in der kleinen Kammer sitzen lassen! Wir sind doch keine von denen, die wir ablehnen, wir Vetossen sollten besser sein im Umgang mit Menschen anderer Meinung!«

»Dem Thomas sag ich's!«, feuerte Pulo rüber.

»Und dem hab ich auch noch Einiges zu sagen!«, äußerte sich Satina verärgert.

»Na, dann tun wir's doch!«, antwortete Maro.

Sie einigten sich darauf, Thomas in den großen Erholungsraum zu holen, allerdings unter der Maßgabe, ihm richtig Feuer zu geben. Im Erholungsraum wurde nun endlich Tacheles geredet.

Als erstes hielten sie Thomas vor, er war der Einzige von allen Erdlingen, der sich am wenigsten mit den wirklich wichtigen Dingen des Lebens befasst hatte. Seine ewig andauernden, naiven Fantasien mit seiner Verschmelzung beider Planeten haben nur genervt, selbst bei seinen eigenen Erdleuten! So etwas zu entscheiden ist eh die Sache einer Jury. Thomas wurde deshalb von denen als ziemlich überheblich angesehen.

»Du willst mit deinem Tagebuch die Erde retten«, entrüstete sich Vennia,

»ich lach mich kaputt! Auf der Erde werden dich all deine Leute einen Spinner nennen!«

»Du wirst mit deinen Verschmelzungstheorien nie auch nur einen Einzigen überzeugen können!«, schärfte ihm Satina ein.

Thomas schluckte zwar kräftig, doch andererseits bekam er jetzt wichtige Informationen. Das die alle reichlich sauer waren, hatte also einen ungemeinen Vorteil! Endlich bekam er, in aller Ausführlichkeit, die ungeschminkte Wahrheit zu hören. Nun erfuhr er wichtige Details, die für seine Vollendung des Tagebuchs von großer Bedeutung sind, diese waren ihm bis dato noch völlig unbekannt. Als Beispiel sei die Geschichte mit dem Flitzebogen genannt.

Erst jetzt erfuhr Thomas, dass Maro wieder zum Schrebergarten zurückkam, seinen Flitzebogen spannte, um den zweiten Pfeil ein weiteres Mal abzuschießen. Nun hörte er auch verschiedene Aussagen der anderen Erdgäste, wie sie ihn wirklich sahen und beurteilten. Etwas, das er nie so direkt von denen zu hören bekam.

»Du wolltest bei der Jury selbst ernannter Reiseleiter werden?«, fragte Maro nach. »Mensch Thomas, selbst Ruth und Hans sagten, alberner geht's gar nicht! Thomas, denk nach, für diesen Beruf brauchst du eine fundierte Ausbildung!«

»Am Ende warst du der Fantast!«, setzte Urus nach, »selbst die Eingewöhnungsfamilie hat sich damals schon von dir, von dem selbst ernannten Reiseleiter zwischen den Sternen, distanziert!«

»Und Wega?«, fragte Thomas erstaunt nach.

»Thomas mach die Augen auf!«, sagte Urus eindringlich. »Wega sah dich schon immer als jemand, der wie eine Klette ist. Wega ist mit dir nur ins Theater und nachfolgend ins Museum gegangen, weil Siruns und Eura sie regelrecht angefleht hatten!«

Als sich die Wogen mit der Zeit langsam geglättet hatten, kamen nun Thomas selbst wichtige Fragen:

»Wieso habt ihr schon lange vor dem Zeitpunkt auf unserer Erde bereits eine intelligente Zivilisation vermutet, ab dem eure Erkundungssonde gerade mal am Gasplaneten Uranus, unseres Sonnensystems, vorbeigeflogen ist?«

Maro schaute zu Thomas:

»Während unsere Erkundungssonde dabei war, in euer Sonnensystem einzudringen, hörten wir schwache Signale, die eindeutig nicht von uns kamen. Diese Signale mussten von einer anderen, außerirdischen Sonde kommen. Für uns Vetossen ist es eine Kleinigkeit, unsere Erkundungssonde von der Vetos aus genau dort hinzusteuern, wo die ausgesendeten Signale herkommen. In unmittelbarer Nähe dieser Signale sahen wir dann eine leistungsschwache, also ziemlich langsame, außerirdische Sonde. Die konnte eigentlich nur von der Erde kommen, die bereits im Sichtfeld unserer Erkundungssonde war. Eine andere Möglichkeit konnte sich keiner von uns vorstellen! Heute wissen wir, es war die Pioneersonde, an der unsere Erkundungssonde dicht vorbeigeflogen ist, um Fotos zu machen. Du erinnerst dich sicherlich an das Foto mit euren auf einer Plakette aufgebrachten Symbolen über die Erde, das wir dir einst im Beratungsraum vorlegten.«

Thomas überlegte:

»Ganz genau! War damals eine meiner ersten Aufgaben. Die in der Jury fragten mich, was die Symbole für eine Bedeutung haben und waren heilfroh, als ich ihnen auf Anhieb alles im Einzelnen erklären konnte. Aber dann hätten wir Erdenbürger auch von eurer Sonde die schönsten Fotos machen müssen?«, fragte sich Thomas, selbst ratlos.

»Auf die Frage kannst nur du eine Antwort geben, wir nicht!«, stellte Maro klar. »Funktionieren die Kameras der Pioneersonde denn immer noch, nach dieser langen Reise?«

»Aber ja doch!«, antwortete Thomas fest überzeugt.

»Und eure Leute haben euch nix von einer erstmals entdeckten, außerirdischen Erkundungssonde erzählt?«, wollte Vennia wissen.

»Nein, ganz gewiss nicht!«, bekräftigte Thomas.

Nun zeigte ihm Pulo ein Foto von der vetischen Erkundungssonde, das kurz nach deren Fertigstellung noch auf der Vetos geschossen wurde. Dort ist ein Schriftzug zu sehen, der an eine Buchstaben-Zahlenkombination, gemessen an unseren Schreibweisen, was Buchstaben und Zahlen angeht, erinnert. Thomas grübelte und versuchte den Schriftzug zu entziffern:

»Du hast unsere Sprache nie richtig gelernt, das sagen selbst deine eigenen Leute!«, mahnte Pulo an. »Dort stehen die Wörter ›Planet–Vetos‹, eine Kennzeichnung unserer Identität!«

Thomas schämte sich etwas und schaute sich deshalb das Foto noch lange an, studierte es regelrecht.

Da Thomas der letzte Erdling war, den die Vetossen von der Erde geholt hatten, hätte er eigentlich von so einer brisanten Nachricht im Erdfernsehen oder wo auch immer erfahren müssen. Doch diese Ungereimtheit konnte Thomas, obwohl er sich noch so anstrengte, zu dieser Zeit nicht beantworten. Doch Thomas konnte sowieso nicht lange grübeln, denn was jetzt kommen sollte, haute ihn fast aus den Schuhen.

Thomas stellte nun die für ihn unerklärlichste Frage, die ihn schon lange beschäftigte. Und genau die brachte für ihn, in hohem Maße, außergewöhnliche, überraschende Antworten:

»Alle anderen meiner Leute sind über unseren Erdmond ins große Reiseraumschiff umgestiegen«, erzählte Thomas, »nur ich nicht! Ich bin, zusammen mit euch, bis zum Marsmond Phobos geflogen und dann ins Reiseraumschiff umgestiegen. Warum eigentlich erst dort, so weit weg vom Erdmond?«

Maro bot sich an, Thomas die Geschichte der fünf Weisen zu erzählen:

»Sicherlich erinnerst du dich an die Idee von Ruth und Hans, die geschädigten Nadelbäume unserer Wälder durch Erdkiefern zu ersetzen. Vorerst enttäuscht über die umgehend entschlossene Absage der Jury, bekam Hans urplötzlich die gute Nachricht von einem erneuten Missionsflug. Bis zum heutigen Tag haben wir den wahren Grund vor allen Erdlingen geheim gehalten!«

»Aber mir könnt ihr es doch sagen«, bat Thomas inständig.

»Natürlich«, antwortete Maro, »du bist ja bereits auf der Rückreise.«

Maro trank einen Schluck Rote-Beete-Saft und erzählte dann weiter:

»Wie dir ebenfalls bekannt ist, brauchte unsere Jury zur Auswertung der Erde mit einer anschließenden Beurteilung ziemlich lange. Viel, viel früher, vor einer endgültigen Entscheidung der Jury, waren unsere fünf Weisen der festen Überzeugung, dass eure Erde kaum eine Chance hat, Partnerplanet der Vetos zu werden! Daraufhin entwickelten sie einen eigenen Plan.

Um eure Erde doch noch vor dem Alleinsein zu retten, war deren Absicht, dass unsere Astronauten zuerst euren Mars erkunden. Bei unserem letzten Missionsflug, bei dem du, Thomas, uns über den Weg gelaufen bist, setzten wir zu Erkundungszwecken eine vetische Spionagesonde in den Marsboden. Seitdem liefert die uns fortan die täglichen Nachrichtensendungen eurer Erde. Um dies technisch umzusetzen, brauchten wir lediglich unsere Sonde auf eure um die Erde fliegenden Satelliten auszurichten, um die dann

»anzuzapfen«. Da sich der Mars zudem nicht allzu deutlich von eurer Erde unterscheidet, plante man dort eine vetische Raumstation aufzubauen. In Zukunft sollte dort eine kleine Gruppe vetischer Astronauten leben. Dort, vom Mars aus, sollten sie ab und an, jedoch nur kurzzeitig, eure Erde besuchen. Also eine sanfte, gemächliche Annäherung an Erdlinge, welche bis heute nicht gewillt sind, zu Außerirdischen des Weltalls das nötige Maß an Vertrauen aufbauen zu wollen.

Unsere fünf Weisen spekulierten damit, dass wenige mutige eurer eigenen Astronauten, gemeinsam mit uns Vetossen arbeiten und wohnen wollen. So hätten neueste, gemeinsam entdeckte Forschungsergebnisse in kleine »verdauliche« Pakete gepackt der Erde präsentiert werden können. Und da nur eine kleine Gruppe von Erdastronauten auf dem Mars gelebt hätte, gingen die fünf Weisen von schnellen, sich einstellenden Erfolgen in einem »Learning-by-doing-Verfahren« aus. Zur Erläuterung:

Weniger Leute quatschen weniger dazwischen, da oft jeder alles besser weiß! Das hätte den Wunsch eurer Astronauten mit uns Freundschaften schließen zu wollen erheblich beschleunigt! Dies wurde aber vehement von fast allen aus unserer Bevölkerung abgelehnt!«

»Warum wurde gerade dies abgelehnt«, fragte Thomas erstaunt, »ist doch eine prima Idee!«

»Aus politisch-mentalen Gründen!«, sagte Urus. »Entweder ihr Erdlinge mögt uns voll und ganz wie wir sind oder ihr lasst es für immer bleiben! Es würde ja auch kein Erdling zu seinem Lebensgefährten sagen:

Mein Schatz, ich liebe dich, aber nicht voll und ganz mit Haut und Haar, sondern nur halb!«

»Und wieso fliegt ihr dann trotzdem zum Mars?«, fragte Thomas, er verstand jetzt gar nix mehr.

»Da nichtsdestotrotz ein Marsprojekt zweifelsfrei beiden Planeten Entwicklungschancen bieten würde«, erklärte Pulo, »soll diese Option noch einmal in aller Ruhe überprüft werden! Vielleicht ändern sich Meinungen, sodass eines fernen Tages aus einer Minderheits- eine Mehrheitsmeinung wird. Grund genug, einmal Begonnenes auch zu Ende zu führen!«

Passend dazu wurde nun das ewige Trauma der ewigen Angst vor Außerirdischen des Weltalls von Mekos präsentiert:

Die ewige Panik vor Außerirdischen an sich ist das ärgerlichste Urproblem überhaupt! Außerirdische greifen eure Erde an und vernichten die gesamte dort lebende Zivilisation, sobald sie zu sehen ist. In der Tat, theoretisch machbar. Doch gerade gemeinsam mit Außerirdischen – in diesem Fall sind Erdlinge gemeint – lassen sich ausgefallene Ideen erst richtig umsetzen! Auch finanziell!

Die fünf Weisen sahen und sehen völlig neue Techniken und Visionen über erneuerbare Energien, über medizinische Heilverfahren durch neue Naturgiftstoffe und etliche andere Beispiele, da stets alles besser wissende, vetische Lobbyisten in so einem Fall endlich außer Reichweite wären und nichts mehr blockieren könnten. Und vielleicht haben selbst unterwertige Erdlinge Erfahrungen gemacht, von denen wir zehren können!

Außerdem lässt sich eure große Angst gegen die Gewalt und Vernichtung ganzer außerirdischer Zivilisationen, mit einem guten Totschlagargument, ein für alle Mal entkräften:

Einmal angenommen, wir Vetossen würden eure unterwertige Erde mit unserer überlegenen Technik halb zerstören, dann würde sich dies in Windeseile herumsprechen! Kein anderer Planet da draußen wollte uns dann noch zum Partnerplaneten haben! Aus Angst, durch uns Vetossen selbst erobert und zerstört zu werden!

Wir hätten dann zwar einen Raubplaneten, blieben dann aber, von allen anderen Planeten, auf denen eine Zivilisation lebt, für immer und ewig alleingelassen! Ein viel zu hoher Preis einer Eroberung eines unterwertigen Planeten, von moralischen Bedenken sowie eigenen Verlusten ganz zu schweigen! Und an der Stelle, passenderweise, ein weiteres Argument, da von vielen Erdlingen befürchtet wird, auf einem Raubplaneten könne man die Bodenschätze ausbeuten. Wir Vetossen verbrennen sowieso keine fossilen Brennstoffe zwecks Wärmegewinnung oder um etwas anzutreiben! Wir sind vierhundert Jahre weiter als ihr, ihr Erdlinge!

☽

Jetzt erzählte Urus vom Märchen der ewigen Reise, die zwingend erforderlich sei, um zu anderen, außerirdischen Planeten zu gelangen:

☽

Ein romantisch verpacktes Märchen, finde ich. Von uns Vetossen würde sich niemand in ein Raumschiff setzen, um dann ewig viele Jahre durch den Weltraum zu reisen! Ich selbst habe Familie und Kinder. Und viele Freunde, mit denen ich gerne gemeinsam im Urlaub drachensegeln oder aber bergwandern will. Ich will nicht ewig in einer Sardinenbüchse leben und durchs Weltall reisen!

Ein weiteres, süßes Märchen sind unkaputtbare Raumschiffe. Die Maschine eines Raumschiffs, das ewig lange durchs All reisen soll, müsste jahrelang mit Volllast fahren, ohne dabei kaputtzugehen. Das schaffen ja wir nicht einmal! Dazu kommt noch eine innerraumschiffliche ewige, bis ins Kleinste perfekt funktionierende Biosphäre. Die müsste zig Jahre lang fehlerfrei funktionieren! Ansonsten würde dies den Tod der gesamten Mannschaft bedeuten! Ganz abgesehen von der Problematik schwindender Muskeln, hervorgerufen durch Schwerelosigkeit, sowie eine erhöhte Gefahr der Strahlenerkrankung, bedingt durch die hohe kosmische Strahlung bei »ewig« langen Reisen durch den Weltraum.

☾

Thomas hatte schon seit Langem keine Zweifel, dass diese Geschichten ins Reich der Fantasie gehören, doch jetzt hatte er die passenden Argumente parat! »Vielleicht habe ich ja Glück und finde auf meiner Erde auf Anhieb die richtigen Leute, die mir dies glauben«, dachte er sich.

Aber auch Vetossen, ob vierhundert Jahre weiter oder nicht, sind nicht so abgeklärt, um keine eigenen Träume mehr zu haben. Jetzt kam Vennia mit vetischen Zukunftsplänen, teils um Thomas Mut zu machen, teils glaubten die Vetossen selbst dran:

☾

Ein möglicher, noch in weiter Ferne liegender Erfolg – einmal angenommen, es gelänge uns, den Planeten Sodia zum Partnerplaneten zu gewinnen – könnte uns Vetossen, könnte die Sodisten und könnte euch Erdlinge davon überzeugen, dass es sich rechnet, wenn außerirdische Planeten aufeinander zugehen! Eure Erde hätte beispielsweise bei einem Kontakt (SETI) der Sodisten zugleich eine Wahlmöglichkeit zwischen zwei Planeten! Würden wir Vetossen dabei den Kürzeren ziehen, könnten wir dies locker verschmerzen, denn dann hätten wir immer noch für Fragen unsererseits an euch Erdlinge den Planeten Sodia, den wir dann als Vermittler einschalten würden. Auf jeden Fall könnten auf die Art verschiedenste Interessengebiete viel schneller, viel genauer und viel gezielter erforscht werden. Und sollten alle Stricke reißen und Sodia uns als Partnerplanet ablehnen, dann bleibt ja immer noch euer Mars! Übrigens, unser Präsident kann jederzeit eine Empfehlung der Jury verwerfen und dann, gemeinsam mit den fünf Weisen, eure Erde doch gaaanz super finden!

)

Nachdem im Anschluss viele weitere Stunden vergangen waren, rückte der Marsmond Phobos immer näher. Für Thomas ein schon gewohntes Bild. Natürlich landete auch diesmal das Notraumschiff der zweiten Mannschaft wie vorgeschrieben neben dem großen Reiseraumschiff auf Phobos. Gleich nach der Landung taten schon wieder, mit Ausnahme von Maro, alle übrigen Astronauten enorm beschäftigt. Sie hantierten herum, telefonierten mit der zweiten Mannschaft aus dem Notraumschiff und biederten sich denen regelrecht an. Schließlich gab man sich selbst die gewaltige Aufgabe, drei weitere Spionagesonden in den Marsboden zu setzen. Und dies sollte, wie schon beim ersten Mal, auf »freiem Feld« geschehen. Also ein wenig versteckt, sodass man nicht ins Blickfeld bereits stationierter Erdsonden gelangen konnte.

Nach einem kurzen Gespräch untereinander kamen sie auf Thomas und Maro zu und standen in einem Halbkreis um beide herum:

»Wir werden drüben gebraucht!«, sprach Urus, der sich selbst als Sprecher der Gruppe zuteilte.

Mit dem nun folgenden, kurzen Schlusssatz verabschiedete sich Urus im Namen aller:

»Ein schönes Leben noch!«

Danach drehten sich alle um und gingen einen Stock tiefer, zu den Raumzubringern. Kein Händedruck. Keine Abschiedsrede. Einfach nichts! Dabei war abgemacht, dass mindestens zwei Astronauten Thomas zurückfliegen sollten. Zwar waren bereits zu der Zeit schon neue, modernere Raumzu-

bringer im Einsatz, die notfalls auch allein zu bedienen sind, aber zwei Astronauten boten mehr Sicherheit! Selbst Maro ärgerte sich:
»Mit denen rede ich noch!«, sagte er zornig.

Thomas und Maro war längst klar geworden, dass die nur einen Grund gesucht hatten, um drüben gebraucht zu werden. Da war immer noch der unterschwellige Zorn auf Thomas und den sollte er als kleines »Abschiedsgeschenk« auch zu spüren bekommen!
»Lass uns aufbrechen!«, sagte Thomas.
Er war mittlerweile froh, dass ihm wenigstens Maro zur Seite stand.

Von der untersten Etage aus, dort stand mittlerweile nur noch ein Raumzubringer, da Maros Kollegen bereits eiligst abgeflogen waren, betrat Maro gemeinsam mit Thomas den Raumzubringer, um in Richtung Erde abzufliegen. Von innen sah selbst ein Laie, dass dieser Raumzubringer viel moderner und besser ausgestattet ist als seine Vorgänger.
»Komm mit nach vorn in die Kanzel«, bat Maro, »dann bin ich nicht so allein!«
Bei so einem tollen Angebot brauchte Thomas nicht lange überlegen:
»Ich bin immer froh, wenn ich was Neues hinzulernen kann!«
Dann starteten sie aus der unteren Etage des Reiseraumschiffs und flogen von Phobos gemächlich ab. Als sie nach kurzem Flug den Erdmond erreichten, drehte Maro auf Wunsch von Thomas in drei Extrarunden um den ganzen Mond herum. Thomas schaute mit großen Augen auf die Mondoberfläche und freute sich:
»Danke Maro! Wird wohl das letzte Mal sein, dass ich unseren Mond aus der Nähe sehen kann!«

In der Erdatmosphäre durfte Thomas beim letzten Stück des Anflugs auf die Erde als zweiter Mann Maro bei wichtigen Aufgaben assistieren. Thomas genoss es, ein Kopilot von Maro zu sein! Natürlich gibt es nicht nur zum Schutz vor feindlichen Fliegern einen Katapultstart, es gibt auch noch als Extraausstattung eines jeden vetischen Raumzubringers die Katapultanlandung. Und in diesem modernen Raumschiff ist beides noch einmal überarbeitet worden und somit noch kraftvoller, wendiger und effektiver.
Als frischgebackener Kopilot war Thomas' erste Aufgabe, durch ein fen-

sterförmiges Spezialglas nach unten zu sehen. Es ist nicht nur irgendein Scheibenglas, dies ist ein Fernglas mit stufenlos verstellbarer Vergrößerung. So wie ein Bomberpilot des Zweiten Weltkriegs sein Ziel suchte, suchte nun Thomas zuerst den Südharz, später dann die kleine Waldlichtung. Genau dort, wo Adamo und Eva einst auf ihrem Biobauernhof gearbeitet hatten. Zudem waren vor diesem Spezialfernglasfenster noch ein Kompass, ein Höhenmesser, ein Geschwindigkeitsmesser und einige andere elektronische Anzeigegeräte eingearbeitet. In Absprache mit Maro nannte Thomas ihm die Werte, nach denen er gefragt wurde. War alles leichter zu beschreiben als zunächst befürchtet, denn Maro kann bestens Deutsch und hatte zudem noch Spaß dabei, Thomas zuzuhören; wenn er die Dinge, die er abzulesen hatte, zusätzlich mit eigenen Erklärungen umschrieb.

So, als wären sie ein perfekt eingespieltes Team – beide waren über sich selbst überrascht – landeten sie schneller als angenommen, auf der mittlerweile bekannten Waldlichtung. In der Pilotenkanzel nahm Maro seinen Freund Thomas in den Arm und sprach ihm noch einige dankende Worte zu:
»Thomas, du warst mir stets ein guter Kumpel! Immer, wenn ich etwas fragen wollte, konnte ich damit zu dir kommen, du warst stets korrekt zu mir!«
Dies fand Thomas so beeindruckend, dass er sein Kupferherz, welches er während der ganzen Zeit überall bei sich trug, von seinem Hals zog und es Maro zum Abschied schenkte:
»Kupfer ist bei uns nicht viel wert, doch du Maro, bist dieses Geschenk zum Abschied allemal wert! Du warst bis zuletzt immer für mich da, vergiss mich nie, mein treuer Freund!«
Maro sah völlig ergriffen zu Thomas:
»Danke Thomas, ich weiß dein Geschenk zu schätzen, damit wirst du mir für immer in Erinnerung bleiben!«

Doch nun war Zeit eines endgültigen Abschieds, sonst wäre Thomas womöglich wieder mitgeflogen!
Maro richtete seine letzten Worte an Thomas:
»Thomas, steig aus und gehe ganz langsam dort drüben auf den Baum zu, während ich mich davonmache und schau mir nicht nach!«
Während Thomas Maros Worten folgte, fuhr Maro den Motor, den er

die ganze Zeit über laufen ließ, wieder hoch und sauste viel schneller, als von Thomas angenommen, nach oben.

Woher Thomas das weiß? Thomas hielt nicht durch! Als er das Zischen des Raumschiffs hörte, drehte er sich doch um und sah für einen kurzen Moment den Raumzubringer wegfliegen. Er wollte noch nachwinken, kam aber nicht mehr dazu. Denn viel schneller, als er seinen Arm hätte heben können, sah er nur noch einen kleinen Punkt am Himmel, der bald darauf ganz verschwand! Statt zu winken, wischte sich Thomas ein, zwei Tränen aus dem Gesicht, er dachte nie, dass Abschiede so wehtun können!

Doch nun, wieder auf der Erde, war es wichtiger, sich auf die nächsten Schritte zu konzentrieren. Die Dezembersonne stand mittlerweile schon tief und Thomas wollte kein weiteres Mal im Dunkeln im Wald umherirren. Außerdem fielen ihm seine ersten Schritte richtig schwer, als er durch den Wald in Richtung Schotterweg stampfte. »Verdammte Erdanziehungskraft«, dachte sich Thomas. Auf der Vetos war alles im wahrsten Sinne des Wortes viel leichter und daran hatte er sich schon längst gewöhnt! Deswegen strengte er sich an, möglichst schnell durchs Dickicht auf den breiteren Wanderweg zu kommen. Noch war es hell genug! Dann sah er ausgetretene Fußspuren, wahrscheinlich von Waldarbeitern. Das half, den Wanderweg zu finden. Später, als er völlig erschöpft am Ende des Wanderwegs angekommen war, sah er auf dem Schotterweg eine Parkbank.

»Super, geschafft«, dachte er sich und nahm einige Zeit Platz, obwohl es hier oben ziemlich kalt war! Doch nach kurzer Verschnaufpause ging er bergab in Richtung Stadt. So langsam wurde es nämlich duster! Endlich sah er ganz unten die ersten Laternen, bevor er wieder völlig im Dunkeln umherirren würde. Thomas atmete durch. Von jetzt an konnte es etwas gemächlicher weitergehen. Langsam beschäftigte er sich mit der Frage, wie vorweihnachtlich mittlerweile es schon ist?

Er war ziemlich vorweihnachtlich! Und das war eindeutig! Unten, am Wegesrand des Schotterwegs, stand eine Werbetafel für den Weihnachtsmarkt, auf dem folgender Satz stand:

»Noch 2 Tage bis zum Fest!« Die Zahl Zwei bestand für diesen Zweck aus einer auf dem Plakat angehefteten Kunststoffform. So ganz genau nachgerechnet hatten die Vetossen wohl doch nicht, denn Thomas sollte schon in der dritten Adventswoche auf der Waldlichtung abgesetzt werden!

Kapitel 14

Wiedereinkehr in die alte Heimat

Thomas konnte auf dem Bürgersteig vor den Toren seiner Heimatstadt wieder jedes Werbeplakat sowie Straßennamen und Hinweisschilder lesen. Er war richtig froh darüber, als er von dort aus in Richtung Stadtmitte ging.

Hier, wo er aufgewachsen ist, war ihm alles vertraut und genauso wie jedes Jahr stand wieder auf etlichen Hinweisschildern am Straßenrand, dass der Weihnachtsmarkt erneut auf dem Marktplatz des Rathauses aufgebaut worden ist. Dort angekommen hielt er einen Moment inne, beobachtete das bunte Treiben der Kinder, die dort umhertollten, sah die ausgelassene Stimmung der Erwachsenen und genoss die Vorweihnachtsstimmung, indem er eine Zeit lang den festlichen Klängen der Weihnachtslieder, die aus Lautsprechern zu ihm herüberdrangen, lauschte. Er hatte ein Stück seiner alten Heimat wiedergefunden! Genau so etwas suchte er auf der Vetos, so schön sie auch ist, vergeblich. Möglicherweise war auch die überbordende, rationelle Fusion der Jury daran schuld.

Thomas schlenderte gemütlich über den Platz, schaute dabei auf die vielen Kerzen, auf die zahlreichen Holzfiguren, die neben Strohsternen, Räuchermännern und sonstigem Weihnachtsschmuck dekorativ platziert, in den Auslagen der Weihnachtsbuden zum Verkauf angeboten wurden.

Vor einem großen Bratwurststand blieb Thomas stehen und schaute schmachtend auf die dort liegenden, würzig duftenden Grillbratwürste. Er hatte zwar während seines Rückflugs zur Erde ausreichend zu essen bekommen, daran haben auch die Spannungen zwischen den Astronauten nichts verändert, doch deren Essen bestand überwiegend aus Salaten und Gemüsesäften. Astronautennahrung eben! Zudem erinnern Thomas würzig duftende Grillbratwürste stets an gute Zeiten. Sobald er sich selbst aus einem Tief herausgewunden hatte, gab's die – so war es in letzter Zeit immer – zur Belohnung! Aber er hatte zu seinem Bedauern außer ein paar

Groschen kein weiteres Geld in seinem Portemonnaie. Nur Goldherzen! Und die eignen sich nun mal schlecht zum Bezahlen!
»Mögen Sie Bratwurst?«, fragte eine Frauenstimme von der Seite.
Thomas drehte sich sofort um, da es, der Stimme nach zu urteilen, eine junge Frau sein müsste, die ihn soeben angesprochen hatte. Er lag nur knapp daneben, eine Frau Ende zwanzig schaute ihn mit einem verschmitzten Lächeln an. Sie hatte rote Wangen, sah etwas angeheitert aus, hielt in der rechten Hand einen Becher in dem noch etwas Glühwein war und suchte, so wie es aussah, Kontakt zu anderen. Thomas vermutete zwischen den roten Backen, dem Becher Glühwein und ihrem Lächeln einen engen Zusammenhang mit der Bereitschaft, Bratwurst zu spenden. Da er jetzt noch mehr Hunger bekam, stimmte er zu. Hat sich auch gelohnt, da nun von der Frau eine von Thomas erhoffte Anschlussfrage kam:
»Mögen Sie auch Glühwein mit Schuss?«
»Super«, dachte sich Thomas, und gab sogleich Antwort:
»Ja, gern.«
Mit diesen beiden Wörtchen bekam er auch noch den Glühwein spendiert, brauchte für den nicht extra zu bezahlen. Herrlich, dieser Abend fing einfach gut an!
Die Frau stellte sich vor:
»Ich heiße Herta.«
»Und ich bin der Thomas«, antwortete er.
Da praktischerweise beide schon ihr Getränk in der Hand hielten, blieb es dann bei der Anrede mit Vornamen. Herta hatte sich über die Weihnachtsfeiertage zu einem Kurztripp entschieden. Sie hat keinen familiären Anschluss und wollte daher um die Weihnachtszeit eine ehemalige Schulfreundin besuchen. Da die verheiratet ist und Kinder hat, nächtigt Herta zur Zeit in einer kleinen Pension mit günstigen Zimmern, nur halb belegt und nicht weit vom Weihnachtsmarkt entfernt. Thomas gefiel diese Nachricht genauso gut wie Hertas Vorfreude aufs Weihnachtsfest, die gemeinsam mit ihrer Schulfreundin ein paar schöne Stunden zum Jahresausklang erleben wollte.
»Eine Pension, die noch freie Betten hat, das trifft sich gut«, sagte Thomas, »ich brauche unbedingt noch eine Bleibe! Gibt es hier in der Nähe einen Juwelier, Herta?«
Sie schaute ihn merkwürdig an. Diese Frage passte nun gar nicht in irgendeinen Zusammenhang zu einer Übernachtung, zumal Thomas jetzt

auch nervös wirkte. Es hatte fast den Anschein, als sollte ein Juwelier für Thomas ein Zimmer buchen. Aber umso interessanter wurde Thomas! Jedes Mal, wenn Herta die Zeit zu eintönig fand, suchte sie nach Typen mit sonderbaren Erlebnissen.

»Gleich um die Ecke«, sagte Herta und deutete mit dem Finger dort hin. »Geh nur, ich warte solange!«

Thomas betrat in Eile den Laden des Juweliers. Es war kurz vor 18 Uhr. Ungefähr zehn Minuten blieben noch bis zum Ladenschluss. Und obwohl oder gerade weil die Zeit so knapp war, ist er draußen noch einige Zeit vorm Schaufenster stehen geblieben und überlegte, was er sagen wollte. Er musste unbedingt hier im Laden ein Herz loswerden, ansonsten wäre dieser schöne Neubeginn mit Herta zunichte gemacht!

Thomas lief zum Verkaufstresen:

»Ich habe Schmuck, den möchte ich eintauschen!«

»Welche Art Schmuck?«, fragte der Verkäufer.

Thomas schaute mit gekonnt gestelltem Dackelblick hoch, nachdem er in seiner Tasche gekramt hatte:

»Ein Goldherz. Meine Exfreundin. Ich will sie vergessen!«

War glatt gelogen, aber der Verkäufer nahm's ihm ab. Thomas nutzte dabei sein Theaterwissen, das er sich auf der Vetos angeeignet hatte. Als der Verkäufer das Goldherz in den Händen hielt, staunte er über den hohen Reinheitswert des Goldes und es kam zum Geschäft. Der Preis war eher mäßig – der Verkäufer begründete es mit einem in jüngster Zeit gefallenen Goldpreis –, aber Thomas hatte keine andere Wahl und nahm an. Wieder draußen, beeilte er sich, um möglichst schnell wieder zur Wurstbude zu kommen. Nur wer schnell und kurz unterwegs ist, braucht später keine lange Erklärung abgeben, was er in dieser Zeit denn alles getrieben hat. Das war schon auf der Vetos so!

Jetzt konnte sich Thomas endlich revanchieren. In seinem Magen war sowieso noch jede Menge Platz für Würste aller Art sowie Glühwein. Und da Herta auch noch sehr viel Durst hatte, vereinbarten beide, spätabends an der Hotelbar der Pension noch einige Rebsorten guter Weine zu testen.

Einige Bratwürste später machte sich Thomas gemeinsam mit Herta auf den Weg zur Pension. Herta hakte sich bereits bei ihm ein, da sie, wie sie selbst sagte, so viel besser die vielen Schritte laufen könne. Der restliche Abend mit Herta war genauso gut wie die getesteten Rebsorten! Doch trotz ansteigenden Alkoholpegels, der das Gespräch etwas abflachte, merkte Thomas, wie schwer es war, Herta seine jüngste Vergangenheit zu verheimlichen. Aber er traute sich nicht, ihr die Wahrheit zu sagen, redete um den heißen Brei herum! Sie erfuhr nur, dass Thomas aus der Ferne angereist ist und viele Weisheiten fürs Leben sammeln konnte. »In der Ferne Neues zu erfahren muss wohl bei Thomas eine Manie sein«, dachte sie und sprach auch an diesem Abend darüber, gab sich aber vorerst damit zufrieden.

Am nächsten Morgen wollte Thomas gleich nach dem Frühstück wieder losstürmen. Die ganze Stadt erkunden! Schauen, was sich während seiner Abwesenheit alles verändert hat. Dieser Drang – hinaus in die Stadt, um sofort um jeden Preis alles Neue zu entdecken – kam selbst Herta, die ebenfalls ständig nach Abenteuern sucht, ziemlich merkwürdig vor. Thomas tat geradezu so, als hätte er in dieser Stadt nie gelebt!

Am Vorweihnachtsabend gab es für alle Gäste der Pension eine erste Bescherung der besonderen Art. Im Speisesaal lief der Fernseher. Von diesem Gerät einmal abgesehen, war es im ganzen Raum mucksmäuschenstill. Alle Gäste saßen um den Fernseher herum und schauten gespannt auf den Bildschirm. Nein, es war nicht das übliche Weihnachtsprogramm, das diese »Zugkraft« entwickelte, dort wurde, in einer spannenden Reportage, über das Auffinden der ersten Exoplaneten eines neu entdeckten Sternensystems berichtet. War damals eine Sensation, die in der besinnlichen Weihnachtszeit jede Menge Spannung aufkommen ließ. Endlich, nach langen Erklärungen und endlosen Vorankündigungen der Reporter, wurde das erste, verwaschene Bild der neu entdeckten Exoplaneten des anderen Sternensystems gezeigt. Doch für Thomas, der selbst gespannt zuschaute, war's eine riesengroße Enttäuschung! Was er im Fernsehen zu sehen bekam, war nichts anderes als die Vetos, die winzig klein im vetischen Sonnensystem zu sehen war – Thomas erkannte sie unter anderem an der Position ihrer drei Monde, die um die Vetos ziehen – noch dazu in einer enorm schlechten Bildqualität!

Zum Glück war die Gesprächsrunde danach um einiges besser. Jedoch nicht die aus dem Fernsehen, in der alles Gesehene zum zweiten Mal durchgekaut wurde! In der Pension hatten sich alle Gäste nach der Reportage über Exoplaneten zu einer Diskussionsrunde zusammengesetzt. Für sie war der soeben gezeigte Fernsehbeitrag ziemlich aufregend gewesen. Deshalb musste jetzt alles ausgiebig miteinander bequatscht, mussten Meinungen untereinander ausgetauscht werden! Natürlich mit Thomas zusammen, der jetzt wieder richtig in seinem Element war.

Als sich die Gäste am Tisch richtig »warmgeredet« hatten, wurden verschiedenste Spekulationen von ihnen angestellt. Dabei wurde alles, was denen in den Sinn kam und theoretisch möglich sein könnte, durchdiskutiert. Passend im Einklang zur Weihnachtszeit sahen einige der Gäste auch religiöse Zusammenhänge. So fragte einer aus der Runde, wieso ein Schöpfer des Universums nicht mehrere »Erden« zugleich geschaffen haben könnte. Im Fall einer »Zerstörung der Völker« auf einer solchen zweiten Erde, zum Beispiel wegen einer atomaren Auseinandersetzung zwischen Weltmächten oder im Fall einer all um sich greifenden Pandemie oder durch einschlagende, kosmische Felsbrocken aus dem All wären dann immer noch genug andere »Erden« da, die sich weiterentwickeln könnten.

Außerdem, so ein anderer, könnte jede Zivilisation dieser »Erden« zu ihrer eigenen, individuellen Form finden, sowohl was den technischen als auch was den verstandesgemäßen Fortschritt angeht! Später, bei ausgereifter Raumfahrt, könnten sich diese Planeten dann »treffen«, um Erfahrungen unterschiedlichster Art auszutauschen!

Bis dahin klang alles gut, Thomas war recht zufrieden. Doch nur wenig später hörte er auch eine unterschwellige Angst heraus. Die Angst vor dem Unbekannten. Nur wenige haben in diesem Punkt ihre Meinung geändert! Das gilt immer noch für große Teile der Erdbevölkerung. Genau jetzt hätte Thomas einschreiten und laut »Halt!« rufen können. Die Außerirdischen sind ganz friedliche Menschen und nett dazu! Aber er traute sich nicht. Sobald ein Gespräch in die Tiefe ging, wich er vielen Fragen aus. Er wollte nicht komisch oder albern wirken. Thomas erkannte zweifelsfrei, dass die Dinge aus seiner Vergangenheit eines Tages erzählt werden müssen, anstatt selbst ewig undurchsichtig zu wirken!

An diesem Abend begriff Thomas, was Angst für eine Sprengkraft besitzt.

Nicht nur bei den anderen, die ihm gegenübersaßen, auch bei sich selbst. Ganz besonders bei sich selbst! Zum ersten Mal wurde Thomas richtig bewusst, dass er unbedingt etwas dagegen unternehmen muss! Er konnte es kaum aushalten, seine Erlebnisse für sich zu behalten, als mehr und mehr wüste Hiobsbotschaften erzählt wurden, die außerirdische Wesen über die Erde ganz sicher hereinbringen würden.

Aber der Silvestertag nahte und das brachte Abwechslung. Da Herta während der Weihnachtsfeiertage überwiegend bei ihrer Freundin zu Besuch war, setzte Thomas sich mit ihr zusammen am Silvestermorgen an den Frühstückstisch. Thomas mag Herta. Ihre abenteuerliche Art, all das, was sie aus ihrem Leben bisher gemacht hat. Herta ist einfach toll! Während des Frühstücks rief Thomas noch einmal die schönen gemeinsamen Stunden der letzten Tage, die er gemeinsam mit Herta verbringen durfte, in Erinnerung. Für ihn könnte es immer so bleiben und in Zukunft wollte er mehr von Herta haben, sagte er, dann würde das neue Jahr richtig gut werden!

Nützte aber wenig. Herta betonte, dass für sie schon übermorgen der ganz normale Arbeitsalltag beginnt und sie Thomas gar nicht richtig kennt, noch nicht mal weiß, bei wem und als was er arbeitet. Und da war er wieder, dieser unharmonische Übergang!

Thomas musste zusehen, möglichst schnell irgendeine Arbeit zu finden. Seine Goldherzen werden nicht ewig reichen! Mittlerweile wusste Thomas auch, dass ihm der Juwelier einen recht anständigen Preis als Gegenwert bezahlt hatte. Der Goldpreis war zum Abschluss dieses Jahres wirklich im Keller! Das lag überwiegend an einer Jahresendrallye an den Börsen. Börsenchinesisch, ist aber einfach zu erklären. Am Jahresende laufen viele Altverträge aus, zum Beispiel die von Rentenfonds. Steigen die Aktienkurse an der Börse, also steigt der DAX steil nach oben, so treibt die unstillbare Gier nach immer mehr Geld die meisten Anleger in die Kurse, das heißt, sie kaufen, was die Börse hergibt! Um diese Spekulationsblase weiterhin fleißig zu »füttern«, damit die sich noch mehr aufbläht, wird auch schon mal in großen Mengen Gold verkauft! Und das treibt wiederum den Goldpreis nach unten! So jedenfalls hat es ein Bankkunde Thomas erzählt. Und Thomas war bei mehreren Banken, um sich nach dem Goldpreis zu erkundigen.

Doch jetzt wuchs auch die Gier in Thomas. Nämlich die, einen ausgezeichneten Ruf zu haben und dazu gehört nun mal ein anständiger Arbeitsplatz. Zumindest, wenn man bei Frauen Eindruck schinden will, von denen man in Zukunft mehr haben möchte!

»Ich arbeite in der Elektroschrottentsorgung, hier in der Stadt«, sagte Thomas.

Und weil er wieder gelogen hatte, kam's Herta auch spanisch vor:

»Hier beim Schrottmeier in der Stadt?«, fragte sie ziemlich verdutzt nach. »Aber du kommst doch aus der Ferne!«

Bingo! Sie hatte ihn kalt erwischt. Thomas stand ziemlich auf dem Schlauch. War ein klares Ergebnis, wenn man den, den man mag, bewusst anlügt und zudem etwas aus Feigheit verheimlicht!

»Hm, äh, ich wechsle die Firma und werde im Januar beim Schrottmeier anfangen«, stammelte Thomas, was diesmal streng genommen auch stimmte.

Trotzdem klang es bei Herta alles andere als überzeugend, doch auf die Art hatte sich Thomas selbst einen guten Vorschlag gemacht.

Da Herta ihr Interesse verlor, noch weiter mit Thomas über seine Zukunftspläne zu diskutieren, kam sie mit einer neuen Idee:

»Thomas, lass uns Streuner des Lebens zum Abschluss einen schönen Abend verbringen, damit ich Silvester für immer in schöner Erinnerung behalten kann!«

Wieso Abschluss, fragte sich Thomas selbst und befürchtete, Herta könnte die Dinge anders sehen als er.

»Und übermorgen«, fragte er mit Kribbeln im Bauch, »was ist mit Übermorgen?«

»Übermorgen geht jeder wieder seine eigenen Wege!«, sagte Herta klar entschlossen. »Arbeiten, wie gewöhnlich!

Der Silvesterabend nahte. Und genau wie an dem Tag des ominösen Fernsehbeitrags der besonderen Art blieben auch diesmal alle Gäste zusammen, um gemeinsam zu feiern. Daher hatte sich der Besitzer der Pension dieses Jahr etwas ganz Besonderes einfallen lassen. Als kleines »Bonbon« des Hauses durften die Gäste das gesamte Silvesterfeuerwerk – der Besitzer hatte dies höchstpersönlich zuvor angeschafft – selbst abfeuern! Dann kommt zum Jahreswechsel richtig gute Stimmung auf!

Als um 12 Uhr nachts dann die Feuerwerkskörper zischten, knallten oder durch die Luft sausten, fiel Thomas wieder unangenehm auf! Als das meiste schon verschossen war, machte er sich über die fliegenden Untertassen her. Weit hinten, auf der Terrasse, standen noch etliche kleine, scheibenförmige Feuerwerkskörper, die nach dem Anzünden zischend in die Luft fliegen. Eigentlich etwas, um damit Kinder zu beeindrucken! Für Thomas aber das Beste des Abends! Jedes Mal, wenn so ein Ding in die Luft flog, lachte er wie ein Kind, auch dann noch, als alle anderen schon wieder in den Speisesaal gegangen waren. Man überließ Thomas freiwillig diese Kleinstfeuerwerkskörper. Gewissermaßen eine Mischung aus Mitleid und Verwunderung über ihn.

Einer der anwesenden Gäste schaute nach draußen:

»Guck dir den an! Erst redet der wie ein Wissenschaftler und jetzt hängt das Kind raus!«

»Versteht das jemand von euch?«, fragte ein anderer Gast nach.

Ein wiederum anderer Gast fühlte sich angesprochen, antwortete spontan:

»So was kann keiner mehr verstehen!«

Als Thomas wieder im Saal war, taten alle so, als wäre ihnen nichts aufgefallen. Thomas setzte sich jetzt an den Tisch. Er hatte ganz plötzlich Hunger bekommen. Da aber fast nichts mehr zu Essen da war, griff er zum Salat und zu Tomaten.

Währenddessen wurden in der Pension Schunkellieder und alte Schlager vom Band abgespielt, gewissermaßen als schöner Ausklang der Nacht. Nach einigen Liedern hörte man einen berühmten Schlager, der das Alleinsein besingt. Mit einem Mal sprang Thomas vom Tisch auf – ich glaube ich weiß, wen oder was Thomas damit wirklich gesehen oder gemeint hat – wurde putzmunter und tanzte zusammen mit allen anderen Gästen bis spät in die Morgenstunden!

Kapitel 15

Thomas' neues Leben

Der zweite Januar kam für Thomas schneller als gedacht. Während er noch den vollen Januar in der Pension gebucht hatte, waren die meisten Gäste, darunter auch Herta, bereits am Neujahrstag abgereist. Die schönen Tage waren vorbei und da Thomas im neuen Jahr unbedingt eine Wohnung brauchte, begann für ihn ab diesem Tag die Zeit der Arbeitsplatzsuche.

Doch zuerst musste er zu Konstanze gehen und seine Zeugnisse holen, damit er bei einem zukünftigen Vorstellungsgespräch etwas Aussagekräftiges auf den Tisch legen kann. Seit seiner überstürzten Flucht aus der Wohnung lagen seine Papiere immer noch dort, in irgendeiner Schublade. Hoffte er jedenfalls! Ebenso klammerte er sich fest an den Glauben, Konstanze dort noch anzutreffen und ging auf gut Glück los. Zu seiner großen Erleichterung sah er draußen am Türschild des Hauseingangs, dass Konstanze unverändert in ihrer alten Wohnung anzutreffen ist.

Während Thomas an der Wohnungstür klingelte, stand Konstanze in der Küche und briet mehrere Koteletts in einer großen Pfanne. Als sie ihn wiedersah, riss sie vor Erstaunen ihren Mund auf und fiel Thomas mit einem Schwall purer Freude um den Hals.

»Thomas, Thomas, meine Güte, du lebst! Aber sag, wo warst du die ganze Zeit über?«

Da war sie wieder, die gleiche, blöde Situation! Thomas gab sich alle Mühe, seine Zeit auf der Vetos zu verschleiern, indem er überschwänglich von seinen letzten Tagen erzählte.

Konstanze war schwanger, kurz vor der Niederkunft. Das war Thomas' Glück! Konstanze war deshalb voll und ganz mit ihrer zukünftigen Mutterschaft beschäftigt, sonst hätte die ganz anders reagiert. Ganz sicher, Thomas kennt Konstanze.

»So, so«, sagte sie, »du wohnst gegenwärtig im Sonnenstern.« (Das ist der Name der Pension, in der Thomas gegenwärtig zu Gast ist.)

»Konstanze, ich bin ganz bewusst in meine Stadt zurückgekehrt«, sagte Thomas überzeugend, »in Zukunft möchte ich hier wieder arbeiten und wohnen!«

War ein guter Schachzug. Mit dem konnte Thomas sie von ihrer »blöden« Eingangsfrage erfolgreich ablenken.

Konstanze gab Thomas jetzt aktuelle Informationen über den gegenwärtigen Stand der Dinge:

»Thomas, bis heute bist du mein Untermieter geblieben. Und du bist immer noch im Einwohnermeldeamt bei mir gemeldet. Ich hab dich nie aufgegeben, Thomas! Ich wollte nie die Hoffnung verlieren, dich irgendwann einmal wiederzusehen, trotz Vermisstenanzeige bei der Polizei!«

»Oh, Konstanze«, bedankte sich Thomas eindringlich, »du hast mich nach all dem, was vorgefallen ist, nie aufgegeben, nie abgeschrieben! Konstanze, ich schätze deine gute Seele, du hast Anstand, danke Konstanze!«

Sein soeben eigenes, gesagtes Wort »Seele« brachte Thomas schon wieder auf eine neue Idee, um Konstanze erneut erfolgreich von der aufdringlichen Eingangsfrage abzulenken.

Thomas schaute ihr auf den dicken Bauch:

»Bist du schwanger?«

Konstanze wiederum schaute ihn etwas verschämt an, stellte ihm eine Gegenfrage:

»Bist du deswegen sauer, Thomas?«

Auf ihre Frage schoss Thomas förmlich eine »passende« Antwort aus dem Mund:

»Ich bin niemals sauer, wenn neues Leben zur Welt kommt!«

Er sagte nicht auf die Welt kommt, er zu (dieser) Welt kommt! Zum Glück fiel Thomas gleich eine weitere trickreiche Frage ein, mit der er es erneut schaffte, Konstanze von seiner Vergangenheit abzulenken:

»Wie kam's denn zur dieser Schwangerschaft? Komm Konstanze, erzähl mal!«

Wieder mal, ließ sich Konstanze von Thomas einwickeln und fing zu erzählen an.

)

Am späten Nachmittag, kurz nachdem ich dich scharf zurechtgewiesen hatte, war ich zwar immer noch ziemlich wütend, aber alles andere als froh über deinen leisen Abgang. Als du spätabends immer noch nicht zurückgekehrt bist, machte ich mir größte Sorgen. Ich rechnete mit dem Schlimmsten! Machte mir schwere Vorwürfe! Bin ich, durch meine ziemlich forsche Art, zu weit gegangen? Trage ich Schuld an deinem Schicksal? Du bliebst mir fern, die ganze Nacht lang! An nächsten Tag war ich auf der Arbeit zerstreut, machte Fehler! Dies war so ungewöhnlich, dass es sofort meinem Arbeitskollegen auffiel. Einen Augenblick später ging ich hilfesuchend auf ihn zu, vertraute mich ihm an. Er merkte, dass ich völlig durch den Wind war. Ich weinte, war verzweifelt, schüttete dem Kollegen mein Herz aus. Gleich danach – wir beide wurden vom Chef, als er das hörte, für den Rest des Tages freigestellt – fuhren wir durch die Gegend und suchten dich überall.

Dann, ein Hoffnungsschimmer! Der Mann am Kiosk erkannte dich auf einem gezeigten Foto wieder:
»Der hat fast mein ganzes Bier gekauft, in einen Stoffbeutel verstaut und wollte von hier aus zur Burg gehen!«
Welch ein Lichtblick! Mein Arbeitskollege und ich waren froh. Ich schöpfte wieder neue Hoffnung, dich doch zu finden! Wir beherzigten die Aussage des Kioskverkäufers und fuhren nach oben, zur Burg. Dort fanden wir aber zunächst nichts! Später suchten wir die ganze Umgebung nach dir ab.
»Gütiger Himmel«, rief ich ganz laut, als ich meine eigene Stofftasche an einem Ast hängen sah.
In der Tasche waren jede Menge Bierdosen drin. Alle ausgetrunken! Für dich Thomas, völlig ungewöhnlich! Hinter dem Hang, gleich neben dem Baum, an dem diese Stofftasche hing, sahen wir ausgebrannte Grillkohle. Und große Erdlöcher! Jemand hat dort frisch angepflanzte Kiefern ausgebuddelt. Mein Kollege und ich fragten uns, ob du das vielleicht warst?

Später haben wir die Polizei hinzugezogen. Die hat den Förster gleich mitgebracht. Der hatte die Kiefern zum Teil selbst mit eingepflanzt, war mächtig sauer und erstattete Anzeige gegen Unbekannt. Fand schlussendlich aber keine Erklärung, warum jemand so kleine Kiefern aus einem Wald stiehlt. So was ist doch völlig sinnlos!

Aber auch die Polizei fand keine brauchbaren Spuren, weder von den Walddieben noch von dir! Später setzten die Polizisten Fährtenhunde ein, die aufspüren konnten, wo du überall entlanggegangen bist. Dein Geruch, den die Fährtenhunde brauchten, haftete noch an der Stofftasche. Doch genau dort, wo die vielen Löcher waren, hörte deine Spur abrupt auf! Einfach unerklärlich! Ein Polizist sagte, der muss wohl von hier wie ein Vogel weggeflogen sein. Später wurde dann die Suche nach dir eingestellt.

Mir blieb nur noch der Kollege zum Trösten, zum Quatschen. Er tat mir gut. Unheimlich gut! Wir beide trafen uns immer öfter. Was hätte ich auch tun sollen? Du warst ja nicht mehr da! Später einmal tröstete mich mein Kollege so gut, dass ich von ihm schwanger wurde. Anschließend gaben wir beide uns das Jawort. Ich musste meine Ausbildung vorzeitig abbrechen! Bis vor Kurzem habe ich ersatzweise als Bürohilfe im Krankenhaus weitergearbeitet. Thomas, ich sage dir, ich bin heilfroh, dass ich so einen netten Chef habe! Ich soll erstmal mein Kind austragen, hat er zu mir gesagt. Später will er sich für mich einsetzen, denn ich bin gut, sagt er, und dem Krankenhaus eine große Hilfe! Und gerade wegen dieser undurchsichtigen Geschichte mit dir, für die ich nichts kann und die sich mittlerweile im ganzen Krankenhaus herumgesprochen hat, soll ich auf jeden Fall eine zweite Chance zur Ausbildung bekommen!

)

Als Thomas dieses eindringliche Gespräch von Konstanze hörte, schämte er sich mächtig. Was hat er da angerichtet? Bisher drehte sich alles nur um ihn! Bisher hat er nur vorrangig an seine Zeugnisse gedacht und daran, wie er im Leben weiterkommt. Aber genau jetzt fühlte er sich richtig schäbig. Und deshalb hätte er auch, genau jetzt, Konstanze alles erzählen müssen! Sie hätte es bestimmt verstanden. Thomas stand mächtig unter Zugzwang. Doch diese verdammte Angst vor der Wahrheit, das ärgerte ihn selbst, war wieder stärker und besiegte ihn! Er konnte es ihr nicht sagen, was wirklich geschehen ist.

Konstanze schaute ihn erwartungsvoll an:
»Thomas, bitte, ich habe dir alles von mir erzählt, bitte sag mir, was mit dir los ist. Wo bist du die ganze Zeit über gewesen?«

Thomas fühlte sich wie ein richtiges Menschenschwein, als er Konstanze antwortete:

»Konstanze, bitte gib mir noch etwas Zeit. Konstanze, ich habe vieles in der Ferne erlebt, darunter viel Neues, Merkwürdiges und Unbekanntes. Konstanze, ich weiß noch nicht genau, wie ich dir das alles einmal erklären soll. Konstanze, bitte lass mir etwas Zeit, ich bin heute nur gekommen, um meine Zeugnisse mitzunehmen.«

Da war er wieder, dieser feige Thomas, der nichts von ihr dazugelernt hatte, rein gar nichts! Und das hasste Konstanze bis aufs Blut! Stinksauer drehte sie sich wortlos um, ging ins Schlafzimmer, zog wütend die Schublade auf, schnappte Thomas' Zeugnisse, lief wortlos auf ihn zu und stieß Thomas wütend ihren Arm entgegen:

»Wenn du mir nichts mehr zu sagen hast, dann nimm deine Sachen und geh bitte! Wegen dir hab ich schon genug durchgemacht, Thomas!« Mit ihrer flachen Hand wies sie ihm die Tür. Thomas brachte noch ein fades »Tschüss« heraus, bevor er endgültig ging.

Thomas ist Realist genug, um zu sehen, dass bei Konstanze nichts mehr zu kitten ist. Nach allem, was sie durchgemacht hat, sind die Würfel gefallen. Endgültig! Konstanze hat jetzt einen anderen. Und den kann und will Thomas ihr auch nicht nehmen! Aber er sieht noch einen unsichtbaren Verbund zu ihr, den er auf jeden Fall selbst durchtrennen will. Sie muss ihm alles verzeihen, unbedingt, er wird sonst keine Minute mehr ruhig schlafen können! Doch nun war Thomas am Drücker! Er muss ihr wenigstens eine Chance geben, dies auch tun zu können.

Aber es gab noch mehr Probleme, viel mehr Probleme, völlig neue Probleme, die sich alle auf einen Schlag hätten lösen lassen, wenn er nur endlich allen sagen würde, wo er gewesen ist und wo er eigentlich in seinem Leben hinwill!

Kapitel 16

Das Pendel der Zukunft

Seit Kurzem ist Thomas volljährig geworden. Wenigstens ein Problem weniger! Endlich kann er frei entscheiden, ist nicht mehr von der Gunst anderer abhängig. Aber einen richtigen Grund seinen Geburtstag zu feiern fand Thomas nicht. Mit wem hätte er auch feiern sollen?

So kam es, dass Thomas ausgerechnet an seinem 18. Geburtstag, an einem der schönsten Tage des Lebens, zum Arbeitsamt ging. Freiwillig! Thomas wünschte sich an diesem Tag nur eines: möglichst schnell eine Arbeit und eine Wohnung zu finden! Thomas hatte Herta zwar großmäulig zugesichert, er fange im neuen Jahr beim Schrottmeier an, aber das hat er nur so gesagt, um bei ihr Eindruck zu schinden. In Wirklichkeit wusste er gar nicht genau, in welcher Straße dieser Schrottmeier zu finden ist und ob der überhaupt Arbeit zu vergeben hat!

Als Thomas die untere Etage des Arbeitsamts betrat, wollte er sich Klarheit verschaffen. Er blieb aber nur unten, im großen Flur und suchte nach Schaukästen. Thomas brauchte gar nicht dran zu denken, ins Zimmer der Anmeldung zu gehen, um sich dort arbeitslos zu melden. Was hätte er diesen Leuten denn sagen sollen? Etwa, dass er auf einer Vetos, nach der Arbeitsvermittlung durch eine Jury, Gartenzäune repariert hat oder Einkaufstüten in Supermärkten vollgestopft hat? Außerdem hätte Thomas in seiner Lage sowieso jede Arbeit annehmen müssen, die sich ihm anbot. Also konnte er auch gleich selbst die Wände dieses Flurs nach Arbeitsangeboten absuchen!

Thomas hatte wieder mal Glück! In so einem Schaukasten des Flurs las er folgendes Stellenangebot:

Firma Meier – Elektroschrott KG, Rosenstraße 5, im Gewerbegebiet Roter Riese
- Sucht Helfer aller Branchen!
- Keine Vorkenntnisse erforderlich!
- Kurze Einarbeitungszeit!

Als Thomas das las, atmete er ganz tief durch. Es fiel ihm ein dicker Stein vom Herzen, genauso wie damals, als er im dunklen Wald Maro und Kollegen entdeckte.

Thomas ging, mit immer noch rasendem Puls – wegen der nervlichen Anspannung –, wieder nach draußen. Er brauchte noch einige Zeit, um wieder runterzukommen. In diesen Tagen vergaß Thomas etwas Wichtiges, das er längst nicht mehr wahrnahm. Er hätte ruhig mal ein bisschen auf sich selbst stolz sein können, denn nun trennte ihn nur noch eine Stadtkarte von seinem möglichen neuen Arbeitgeber.

Auf dem Firmengelände, in der Rosenstraße 5, stand ein großes, tristes Gebäude in schlichtem Grau. Davor ein Pfosten mit einem kleinen Firmenschild. Darauf der Name:
Firma Meier – Elektroschrott KG.
Hier war Thomas richtig, hier musste er rein! Drinnen war ein schmaler, karger Raum. Thomas durfte sich vor einem alten, wackligen Holztisch setzen. Wenig später betrat der Firmenchef diesen Raum. Er trat wie ein Gutsherr auf, nannte Thomas gleich beim Vornamen. Aber allzu neugierig war dieser Chef nicht! Er fragte noch nicht mal nach Thomas' letzter beruflichen Tätigkeit.
»Du hast aus meiner Anzeige erfahren?«, fragte er kurz und setzte sein Gespräch in einem Atemzug fort.« Vor einiger Zeit wurde eine neue Umweltrichtlinie zur Elektroschrottentsorgung eingeführt. Das schafft viele, neue Arbeitsplätze. Ist doch toll, oder?«, betonte er und grinste dabei gierig.

Thomas wollte was sagen, doch er kam gar nicht zu Wort. Der Firmenchef redete abermals in einem Atemzug weiter:
»Okay, du kommst morgen um sieben Uhr zur Schrotthalle! Deine Papiere kannst du auch später bei mir im Büro abgeben. Dann tschüss, bis morgen, Thomas!«, sagte er und verschwand gleich wieder.

Auf dem Nachhauseweg hätte Thomas froh sein können, er hätte jubeln können, aber er ärgerte sich über die Kaltschnäuzigkeit, mit der er abgefertigt worden war. Na ja, wenigstens hatte Thomas die Möglichkeit, ab morgen wieder in seiner Heimatstadt zu arbeiten. Aber so locker der Schrottmeier auch war, irgendwann würde auch der nach einer Steuerkarte fragen. Also musste Thomas demnächst zur Polizei gehen und diesen Leuten erzählen, wo denn die Ferne zu finden ist, aus der er kommt! Und sowieso, für eine neue Wohnung musste er sich bei der Gemeinde ummelden. Es war verflixt! Thomas kam nicht aus seinen Problemen heraus.

Am nächsten Morgen tauchte Thomas jedenfalls pünktlich auf dem Hof der Schrotthalle auf, so hatte er wenigstens ein Problem weniger!

An seinen Feierabenden ging Thomas lange Zeit auf Wohnungssuche. Bei den Quadratmeterpreisen für eine Zweizimmerwohnung in dieser Stadt war es für Thomas nicht einfach, etwas Bezahlbares zu finden. Aber er nahm sich fest vor, spätestens im Februar eine eigene Wohnung zu beziehen. Seine Goldherzen wurden immer weniger und einige brauchte er noch für die Mietkaution!

Doch er hatte wieder mal Glück. Eine kleine, schäbige, also nicht vorgerichtete Wohnung, bot sich an. Thomas schlug sofort zu! Er hatte Besseres zu tun, als Abendspaziergänge nach bezahlbarem Wohnraum zu unternehmen! Wenigstens war der Umzug in die neue, eigene Wohnung ein Kinderspiel. Thomas hatte ja fast nichts, was er sein Eigen nennen konnte. So war es auch nicht weiter verwunderlich, dass seine erste große Anschaffung ein Computer gewesen ist. Bei seiner Arbeit als Entsorger stieß er auf einen Altcomputer, der technisch noch einwandfrei funktionierte. Und dieser wurde erst kürzlich von jemandem abgegeben, der sich ein Neugerät besorgen wollte. So langsam füllte sich Thomas' Wohnung, wenn auch seine Möbel teils vom Sperrmüll, teils aus Haushaltsauflösungen stammen, zumindest hatte er so überhaupt welche!

Um sich von dieser Trostlosigkeit ein wenig abzulenken, ging Thomas später einmal in der Woche in den »Computer Chaos Club«. Auf diese Idee brachten ihn zwei Arbeitskollegen, mit denen er sich mittlerweile ein bisschen angefreundet hat, da sie glauben, Thomas zeige an Computern ein merkliches Interesse. Ist auch so!

Wenig später wurde Thomas dort Mitglied. In der Computertechnologie der 1990er Jahre sah Thomas für sich neue Chancen. Übers Internet – Thomas hatte bereits gelernt, damit korrekt umzugehen – las er eine Kontaktanzeige, die ihn sofort in seinen Bann zog. In der Stadt sucht eine

Theaterarbeitsgemeinschaft noch neue Laiendarsteller. Jeder, der Lust hat, kann dort mitmachen! Thomas sah nun eine Gelegenheit, besser aus sich herauszukommen. Er erinnerte sich an die schönen Stunden auf der Vetos, dort spielte er auch in Theaterstücken mit, obwohl er bis heute kaum vetisch kann.

Wenig später probte Thomas schon auf der Bühne, gemeinsam mit anderen Laiendarstellern. Das war Balsam für seine Seele! Genau wie auf der Vetos konnte er dort ein Stück weit seine Schwierigkeiten, die ihm der neue »Erd-Alltag« bereitete, vergessen. Da er eifrig mitspielte und sich dabei geschickt anstellte, bekam er bald Gelegenheit, ein eigenes Theaterstück zu schreiben. Thomas freute sich riesig, war fast schon überschwänglich! Denn das Thema stand für ihn längst fest:

Das Leben anderer auf anderen Planeten. Zu der Zeit war das für die meisten noch ein sperriges Thema! Doch Thomas zehrte von seinen Erfahrungen. Er konnte sich auf seine vetischen Theatererfahrungen stützen und mit rhetorischem Geschick andere für sich einbinden. Kurz danach gewann er sogar Mitstreiter aus seiner Spielgruppe, die an Teilen des Theaterstücks mitschrieben.

Bei der Uraufführung des Theaterstücks gab jeder alles! Das Stück wurde ein Riesenerfolg! Sogar bis über die Stadtgrenzen hinaus! Die Zuschauer amüsierten sich prächtig, dankten für dieses humorvolle, mit viel Wortwitz vorgetragene Stück. Und Thomas wurde für seine Hingabe gelobt, mit der er federführend dieses Stück präsentierte.

Doch genau das war auch das Problem! Die Zuschauer lachten, nahmen also nix ernst. Für sie war alles nur ein lustiges Spiel! Dies lag aber auch an den anderen Mitstreitern aus der Gruppe, die Thomas bereitwillig am Stück mitschreiben ließ. Sie fanden es natürlich toll, bei so einem Theaterstück humorvoll zu sein und viel Witz einzubringen. Kein Wunder, die waren ja auch nicht Gäste der Vetos gewesen. Den meisten war das Thema »Sterne im Weltraum« fremd. So fremd wie die Vorstellung, dass irgendwo draußen im Weltraum absolut zweifelsfrei Menschen leben! So machten sie aus dem Thema schlussendlich eine Komikveranstaltung, vorgetragen von Laiendarstellern! Danach war dann dieses Thema gegessen! Thomas hatte keine weitere Chance mehr für eine Neuauflage!

Da Thomas auch nur ein Mensch ist und ab und an mal eine Pause braucht, wollte er nicht immer nur neben sich selbst die anderen Planeten des Universums studieren. Er dachte an seine ersten schönen Erdtage, wie er auf dem Weihnachtsmarkt seinen ersten Kontakt zu Herta knüpfte, die ihm so gefällt. Thomas erinnerte sich an ihr nettes Lachen und schreibt ihr spontan, aus einer Laune heraus, einen romantischen Brief. Sie solle ihn mal besuchen kommen. Er wolle dann mit ihr ins Theater gehen und ihr eine große von seinen Überraschungen präsentieren, damit sie – sie sei eine Frohnatur, die so gern lacht – dort noch mehr lachen könne!

Einige Tage später kam dann ein Brief von Herta. Darin beschreibt sie Thomas als sympathischen, netten Kerl, der ihr zu Anfang ganz gut gefiel. Das Wort Anfang bedeutet für Herta, in den ersten Stunden einer Kennenlernphase, bei Wein und süßlichen Worten.

Was ihr jedoch sauer aufstößt, ist seine Verlogenheit in Verbindung mit seiner Verweigerungshaltung, aus seiner jüngsten Zeit vollständig und wahrheitsgemäß zu erzählen. Er muss ihrer Meinung nach irgendein Trauma haben, das wahrscheinlich in jüngster Zeit entstanden ist und dringend aufgearbeitet werden sollte! Dies schließt sie aus einem Übermaß an kindlicher Begeisterung, wovon sich jeder der anwesenden Gäste am Silvesterabend persönlich überzeugen konnte.

Im Anschluss zählt Herta noch die Kommentare der Gäste auf, wie die ihn beurteilten, während er draußen voll und ganz mit dem Kleinstfeuerwerk beschäftigt war. Am Schluss schreibt sie, dass sie für niemanden mehr eine Psychologin sein möchte! Nicht schon wieder, denn sie habe schon mal eine ähnliche Männerbekanntschaft gehabt! Trotzdem dankt sie ihm für seinen netten Brief und schreibt Thomas, gewissermaßen zur Versöhnung, sie habe mit ihm eine nette Zeit verbracht, die sie nie vergessen werde!

Also auch dieses Thema war gegessen. Thomas, der sich auf ein Treffen mit Herta so wahnsinnig gefreut hätte, war schon wieder chancenlos!
Der Computerclub war nun seine letzte Rettung. Ab jetzt lebte Thomas fast nur noch fürs Internet. Dort konnte er, ganz im Gegensatz zur Theatergruppe, mit dem Begriff »SETI« rauskommen. SETI heißt übersetzt, eine Suche nach einer extraterrestrischen Intelligenz. Thomas wandte sich

von nun an in zunehmendem Maße an die »Hacker-Fraktion« des Computerclubs. Von denen erfuhr er, dass es neben SETI noch einen ominösen Geheimbund geben soll, der sich Gerüchten nach ausgiebig mit außerirdischen Phänomenen beschäftigen würde. Das Problem war nur, keiner der Hacker konnte in das nahezu perfekt abgesicherte Computerprogramm dieses Geheimbunds eindringen! Wahrscheinlich waren die besten Computerspezialisten dieser Zeit am Werk.

Ohne den passenden Buchstaben-Zahlencode lief gar nichts! Und nicht nur das, sobald auch nur ein einziges Mal etwas Falsches eingegeben wurde, schickten die aus dem Geheimbund blitzschnell Computerviren durchs Internet, die in Windeseile ganze Programme von Festplatten zerstörten. Viel zu oft haben etliche Hobbyhacker, schon vor Thomas' Mitgliedschaft, ganze Festplatten komplett gelöscht und dann alles wieder mühsam mit Disketten neuinstalliert, um den Computer so in einen Arbeitszustand zu versetzen. Niemand der Hacker hatte noch Lust, sich erneut mit diesem Thema zu beschäftigen! Doch Thomas war Feuer und Flamme, als er davon hörte. Er konnte seine Begeisterung kaum noch in Grenzen halten! Jetzt musste er alles über diesen ominösen Geheimbund herausfinden. Ganz egal, wie oft er auch Computerprogramme neu installieren müsse!

Kapitel 17
Der Geheimbund

Zuhause, in Thomas' Wohnung, sah es beinahe aus wie in einer Elektrowerkstatt. Überall lagen Kabel, zahlreiche Festplatten, unzählige Merkblätter über das Internet sowie mehrere Modems herum. Thomas stellte sich die ehrenvolle Aufgabe, alles miteinander funktionell, nach den Regeln der Computertechnik, mit einer Telefondose zu verbinden, da er von seiner Wohnung aus ins Internet wollte. Dabei hatte er leichtes Spiel. Sobald ihm irgendetwas etwas unklar war, konnte er auf den Computerclub zurückgreifen, um alle notwendigen Informationen zu bekommen. Und die nötige Hardware für das Internet, wie zum Beispiel die Festplatten oder ein dazu geeignetes Modem, konnte er sich bequem von seiner Arbeit auf dem Elektroschrotthof mitbringen. Dort lagen genug Festplatten und Modems herum, die eigentlich entsorgt werden sollten und so hatte Thomas genug Auswahl.

Fast überflüssig zu erwähnen, womit sich Thomas damals mit aller Akribie beschäftigte. Der ominöse Geheimbund ging ihm nicht mehr aus dem Kopf. Thomas wollte unbedingt den richtigen Code des Computerprogramms dieses Geheimbunds finden. Er dachte schon an nichts anderes mehr! In einem Gedankenbild der Rückerinnerung fielen Thomas urplötzlich einige passende Sätze der vetischen Astronauten ein:

»Wir sind so dicht an die Pioneersonde herangeflogen, da hättet ihr, von unserer vetischen Erkundungssonde, die schönsten Bilder machen können!«

Vetische Erkundungssonde. Oh ja! Genau das war es, was ihn jetzt auf die richtige Idee brachte. Thomas erinnerte sich an das gezeigte Bild, was er damals vor seine Augen gehalten und ausgiebig studiert hatte. Dort war deren vetische Erkundungssonde mit einer Aufschrift abgebildet, die aus zwei Wörtern bestand. Jetzt hatte er die beiden Wörter, (Planet–Vetos), die er damals kaum lesen konnte, wieder im Kopf. In vetischer Sprache geschrieben, erinnern diese Worte an eine Buchstaben-Zahlen-Kombination, die einer Kombination mit Buchstaben in unserer deutschen Sprache sowie einer Kombination mit arabischen Zahlen ziemlich ähnelt, zumindest, wenn man etwas eigene Fantasie mit einbringt.

Auf dem Bildschirm seines Computers wurde dies über ein Bildmuster dargestellt, das wie folgendes aussah:
»-.....-.....«

Zwei Bindestriche, einer vor und einer hinter dem ersten Wort. Dort, wo Fortführungspunkte sind, sollen Buchstaben beziehungsweise Zahlen eingegeben werden. Diese besondere Art ein Bildmuster zweier Kennwörter darzustellen, war auch für Eingeweihte des Geheimbunds eine Gedächtnisstütze, wie Thomas später noch erfahren sollte.

Thomas griff hektisch nach Papier und Bleistift. Vorerst übte er. Unermüdlich schrieb er alle seiner Meinung nach dafür infrage kommenden Varianten einer Buchstaben-Zahlen-Kombination auf das Papier. Thomas bemerkte schon wieder, dass er die vetische Sprache nur bruchstückhaft beherrschte. Doch wenigstens diese zwei Worte musste er unbedingt wieder perfekt in Vetisch schreiben können! Dann las er etliche Male vom Zettel ab. Solange, bis er sich sicher war, den perfekten Code, also zwei richtig geschriebene vetische Wörter, gefunden zu haben. Dann probierte er es aus.

»Jetzt oder nie«, dachte er, als er mit klammen Fingern den Code eingab. Einen Moment tat sich gar nichts. Doch dann jubelte Thomas laut:
»Jaaa!«
Er hatte es geschafft, war im Geheimprogramm drin! Ganz oben, in der ersten Zeile des Bildschirms, stand folgender Satz:
»Willkommen im Geheimprogramm der Edliten!«

Das Wort »Edliten« ist eine Wortzusammensetzung aus dem Wort »Erdlinge« mit dem Wort »Elite«. Der Geheimbund besteht also aus der Elite der Erdenbürger. Doch das von Thomas herausposaunte »Jaaa« sollte ihm bald im Halse stecken bleiben! Nur eine Seite weiter sah er das Bild der vetischen Erkundungssonde, fotografiert aus der Perspektive der Pioneersonde. Dieses Foto war dazu noch in Farbe und gestochen scharf! Jeder Laie kann auf diesem Foto erkennen, dass ein Teil der Pioneersonde als Bildausschnitt am unteren Teil des Fotos zu sehen ist.

»Ihr Pharisäer!«, fluchte Thomas laut. »Genau so etwas müsste doch veröffentlicht werden. Für alle Erdenbürger!«

Aber es kam noch dicker! Auf der dritten Seite sah Thomas den vetischen Lastenzubringer im Fadenkreuz eines Abfangjägers. Darunter standen sämtliche Kommentare der Kampfpiloten, die damals gesprochen wurden und Thomas nun, in aller Ausführlichkeit, noch einmal nachlesen konnte. »Ihr lebensverachtenden Monster!«, fluchte Thomas laut.
Genau zu der Zeit war sein Freund Maro mit an Bord des Zubringers. Nur durch dessen ausgeprägtes Gespür für Gefahr konnte Schlimmeres verhindert werden!

Solche »Monsterpiloten« gehörten Regierungen des damaligen Ostblocks an, die sich zu der Zeit zahlreich den Geheimbund der Edliten anbiederten. Solche Regierungen erhielten den Geheimcode der Edliten nur deshalb, weil die versprachen, dass sie alles Wissenswerte ihres Landes über Ufos herausrücken wollen. In Thomas' Augen waren in den 1990er Jahren alle Länder, von Polen über Russland, durch China hindurch, bis hin nach Nordkorea Länder des Ostblocks. Diese gewissenlosen Kampfpiloten könnten aus jedem dieser Länder stammen, es stand lediglich nach gesicherten Erkenntnissen des Geheimbunds fest, dass sie aus einem Ostblockland stammen. Aber das war auch gut so! Sonst hätte sich Thomas noch mehr aufgeregt.

Aber auch die anderen Länder, die nicht zum Ostblock gehörten und dort Kommentare schrieben, ließen kein gutes Haar an Außerirdischen! Wo Thomas auch hinschaute, ständig waren Edliten wegen der Tatsache, dass es Außerirdische gibt, die bis zur Erde vordringen können, in Besorgnis! In diesem Zusammenhang sollte aber etwas hervorgehoben werden:
Edliten sind keine Dummköpfe, die nicht logisch denken können. Keinesfalls! Unter den Edliten sind viele ehemalige Studenten. Keiner von ihnen spricht in ewig langweilenden Hiobsbotschaften, dass Außerirdische mit Bomben oder sonstigen Kriegswaffen die Erde zerstören oder große Teile der Erdbevölkerung auslöschen wollen. Nein! Glaubt man denen, sind es ganz andere Gründe, Besorgnis zu haben, wenn plötzlich Außerirdische erscheinen und diese sind angeblich viel, viel besorgniserregender!

Die größte Sorge bei plötzlich auftretenden Außerirdischen bezieht sich, nach Meinung der Edliten, auf das Thema Arbeit. Was wäre, wenn diese Wesen – Thomas ärgerte dieses Unwort über Außerirdische ganz besonders – eine ganz andere Grundeinstellung zur Erwerbsarbeit haben, wurde da nachgefragt? Wenn diese Wesen weniger arbeiten, aber dafür mehr Freizeit machen würden? Solche Wesen würden mit so einer hanebüchenen Einstellung, über kurz oder lang die Hirne unserer Erdenbürger vergiften! Was wird dann aus unserer Weltwirtschaft? Droht dann eine neue Krise? Gehen dann die Aktienkurse unserer Weltbörsen auf Talfahrt?

Vergiftet? Weltwirtschaft? Thomas hatte erst die Supermächte im Visier, die über seine vetischen Freunde so herzogen, doch jetzt musste er umdenken! Das Wort vergiftet erinnert Thomas an toxische Papiere der Banken! Das waren nicht großmannssüchtige Supermächte, die da sprachen, sondern die Lobbyisten der Weltkonzerne, weit verteilt über alle Ländergrenzen hinweg, was aber die Sache noch viel schlimmer machte!

Und dann kamen die Zögerer und Zauderer der Edliten zu Wort, die überall Probleme sahen und alles schlechtredeten. Religiöse Gruppierungen wurden in die Hiobsbotschaften mit einbezogen. Deren Weltbild von der Erde als einzig bewohnter Planet würde einbrechen! Das könnte eine Triebfeder sein, um neue, gefährliche Terrorstaaten zu bilden!

Aber in einem weiteren religiösen Zusammenhang las Thomas endlich mal was Gutes, was ihn riesig freute, da er gerade denen, die gleich beschrieben werden, am wenigsten ein modernes Weltbild über Außerirdische zugetraut hätte. In letzter Zeit überdachten die großen, konfessionellen Kirchen, die keiner Sekte zuzurechnen sind, ihr eigenes Weltbild gegenüber der moderneren Wissenschaft. Deswegen wurden sie überhaupt erwähnt und standen scharf in der Kritik der Edliten. Allen voran der Vatikan! Der hat, seit geraumer Zeit, Astrophysiker auf seiner Lohnliste stehen. Deren Aufgabe ist es, in der vatikaneigenen Sternwarte Exoplaneten zu finden.

Thomas staunte nicht schlecht, er freute sich über eine neue, moderne Einstellung des Vatikans zu Außerirdischen. Im Vatikan hatte sich schon seit Längerem ein Mentalitätswandel vollzogen. Wissenschaftler sind keine Feinde der Kirche mehr, so wie früher, in dunklen Zeiten der Inquisition. Wenn sich eines Tages herausstellen sollte, dass zahlreiche Zivilisationen verschiedenster Planeten nach einem in etwa ähnlichen evolutionären »Bauplan« geschaffen worden sind, so steckt ein Schöpfer alles Irdischen dahinter! Die Wissenschaft hilft also der Glaubenslehre, anstatt ihr zu schaden! Übriges fanden aus ähnlichen Gründen einige Astronauten, die in den 1970er Jahren an den Apollomissionen beteiligt waren, zum Glauben!

Doch das war schon alles an Gutem, was Thomas las. An zweiter Stelle der edlitischen, unaufhörlichen »Sorgenmacher« lagen die Lobbyisten der Landwirtschaft. Die hatten regelrecht panische Angst davor, Außerirdische könnten herbe Kritik an der heutigen praktizierten Gentechnik üben. Ein Milliardenmarkt! Wenn diese Wesen unsere Erdenbürger offen und umfassend genug über die Gefahren der Gentechnik aufklären, dann haben wir bald eine Weltwirtschaftskrise! Auch das noch. Ein Schulterschluss mit den Banken!

An dritter Stelle stand das Militär, auch ein großer Arbeitgeber! Das Militär hat ein grundsätzliches Problem.

Das Malheur der Waffen:

Irgendein Staat auf der Welt schafft Kriegswaffen an oder modernisiert sie, weil man den bösen Nachbarn nun mal nicht trauen kann! Natürlich nur zur Selbstverteidigung, man ist ja ein friedliebender Staat, hält die Friedensfahne hoch! Da aber alle so denken, haben wir heute schon eine völlig überrüstete Welt, in der es immer gefährlicher wird, zu leben!

Dazu etwas aus der Geschichte:

Noch während des Zweiten Weltkriegs befürchteten manche eine wahre Katastrophe, kämen alle Waffen zum Einsatz, die zu der Zeit bereits entwickelt worden sind. Um sich selbst zu beruhigen, hofften viele, dass nicht all diese Waffen während des Kriegs zum Einsatz kommen. Aber genau das passierte!

Und es kommt noch schlimmer! Jedenfalls in den Augen des Militärs. Wenn Außerirdische auftauchen, befürchtet das Militär aufs Ärgste, zeigen diese Wesen unseren Erdenbürgern Filme, die darstellen, wie unsere heutigen, schon viel zu mörderischen Waffen weiterentwickelt wurden und welche tödlichen Auswirkungen diese dann »besseren« Waffen in Zukunft haben werden, beziehungsweise bei uns in einem neuen Weltkrieg haben würden!

So was wäre eine Riesenkatastrophe, denn dies würde die Augen sämtlicher Erdenbürger schärfen! Ein schrecklich lang anhaltender Pazifismus käme wieder auf! So einer wie der in den 1980er Jahren, der über ganz Deutschland gezogen ist. So einen schlimmen Pazifismus wollen die vom Militär nie, nie wieder sehen!

Und was würde aus den vielen gerechten, asymmetrischen Kriegen mit UN-Mandat? Selbst die würden dann von pazifistischen Wutbürgern infrage gestellt!

Als nächstes folgten die »Schwarzprediger«, die alles negativ sehen. Fast so wie die ständigen Zögerer und Zauderer, doch Leute dieser Sorte halten zusätzlich aggressive Hasspredigten gegen Außerirdische! Wenn Außerirdische zu uns stoßen, dann haben die so viele überzeugende Ideen, damit sind wir glatt überfordert! Zudem würden so viele neue Erfindungen präsentiert, da würde kein Menschenleben ausreichen, die alle auszuprobieren und anschließend zum Verkauf anzubieten. Diese edlitischen Pessimisten sehen dann Massenselbstmorde voraus, als Flucht vor neuer Herausforderung!

Andere aus dieser Gruppe sehen Pandemien aufziehen, die große Bevölkerungsteile dahinraffen, wenn auch nur von Außerirdischen aus Versehen eingeschleppt. Wiederum andere, ewig Unzufriedene, sehen in einer hyperinflationär modernisierten Schulmedizin, die mit außerirdischer Hilfe – vielleicht gerade um Pandemien zu verhindern – weiterentwickelt worden ist, ein Öffnen der Büchse der Pandora. So eine »brutal« schnell modernisierte Schulmedizin stünde dann nur einen kleinen Teil der Bevölkerung, wahrscheinlich nur den Reichen, zur Verfügung, da alles irgendwie erst einmal richtig aufgebaut und zudem auch noch bezahlt werden muss!

Dies ist sogar ein realistisches Problem. Außerirdische nehmen kein Erdbargeld an, egal in welcher Währung auch immer! Andererseits bestehen sie aber darauf, dass alles, was die uns anbieten, sofort, an Ort und Stelle, bezahlt werden muss!

Zu guter Letzt tauchten noch die edlitischen Lobbyisten der Filmindustrie auf. Ein Bild sagt mehr als tausend Worte, ein Urkonzept der Filmindustrie. Aber nicht nur das! Mit Filmen lassen sich große Massen, beispielsweise die der Kinogänger beeinflussen. Regelrecht lenken! Es gibt unzählige Kriegsfilme, mit unrealistischem, aufgestülptem Pathos. Spricht für sich, dass hier das Militär zu einem Schulterschluss mit »gradlinigen« Leuten der Filmindustrie bereit ist! Diese einflussreichen »Soldaten der Schauspielkunst« wissen nur zu genau, dass Außerirdische dieses Spiel durchschauen und heftig kritisieren würden. Erst recht diejenigen, die uns Erdbürgern entwicklungsgeschichtlich hunderte Jahre im Voraus sind! Zu so einem Spiel mit der Angst gehört auch der Grusel vor dem Tode, der in uns Begeisterung auslöst und variantenreich in etlichen Filmen Platz findet.

Am Schluss war noch ein Nachtrag der Filmlobby zu lesen, bei dem man niemandem mehr erklären braucht, warum sich Außerirdische darüber maßlos ärgern werden. In unzähligen Filmen werden viele Außerirdische – gezielt gesponsert von mehreren Lobbyverbänden der edlitischen Großindustrie – als ziemlich mordgierige, hirnlose Monsterwesen ohne jede Moralvorstellung dargestellt.

Zudem stellen sich die meisten, die an solchen Filmen beteiligt sind, selbst die ehrenvolle Aufgabe, das Ufo-Thema lächerlich zu machen! Dem Kinogänger werden Filme gezeigt, die beim Betrachten vordergründig glaubwürdig erscheinen. Wenig später werden neue Ufo-Filme mit etwas verändertem Inhalt gezeigt. Sieht man mehrere solcher Filme, entsteht ein undurchdringbarer Filz voller Widersprüche! Mit folgendem gewünschten Endergebnis:
 Der Geheimbund, der das Ufo-Thema ad absurdum führen will, hat wieder mal gewonnen!

Ein Teufelspakt! Auf die Art kann eine Filmindustrie ohne viel Zutun, ohne neue Ideen, immerfort nach dem gleichen abgedroschenen Strickmuster dafür sorgen, dass Horrorfans und Spaßvögel auf ihre Kosten kommen. Besser geht's gar nicht mehr! Jedenfalls für diejenigen, die Außerirdische um jeden Preis madig machen wollen.

Einerseits sorgen dargestellte Außerirdische ohne menschliche Gefühlsregungen, ohne jedes Gewissen für Anstand und Moral, auch im übertragenen Sinn, für ein völlig falsches Bild! Um aber auf Nummer sicher zu gehen, werden die noch mit Fratzen dargestellt, in denen Facettenaugen fast das ganze Gesicht ausfüllen. In Wirklichkeit ist dies nur eine verschleierte Abbildung eines Geistes, eines Todesboten aus der Unterwelt!

Als schwacher Trost bleibt, dass wenigstens dargestellte Geister aus der Unterwelt noch etwas mit Kultur und Theater zu tun haben!

Kapitel 18
Nutze alle Möglichkeiten

Die brisanten Informationen des elitischen Geheimbunds sollen, wenn es nach denen geht, bis in alle Ewigkeit vertuscht werden. Beim Durchlesen der Geheimpapiere überdenkt Thomas deren ablehnendes Urteil für Außerirdische. Vor seinem geistigen Auge sieht er eine zweite Jury, diesmal eine seiner Erde! Aus diesem Grund möchte Thomas all seine Möglichkeiten nutzen und entwirft eigene Analysen. Für ihn das einzige Mittel, um mit sich selbst ins Reine zu kommen!

Für Thomas war es eine positive Überraschung, dass keiner, der dem Geheimbund angehört, gedanklich in einer Steinzeit lebt. Apropos Steinzeit: Ein dünn besiedelter Steinzeitplanet würde sich eh besser, von wem auch immer, mit weniger (hochmodernen) Waffen erobern lassen.

Trotzdem wird in Sachen Außerirdischer über eindringende Wesen gesprochen. Es ist immer schwirig, zu jemandem, dem wir keine Menschenwürde zusprechen wollen, eine nachhaltige Freundschaft aufzubauen. Nicht zuletzt deshalb werden, obwohl es aufschlussreiche Hinweise auf außerirdisches Leben gibt, der allgemeinen Erdbevölkerung nur dunkle, wenig aussagekräftige, verwaschene Bilder über Außerirdische gezeigt.

Viele fragen sich, warum man zu Außerirdischen überhaupt Kontakt aufnehmen soll, da man sich ja doch niemals miteinander verbal verständigen kann. Genau hier liegt aber die Lösung im Problem selbst. Wir Erdenbürger sind vom ersten Schlag an in der Lage, für eine Verständigung mit Außerirdischen geeignete Leute an den Präsentationsort zu schicken, an denen Außerirdische erstmalig auftauchen.

Karikaturisten könnten, in einer Art Symbolsprache, Informationen an den außerirdischen Astronauten bringen. Selbst Schauspielschüler könnten dem Außerirdischen mit einfachen Mimiken und bewusst übertriebenen Gesten die verschiedensten Wünsche von uns Erdenbürgern vermitteln.

Von Sprachforschern, Schriftforschern und (Deutsch-)Lehrern einmal ganz zu schweigen.

Passend hierzu eine Erklärung zur Gedankenübertragung mittels Telepathie:
Gedanken Außerirdischer sollen sich, wenn sie durch die Luft purzeln, vollautomatisch ins Deutsche übersetzen, um dann von uns empfangen und ausgewertet zu werden. Das schaffen ja noch nicht einmal die Außerirdischen, die uns tausend Jahre im Voraus sind!

Ganz viele von uns machen sich große Sorgen, wenn unangemeldete, außerirdische Wesen in unseren unantastbaren Luftraum mit besorgniserregender, hochmoderner Technik eindringen. Solche Wesen gefährden dann – nach Meinung vieler – zu hundert Prozent die nationale Sicherheit des Landes, in dem diese Wesen unangekündigt eingedrungen sind!

Dieser Satz stimmt sogar!
Aber an der Stelle sollte auch klargestellt werden, mit welchen reellen Problemen bei einer Anlandung Außerirdischer die Demokratie eines von Außerirdischen ausgewählten Landes gefährdet würde.

Hierzu die wahre, echte Erklärung:
Stellen sich außerirdische Astronauten kurz nach ihrer Anlandung dem Präsidenten irgendeines Landes direkt vor – einmal unterstellt, Außerirdische sprächen Englisch oder Deutsch – wird niemand mehr dies der Presse verheimlichen können. Ab dann stünde so ein Präsident im Fokus seines Volkes, würde ganz genau von jedem Erdenbürger beobachtet werden! Jetzt gälte es für ihn, wie er nun mit diesen Neuankömmlingen umgeht! Aber bitteschön so – dies wäre dann die Mehrheitsmeinung seines Volkes –, dass die alten sowie die soeben neu geweckten Bedürfnisse allesamt gewahrt bleiben!

Dem nicht genug, wird er auch von den außerirdischen Neuankömmlingen bewertet, wie gut er ab jetzt seinen Job macht, ob er dem überhaupt noch – jetzt, wo Außerirdische an seiner Seite stehen – gewachsen ist! Denn auch von Außerirdischen selbst wird rasch eine Lösung aller bestehenden Erdprobleme seines Landes als Gegenleistung ihres freimütigen Aufenthalts auf der Erde erwartet. Sie haben sich ja auf eine »unendlich« lange Reise gemacht, um genau so einem willkürlich »herausgepickten« Präsidenten zu helfen und bei seinen Amtsgeschäften zu unterstützen!

Scheitert nun so ein Präsident an seinen neuen Aufgaben, braucht er bei der nächsten Wahl durch sein Volk gar nicht mehr anzutreten! Scheitert er nur in den Augen der Außerirdischen, wegen mangelnder Überzeugungen seiner selbst, verlassen diese, getragen von Hoffnungslosigkeit, Knall auf Fall die Erde, ohne jemals wieder zur Erde zurückzukehren! Außerdem taucht ein weiteres Problem auf. Können wir uns mit den Außerirdischen zusammenraufen, sodass es wenigstens eine Zeit lang zu einem nachhaltigen Kontakt kommt, besteht die Gefahr, dass wir Erdenbürger uns immer mehr als Menschen zweiter Klasse sehen beziehungsweise sehen wollen! Der so zwangsläufig entstehende Futterneid schürt Hass gegenüber uns selbst, aber auch gegenüber den Außerirdischen! Thomas sagte, die Vetossen sehen das Problem sogar dann, wenn wir Erdlinge sie eines Tages besuchen würden!

An der Stelle die alternative Herangehensweise an eindringende, außerirdische Wesen seitens des Geheimbunds:

In einem KZ-ähnlichen, abgesperrten Areal sollen Außerirdische, gut abgeschirmt vom Volk, verschleppt und gefangen gehalten werden. Dort wollen das Militär und der Geheimdienst sie mit folterähnlichen Methoden auf Linie bringen! Später, nach Jahren der Gefangenschaft, dürfen sich dann solche »umgepolten« Außerirdischen höflich uns Erdenbürgern präsentieren. Da tun sich gleich zwei Probleme auf:
- Erstens, Außerirdische legen weder auf Dienstränge noch auf irgendwelche erworbenen Titel wert. Einerseits sind sie Astronauten eines fremden »Sterns« und keine Soldaten von uns Erdenbürgern, andererseits ist denen einzig und allein ein gewichtiger Inhalt im Hirn eines Menschen wichtig! Aus diesem Grund würden sie niemals auf irgendeinen Kommandeur in Erduniform hören!
- Zweitens gibt es noch andere mächtige Leute ohne Dienstrang, mit verschiedensten Forderungen. Diejenigen zum Beispiel, welche die Geschicke der weltweit agierenden Großbanken lenken! Diese Leute haben ja recht, wenn sie befürchten, Außerirdische lassen sich nicht passgenau für eine neue, soziale Marktwirtschaft der Erdlobbyisten verbiegen.

Dazu ein Grundsatz, der das Problem endgültig lösen würde:
Die Zukunft der Erwerbsarbeit, die den Bankern das viele Geld einbringt, muss sich ändern!
Die Bürger nordeuropäischer Länder arbeiten viel zu lange und haben bei ihrer Arbeit viel zu viel Stress! Wäre von beidem weniger, bliebe für den Konsumenten mehr Zeit und zugleich eine gesteigerte Lust, neue Produkte zu kaufen.

Bei unseren Nachbarn in Südeuropa sind viele arbeitslos und haben kaum berufliche Perspektiven. Die sind arm, haben kaum Geld für Freizeitbeschäftigung zur Verfügung und sind dementsprechend frustriert! Solche Leute kaufen nur wenig neue Produkte unserer Wirtschaft, die ihnen – als Balsam für die Seele – das Leben erleichtern und zudem Freude bereiten würde. Doch die Wirtschaft, wie auch die Großbanken unserer Welt, könnte ohne den Verkauf solcher Produkte gar nicht existieren!

Die Gefahr, dass Außerirdische eine Weltwirtschaftskrise auslösen könnten, ist ja gar nicht von der Hand zu weisen, doch wenn wir uns mal etwas genauer in unserer Wirtschaftswelt umschauen würden, sähen wir, dass viele Länder unserer Erde sowieso völlig überschuldet sind! Außerirdische bringen eine so oder so unabwendbare Weltwirtschaftskrise, nur etwas früher!

Als Weiteres gibt es die Befürchtung, dass Mitglieder irgendwelcher Sekten oder sektenartiger Vereinigungen beim Erscheinen Außerirdischer die Fassung verlieren könnten.
- Erstens: Selbst auf der Vetos gibt es kleine, friedfertige, sektenartige Vereinigungen. Die Leute dort verschließen sich der Moderne. Solange die aber harmlos sind und nicht zur allgemeinen Bedrohung werden, will denen keiner etwas anhaben. Jeder Mensch auf der Vetos soll nach seiner Fasson selig werden!
- Zweitens: Das Gleiche würde auch für uns Erdenbürger gelten.

Gefährlich sind nur die sektenartigen Vereinigungen, aus denen sich eines Tages Terrorstaaten bilden können. Auch Vetossen haben Polizisten und Sonderkommandos mit verdeckten Ermittlern zur Verbrechensbekämpfung.

Aber ein gerechter Krieg, der geht doch immer, oder?
Es hat noch nie gerechte Kriege gegeben. Im ganzen Universum nicht! Die meisten von uns ordnen dem Begriff eines gerechten Kriegs einen geführten, asymmetrischen Krieg zu. Solche Kriege sind zwar meistens »gut gemeint«, schaffen aber wiederum neue Bürgerkriege samt Flucht, Vertreibung und somit neue Hungersnöte! Dies war und ist – auch wenn viele anderer Meinung sind – bis zum heutigen Tag so geblieben! Übrigens nicht nur auf der Erde, sondern überall im gesamten Weltraum!

Aber was ist, wenn ein Krieg unvermeidlich scheint?
Es gibt kein Allheilmittel, einen Krieg zu verhindern. Nirgendwo! Genauso wenig gibt es eine Patentlösung, mit der man einem Terrorstaat den Garaus machen kann! Doch Krieg, wenn auch als »notwendig«, wenn auch »gut gemeint« angesehen, sollte immer nur das allerletzte Mittel der Verteidigung eines Staates sein! Zuvor müsste ein jeder eines Staats alle sich bietenden Möglichkeiten nutzen, um einen möglicherweise sich ausbreitenden (asymmetrischen) Krieg zu stoppen!

Wie denn, fragen sich viele? Gerade in solch einer angespannten Lage eines drohenden »gerechten Kriegs«, könnten uns Außerirdische eine große Hilfe sein! In so einem Fall könnten wir auf ihre Erfahrungen zurückgreifen, die sie schon seit Langem (durch)gemacht haben!

An dieser Stelle wäre dem Militär die Aufgabe zu stellen, neue Möglichkeiten zum Umdenken zu nutzen. Unsere Kasernen brauchen aber nicht abgerissen werden. Einstige vetische Soldaten sind Katastrophenhelfer geworden. Bei dieser neuen Arbeit macht es jetzt wenigstens Sinn, mit einem Klappspaten Sand und Steine wegzuschaufeln. Einstige vetische Bergepanzer sind längst, ohne dass die jemals umgebaut worden sind, zu zivilen Räumfahrzeugen geworden und werden in vetischen Erdbebengebieten eingesetzt! Aber es gibt noch mehr Möglichkeiten umzudenken.

Auf der Vetos gibt es einstige Raketen – sie wurden für friedliche Ziele umgebaut – mit denen Vetossen gezielt in das Auge eines Hurrikans schießen. Der löst sich dann auf und verliert so seinen Schrecken! Wie das geht, wollen jetzt viele wissen? Na dann fragen wir sie doch, unsere außerirdischen Nachbarn!

Um beim Begriff Raketen zu bleiben:
Teile der Rüstungsindustrie, bestens geübt im Raketenbau, könnten in Zukunft für die Raumfahrt arbeiten. Übrigens, die Vetossen sind froh, dass bis heute noch keine kriegslüsternen Erdlinge waffentragende Raumschiffe entwickelt haben. Militärisch leider auf immer und ewig kriegslüsterne Erdlinge könnten mit diesen Raumschiffen auf einem fremden, außerirdischen Planeten kriegerisch herumwüten!

Nun zu den Gruppen der ewigen Zögerer und Zauderer. Wer sowieso gar nicht gewillt ist, irgendeinen Kontakt zu Außerirdischen aufzubauen, macht auch keine Fehler, so deren Grundsatz. Also lieber, aus Angst vor neuen Herausforderungen, die wahre Größe unseres Lebens, die durch Außerirdische hervorgehoben würde, sobald wir uns mit denen zusammentun, im Verborgenen lassen. Lieber nix hören wollen, den Kopf in den Sand stecken und sich in althergebrachten Traditionen vergraben!

Dann gibt's noch die Schwarzprediger, die größte Ängste vor außerirdischen Krankheiten schüren. Neue Möglichkeiten schaffen auch neue Risiken! Vor keiner Krankheit gibt es einen hundertprozentigen Schutz! Wer im Dunkeln zur Arbeit fährt, kann auch tödlich verunglücken. Wer auf dem Bau arbeitet, kann von der Leiter fallen, sich das Genick brechen. Selbst im Büro kann Alltagsstress einen tödlichen Herzinfarkt auslösen. Das Leben trägt das Risiko des Todes in sich! In einer neuen Zeit – Hand in Hand mit Außerirdischen –, müssen alle Erdenbürger und Außerirdische gemeinsam mehr aufpassen, sich mehr umschauen, neue Gefahren rechtzeitig erkennen und besser einschätzen lernen!

Hierzu eine Ergänzung zu modernen, mit vetischer Apparatemedizin zukünftig umfangreich ausgestatteten Erdkrankenhäusern. Natürlich könnten die eine Lawine von Erdpatienten in Bewegung setzen, die nur eine schlechte, kaum eine oder gar keine Aussicht auf Heilung durch Erdschulmedizin haben. Die Büchse der Pandora wäre in so einem geschilderten Fall tatsächlich geöffnet!

Aber wenn wir diese Büchse fürchten, sollten wir Erdenbürger uns fragen, ob wir überhaupt jemals Kontakt zu Außerirdischen aufbauen wollen?

Was viele von uns in diesem Zusammenhang nicht wissen:
Unsere Erde, auf der wir leben, ist nicht nur unser Planet, sie gehört auch uns Erdenbürgern! Was soll das heißen? Wir haben das Hausrecht über unseren eigenen Planeten! Daher könnten wir auch zu außerirdischen Besuchern Folgendes sagen:
Liebe Außerirdische, wir danken euch für euren Besuch, möchten aber in Zukunft allein und unbehelligt im Universum bleiben! Teilt dies bitte auch allen anderen Außerirdischen irgendwo da draußen in der Milchstraße mit!

Glauben Sie mir, ab diesem Moment würde niemand mehr von uns Erdenbürgern jemals wieder ein außerirdisches Raumschiff zu sehen bekommen! Außerirdische haben den Anstand und den Stolz, unsere Erdmeinung, insbesondere was das Hausrecht angeht, voll und ganz zu akzeptieren!

Doch wenn alle Bewohner der Milchstraße so denken würden, wäre zwar der Weltraum voller Sterne, voller Planeten und voller Ufos, doch jeder hätte zu große Angst – vor angeblich unwägbaren Risiken – mit dem anderen zu reden!

Hierzu noch einige Tricks zu Gruppen einer »maßgeschneiderten« Filmindustrie:
Mit billigen Stilelementen des Horrors werden Ängste vor Außerirdischen geschürt. So werden schon mal außerirdische Monsterwesen gezeigt, die in einer Art Superhypnose junge Frauen wehr- und willenlos machen, in ihr Raumschiff locken, sie anschließend vergewaltigen und danach wieder auf die Straße setzen.

Nachdem neun Monate vergangen sind, werden dann diese geschundenen Frauen erneut heimgesucht, wieder mit einer Superhypnose ins Raumschiff gelockt, um dann gegen ihren Willen nicht gerade zimperlich entbunden zu werden.

So einen billigen Horror zur Schau zu stellen ist völliger Blödsinn! Erstens kann es zu Frühgeburten kommen, die so eine außerirdische Schwangerschaft aufdecken würden! Zudem häuften sich, im Gegensatz zu einer Erdschwangerschaft, die Fehlgeburten, wenn jemand Versuche unternimmt, ein solches »Erdkind« mit außerirdischem Sperma zu zeugen. Zweitens wäre es günstiger, einen weiblichen Erdling für den Zweck einer Schwangerschaft gleich zum außerirdischen Heimatplaneten mitzunehmen. Das hätte gleich mehrere Vorteile. Der Frau könnte man von dem außerirdischen Geld, das sonst durch einen zweiten, kostenträchtigen Hin- und Rückflug aufzubringen wäre, eine lebenslange Leibrente zahlen! Zudem könnte, bei gesundheitlichen Schwierigkeiten der Frau – einmal unterstellt, sie hätte sich von einem Außerirdischen schwängern lassen –, mit neuester, außerirdischer Apparatemedizin erfolgreich medizinische Hilfe geleistet werden. Und außerdem: Es gibt auch bei den Vetossen genug Casanovas, denen vetische Frauen auf den Leim gehen!

Um beim Aussehen zu bleiben:
Außerirdische sind in Kinofilmen fast nie angezogen und sehen irgendwie alle gleich aus. Allein in Zentralafrika – Afrika gilt als Wiege der Menschheit – gibt es selbst unter den Schwarzafrikanern gut erkennbare optische Unterschiede! Je nach Region können die Haare der in Zentralafrika lebenden Personen mal mehr, mal weniger stark gekräuselt sein. Auch deren Hautfarbe kann mal mehr, mal weniger stark gebräunt sein. Aber Außerirdische, die von den verschiedensten Planeten zu uns kommen, sehen alle gleich aus! Natürlich tragen die auch keine Raumanzüge, sind ja nur Astronauten, sie würden dann ja auch menschlicher aussehen und das will ja keiner! Jedenfalls keiner, der einen Film über Außerirdische dreht!

So können in diesen Filmen auch Frauen gezeigt werden, die sich beim Anblick Außerirdischer mit den Händen ihr Gesicht verschränken und dann schreiend wegrennen. Die Vetossen haben sehr viel Geld und sehr viel Arbeit in die Missionsflüge zu außerirdischen Planeten gesteckt! Manche der Vetossen haben teilweise ehrenamtlich gearbeitet, fest in der Hoffnung, für ihre Kinder etwas Gutes zu tun. Die vetischen Astronauten erwarten von Bewohnern eines außerirdischen Planeten etwas anderes, als sich mit verschränkten Händen vorm Mund anschreien zu lassen! Sie werden dann ziemlich sauer, wenn Außerirdische – in unserem Fall sind Erdlinge gemeint – noch nicht mal in der Lage sind, ruhig zu bleiben, sie anzulächeln und langsam auf sie zuzugehen.

In so einem Zusammenhang gibt es noch eine wichtige Information, mit der kaum einer rechnet. Außerirdische besuchen nicht nur so zum Spaß einen für sie außerirdischen Planeten. Daher warten sie in Ruhe ab, beobachten – in unserem Fall uns Erdlinge –, schauen genau hin, wie sich diese Beobachteten selbst verhalten, insbesondere dann, wenn die Außerirdischen wiederum sehen, dass sie ebenfalls, beispielsweise von uns Erdenbürgern beobachtet werden.

Wie viel Angst zeigen diese Beobachteten (Erdlinge) tatsächlich, einmal angenommen, es wäre von jedermann gut zu erkennen, dass das Ufo zur Landung ansetzt. Wie viele von denen fingen anschließend an zu schreien oder griffen zu einem Stock, in der »Hoffnung«, den als Waffe benutzen zu können und wie viele von denen würden anschließend doch wegrennen, gesetzt den Fall, dass sie zu dem bereits gelandeten Raumschiff durch sich öffnende Türen den außerirdischen Astronauten in die Augen schauen könnten, von denen sie selbst beobachtet würden.

Oder können diese Beobachteten, beispielsweise wir Erdlinge, weiter als bis zwölf Uhr mittags denken und friedfertig auf die neugierig gelandeten, außerirdischen Astronauten, langsamen Schrittes, mit einem sanften Lächeln zugehen?

Später dann, wenn diese Außerirdischen nach kurzer Landung, wieder ihr Raumschiff losstarten, werden von denen schon die ersten Beurteilungsbögen geschrieben! In etwa so, wie das die Polizei macht, wenn sie gerade einen Unfall aufnimmt. Bezogen auf uns Erdbürger wäre dies eine Art Arbeitszeugnis für Erdlinge! Danach finden erste Überprüfungen statt, ob der soeben erkundete Planet – dazu könnte vielleicht die Erde gehören – ein Chaosplanet ist, den sie da entdeckt haben und niemals zu ihrem Partnerplaneten machen würden!

Wenn Erdbürger, durch Zufall, eines Tages vor Außerirdischen stehen, meinen sie, was vordergründig logisch zu sein scheint, Außerirdische beherrschen unsere Sprache nicht. Ich möchte Ihnen dazu einen Tipp geben, einmal unterstellt, Sie haben das Glück, einem Außerirdischen direkt in die Augen zu schauen:
Probieren Sie es doch einfach aus, indem Sie diesen außerirdischen As-

tronauten ansprechen! In so einem Fall, würde ich solche außerirdischen Leute, etwa mit den Worten:
Herzlich willkommen auf unsrem Planeten!
begrüßen.
Wir Erdbürger werden es schon merken, ob die uns, in unserer Sprache antworten!

Ich hätte noch einen allgemeinen Wunsch, an die Filmemacher. Wenn es neben diesen unzähligen hanebüchenen Filmen über Außerirdische nur einen einzigen Film geben würde, der die Wahrheit zeigen würde, wie Außerirdische wirklich sind, wäre dies ein guter Anfang! Die Vetossen würden sich über so einen Film riesig freuen, trotz all dem, was bereits über Außerirdische an Schlechtem gezeigt worden ist!

Es gibt aber – gesetzt den Fall, Außerirdische treten eines Tages direkt vor unsere Augen – natürlich auch Probleme, die nun mal hinzunehmen sind! Da sich die wenigsten Erdenbürger schon einmal gedanklich eine Anlandung Außerirdischer vorgestellt haben, würde eine reale, direkte Präsentation Außerirdischer höchstwahrscheinlich tagelanges Chaos auslösen! Ab dem Zeitpunkt hätten wir Erdenbürger Gewissheit, in unserer Milchstraße nicht mutterseelenallein zu sein. Ein Hochgefühl, das uns tagelang »besoffen« machen würde! Doch nun wären wir Erdenbürger aber auch gezwungen, uns mit Außerirdischen zu beschäftigen, ganz egal, ob sie plötzlich und unerwartet gekommen sind oder sich vorher irgendwie bemerkbar gemacht haben!

Wie ideal muss unsere »Kontaktreife« sein, wenn wir mit denen intensive und sinnige Gespräche führen wollen? Wir sollten aber bedenken, dass außerirdische Astronauten keine Götter sind und auch Fehler machen können! Selbst wenn diese, wie die Vetossen, vierhundert Jahre weiter fortentwickelt sind im Gegensatz zu uns Erdenbürgern, sind auch solche Außerirdischen keinesfalls unbegrenzt kritikfähig! Thomas weiß aus eigener Erfahrung, dass die Vetossen ab und an sehr eigensinnig sein können!

Ein weiteres Problem wären die hohen Flugkosten! Wir können nicht andauernd Besuche Außerirdischer erwarten, ohne jemals etwas dafür zu bezahlen! Außerirdische wollen nicht die ganze Arbeit haben, während sie sehen, dass wir Erdenbürger den ganzen Nutzen durch neue Erkenntnisgewinne daraus ziehen!

Spätestens – dies weiß Thomas ebenfalls von den Vetossen – ist beim dritten Besuch der Erde durch Außerirdische des gleichen Planeten zu erwarten, dass diese dann eine Beteiligung an ihren hohen Flugkosten durch eine angemessene Vergütung von uns Erdenbürgern einfordern!

Aber auch die Ansiedlung Außerirdischer wäre bei uns auf der Erde nicht leicht umzusetzen! Da wären einmal unsere altmodischen Krankenhäuser, ganz ohne moderne, außerirdische Apparatemedizin! Zudem stellt sich die Frage, wie lange Außerirdische bereit sind, auf einer altmodischen Erde mit veralteter Technik am Stück leben zu wollen? Tür an Tür mit Erdlingen zusammen leben, die ziemlich veraltete Vorstellungen von den Dingen der Welt haben?

Ein Tipp zur Bezahlung außerirdischer Menschen:
Als Tauschware könnten wir ihnen Naturgiftstoffe anbieten. Ein Naturgiftstoff wäre beispielsweise das gewonnene und in Reagenzgläsern aufbewahrte Gift einer Schlange. Für eine außerirdische Pharmaindustrie sicherlich ein nützlicher Grundstoff zur Herstellung verschiedenster Medikamente! Wir könnten denen aber auch Kunst und Kultur, Schallplatten, Musik-CDs, Bücher, Bilder von Kunstmalern und vieles andere zum Tausch anbieten! Da die Vetossen auf ihrem Heimatplaneten aufgrund hoher Goldvorkommen jede Menge eigenes Gold fördern, eignen sich möglicherweise Rohdiamanten als sinnvolle Alternative zum Tausch verschiedenster Waren untereinander. Man sieht also, es gibt doch Möglichkeiten, mit außerirdischen Menschen ins Geschäft zu kommen!

Eine Sache über Außerirdische ist bereits heute schon geklärt! Die Vetossen wollen gleich zu Beginn die gesamte Bevölkerung eines in ihren Augen außerirdischen Planeten kennenlernen! Da bleibt kein Platz für Geheimdienste, die gezielt mit gestreuten Halbwahrheiten neu zu erwartende Veränderungen vertuschen wollen!

Wie wird sich eine Übertragung verschiedenster irdischer Lebensweisen, allein schon bei unseren zahlreichen unterschiedlichen Kulturen, Weltbildern, Lebensauffassungen und Religionen, auf uns Erdlinge auswirken, wenn Außerirdische direkt neben uns stehen und uns genau zuhören?

Ich selbst bin in Einklang mit Thomas davon überzeugt, der Gewinn einer nachhaltigen, außerirdischen Freundschaft wäre für uns alle enorm! Würde die zu erwartenden Risiken weit in den Schatten stellen!

Schluss

Klarer ging's nimmer! Thomas war unheimlich in Zugzwang! Laut Polizei galt er immer noch als vermisst. Sein Arbeitgeber hatte ihn schon aufgefordert, endlich die Steuerkarte vorbeizubringen. Zudem konnte Thomas nur mit Mühe bei einer anderen Bank – Thomas hat bis heute keine Ahnung, ob sein Konto bei seiner Hausbank noch existiert, traut sich aber keinesfalls dort hineinzugehen, um nachzufragen – ausnahmsweise unter Vorlage seines Mopedführerscheins ein neues Girokonto eröffnen. Die am Bankschalter gestatteten dies aber nur widerwillig! Und nur, weil er jemanden bei dieser Bank schon seit seiner Schulzeit kennt.

Thomas müsste sich öffnen, der ganzen Welt die Wahrheit sagen, wo er in den letzten Monaten gewesen ist! Nicht nur Konstanze hat ein Anrecht darauf. Aber wie? Thomas wollte, was seine Erlebnisse angeht, perfekt sein. Doch das Einzige, was von Tag zu Tag perfekter wurde, war das Chaos in seinem Leben. Auf seinem Schreibtisch lagen überall kleine Schmierzettel mit Notizen. Die waren alle für sein Tagebuch gedacht, was immer dicker und dicker wurde. Aber umso dicker es wurde, umso mehr hatte er auch drin rumgeschmiert!

Ganze Textpassagen durchgestrichen, über bereits gedruckten Text neue Wörter geschrieben, die angeblich besser klangen und teilweise einige Notizzettel mit einem Papierkleber danebengeklebt. Langsam verlor er den Überblick. Thomas grübelte und grübelte, suchte verzweifelt nach einer Möglichkeit, wie er sein Buch in Form bringen kann. So, dass irgendwann einmal ein richtiges Buch entsteht, in dem man richtig lesen kann! Irgendwann einmal ist es aber für Thomas zu spät! Sollte er sich Hilfe holen? Vielleicht von einem Ghostwriter? Einem, der für Thomas ein richtig gutes Buch schreiben kann?

Plötzlich machte es »Klick«. Doch nicht in seinem Kopf, es war nur die Kaffeemaschine. Die schaltet sich nach dem Brühvorgang immer mit einem Klick ab. Thomas beschloss vorerst, mit einer frischen, würzig duftenden Tasse Kaffee auf den Balkon zu gehen. Durchatmen! Ein bisschen frische

Luft schnappen! Draußen war es bereits dunkel. Thomas hatte wieder einmal ewig am Schreibtisch gesessen.

Auf einmal sah er von seiner Balkonbrüstung aus einen fliegenden roten Kreis am Nachthimmel. Glutrot wie Feuer und von seinem Balkon aus gesehen, grob geschätzt, so groß wie ein Fußball, der lautlos von links nach rechts flog.

Aber das war nicht alles! Jetzt folgte ein zweiter, genauso großer glutroter »Fußball« in gleicher Geschwindigkeit hinterher! Der schien wohl auf einen immer gleichen Abstand des vorausfliegenden »Fußballs« zu achten. Sah jedenfalls so aus!

»Vetossen?«, dachte sich Thomas. Aber deren Raumschiffe kannte er. Die waren nicht glutrot und rund!

Vielleicht Astronauten vom Planeten Sodia oder doch nur harmloser Weltraumschrott, der dies alles nur vortäuschte und in Wirklichkeit zur Erde stürzte. So, wie es normalerweise bei Sternschnuppen zu beobachten ist. Thomas wusste nicht genau, was er da oben gesehen hatte, war sich unsicher!

Aber genau jetzt erinnerte Thomas sich ans Theater auf der Vetos. War damals seine schönste Zeit, wo er oben, an der schwarzen Decke, auf die Scheinwerfer sah. Und dabei kam ihm damals ein wunderschönes Gedicht in den Sinn!

Aber im Moment war kein Gedicht in Thomas' Kopf zu finden! Nur Probleme und Sorgen, die alles Schöne verdrängten. Aber gerade deshalb wollte er sich genau jetzt an dieses wunderschöne Gedicht zurückerinnern. Unbedingt! Thomas strengte sich an, dachte scharf nach. Da fiel es ihm so nach und nach, in Bruchstücken wieder ein:
»Am Himmel droben, bei dunkler Nacht,
ein Stern, er leuchtet in voller Pracht.
Es ist, einst sagt ich's voller Wonne,
eine unsrer Nachbarsonne.
Dort leben Menschen wie du und ich,
doch keinesfalls, da sieht man sich!

Wir werden nie Freunde, wir sind nicht bereit,
dafür ist der Weg von der Erde zu weit!«

Ende.